TE DI LA VIDA ENTERA

ZOÉ VALDÉS

TE DI LA VIDA ENTERA

Seix Barral

Diseño de cubierta: Mario Blanco
Diseño de interior: Alejandro Ulloa

© 1996, Zoé Valdés

© 1996, Editorial Planeta S.A.,
Córcega, 273-279, 08008 Barcelona (España)
Primera edición: noviembre de 1996
ISBN 84-08-01902-3

Hecho el depósito que prevé la ley 11.723
ISBN 950-731-168-8

Primera reimpresión para Compañía Editora Espasa Calpe
Argentina S.A./Seix Barral: marzo de 1997
Independencia 1668
Buenos Aires, Argentina
Impreso en la Argentina

A mami

AGRADECIMIENTOS

Agradezco a Attys Luna, a Ricardo, a mis amigos, a la Editorial Actes-Sud, a la Escuela de Altos Estudios de Ciencias Sociales y al Centro Nacional de Letras de París, su confianza y ayuda.

Si en un final tuviera que escribir
lo que ha sido mi mundo,
si en un final tuviera que anotar
los días más profundos,
sería de ti como compensación
de quien más escribiera
porque tú eres amor, alegría, ilusión,
sentimiento y quimera.

(De Juan Arrondo.
Interpretada por Clara y Mario.)

Rogamiento de Cabeza

Igba, baba, igba yeye, igba echu alagbana
(Permiso padre, permiso madre, permiso echu
        Alagbana);
igba ile akuokoyeri, igba ita meta bidigaga
(permiso casa echu akuokoyeri, permiso esquina 3
        y al árbol jagüey);
kinkamache oyubona, kinkamache apetevi
(salud madrina segunda de asiento, salud a la que
        cuida orula);
kinkamache ori mi kinkamache gbogbo oricha
(salud a mi cabeza, salud a todos los orishas);
agbalagba kinkamache kinkamache komalebe
(a los ancianos, salud. Salud cabeza
        privilegiada);
agbaniche, oba ni omo
(orisha profundidades del océano, Rey su hijo);
ona kuni obani ye emi
(por el camino esté alerta, el venado es de Obatalá);
kachocho eni kachocho
(mensajes Obatalá con el derecho).

Primera parte

Habanidad de habanidades, todo es habanidad...
Dos desmadres tengo yo, la ciudad y la noche. Recordar es abrir esa caja de Pandora de la que salen todos los dolores, todos los olores y esa música nocturna...

GUILLERMO CABRERA INFANTE

BE CAREFUL, IT'S MY HEART

Ten cuidado
que es mi corazón
no mi reloj lo que tienes
en la mano.
(De Irving Berlin.
Interpretada por Bola de Nieve.)

NO SOY LA ESCRITORA DE ESTA NOVELA. Soy el cadáver. Pero eso no tiene la más mínima importancia. Lo imprescindible ahora es contar, tal vez con la boca llena de gusanos, semejante al muerto que va narrando de cabo a rabo mi película preferida, *Sunset Boulevard*, de Billy Wilder. Más tarde, en otro capítulo, presentaré mis cartas credenciales de muerta oficial. Ahora, paren las orejas, o mejor, zambúllanse en estas páginas a las cuales, no sin amor y dolor, en tanto que espíritu he sobrevivido:

En el año treinta y cuatro, en Santa Clara, ciudad de la antigua provincia de Las Villas, hoy Villa Clara, nació Cuca Martínez. Su padre era un chino fondero que había viajado de Cantón a México. En México se cambió el apellido y vino a Cuba a hacer fortuna. Su madre era oriunda de Dublín, pero allí solamente vivió sus primeros dos años. Los abuelos maternos de Cuca se trasladaron a Cuba acompañados de tres retoños hembras, también con la esperanza de enriquecerse en asuntos de carne de caballo, el abuelo de Cuca era carnicero, le llamaban El Rey del Tasajo. Las bebitas crecieron y se transformaron en tres señoritas pelirrojas de ojos azules. La menor, que había comenzado a declamar poesía francesa en el teatrucho del pueblo, más por exótica que por asiática, se enamoró del chino cocinero sin casta familiar. De la unión del narra y de la irlandesa, vieron la luz cinco niños, uno murió muy tiernecito, a otro le dio la poliomielitis a los quince años, el tercero es asmático y católico crónico, la cuarta está enferma de los nervios, y la quinta: Cuca Martínez, es la más sana de todos, y no siempre fue vieja, desdentada y fea. Hay que aclarar que Cuca Martínez sí tuvo quince, que quiere decir en buen habanero, que fue linda, que estuvo riquísima, que paraba los carros en las calles y avenidas de La Habana entera.

Cuando la Niña, que así de sencillo era como llamaban a Cuca Martínez, cumplió los diez años, tuvo que irse a vivir a casa de María Andrea, su madrina de santo, porque la progenitora de cabellera roja y revuelta, y de ojos marinos, se empeñó en continuar su carrera como actriz, o declamadora, de mala muerte, y se separó del padre chino de la Niña Cuca. Se echó un amante de dieciocho años, y si te he visto ni me acuerdo. El asiático, que no podía con la carga de cuatro hijos, se quedó con dos, y prestó los otros dos a la madrina negra, la cual sufría constantes y emperrados dolores de muelas. Con ella, la Niña Cuca aprendió a lavar, fregar, cocinar, planchar y todo tipo de labores propias de su sexo (¡qué mal me cae usar esta formulita!). En los ratos libres, que

14

eran bien pocos, conseguía permiso para jugar con una botella de cerveza disfrazada de muñeca. Porque la verdad es la verdad, ella nunca pasó hambre, pero juguetes, no se puede decir que tuvo muchos, posiblemente ninguno. La Niña Cuca no tenía tiempo de aburrirse, no cesaba de trabajar como una mula, o de jugar con la botella-muñeca en los cortos ratos de ocio, o de calentar alcohol en su boca para verterlo, después, en buches tibios dentro de la podrida boca de María Andrea con el propósito de aliviar el dolor provocado por las caries. Con ellos también vivía el hermano asmático y católico crónico de la Niña Cuca, y el hijo de veintitrés años de la madrina.

Una noche, de esas calenturientas y aburridísimas de la campiña, la madrina tuvo que ausentarse para ir a una sesión de espiritismo. La Niña Cuca quedó sola en alma y en pena. Como ya había fregado la loza, se puso a coserle ropa nueva a su botella-muñeca. Entretenida, ensartaba la aguja, cuando hizo su aparición el mulato blanconazo hijo de la madrina María Andrea. Venía ya con la picha parada, como una tranca, se dirigió hacia la Niña y de un trompón la tiró, sin sentido, en la estera de los caracoles. Rápido, ripió el blúmer, abrió los delgados muslos cundíos de salpullido, y se disponía a violar su reseco bollito calvo con la mofletuda barra, cuando entró posesa, todavía en pleno trance espiritista, la madrina María Andrea, y con una tabla que tenía un clavo en la punta, rajó de un tablazo la espalda de su hijo violador, quien salió echando un pie, sangrando como una pila abierta. Por el camino, y de paso, le metió la pinga a una ternera, se vino, y después intentó ahorcarse. Pero como había robado la soga de una bodega, y el dueño lo había fichado, no bien caminó cien pasos, la policía lo apresó frente al árbol que habría podido ser su horca.

La Niña Cuca despertó con un buche de sangre enredado en la lengua. María Andrea se cercioró con la ayuda de una comadrona de que su ahijada seguía siendo

15

virgen, y sólo echó unas lagrimitas de cocodrilo cuando supo que el hijo estaba en la cárcel. Nunca había querido a ese muchacho, ni él a ella. Madre e hijo eran el aceite y el vinagre. María Andrea hasta respiró aliviada diciéndose de que la cárcel lo enmendaría, y, añadiendo en seguida, a modo de consuelo, a su propio pensamiento, eso de que, *árbol que nace torcido jamás su tronco endereza*, se dedicó, como si con ella no fuera, a limpiar con luz brillante el piso de cemento.

Seis años transcurrieron y el mulato blanconazo, no bien salía del *tanque* para volver a entrar en él, a causa de delitos comunes, asaltos con violencia, intentos de violaciones, robos de autos. Sin embargo, se las ingeniaba para obtener pases, y más tarde fue liberado definitivamente, y aunque no quiso vivir nunca más con ellas, venía con frecuencia a visitarlas. Se quedaba sólo unos quince o veinte minutos, el tiempo de esperar y beber un café, sin hablar, sin nada, sólo ahí, presente, como rumiando algo, hiriendo con su respiración, con el vaho del sudor apestoso a criminal.

Al hermano, asmático y católico crónico, de la Niña Cuca le habían brindado el cuarto covacha del hijo de María Andrea, que daba pared con pared de tabla, a la columbina de su hermanita. Una madrugada de intensa lluvia, la Niña, convertida en adolescente, pero el nombrete se le quedó hasta que se hizo mujer hecha y derecha, escuchó jadeos como de caballo sediento, revoliqueos de sábanas y ropas rasgadas. Ella, más que curiosa, miedosa, con ese frío en el estómago y las inmediatas ganas de vomitar y de cagar que da el terror, miró a través de una rendija. La boca se le entumeció en el ahogo del grito. Su hermano, inmovilizado violentamente por los cabellos, desnudo y cubierto de arañazos, mojado y babeante, amarrado y llorando por lo bajo, rezaba «ay, Dios mío, ay, Dios mío». Las nalgas brillaban grasientas en el claro de luna entrante por las innumerables rendi-

16

jas, la morronga del mulato blanconazo metía y sacaba en una dimensión inspecta-cular, como un sable árabe encajándose en un corazón. La Niña Cuca alcanzó a ver la carne del culo al rojo vivo de su hermano, la pinga del otro llena de sangre y de mierda. Quiso gritar, alertar que vinieran a socorrer a su hermano católico y asmático crónico. Pero de improviso, el mulato blanconazo se dio la venida del siglo, enmudeciendo el quejido en la mordida clavada en la espalda del otro. El otro, que ahora reía y lloraba, susurraba «ay, mi diosecito, ay, mi mulatoncito, ay, mi pingüito». Acto seguido, se daba él también una venida supraterrenal, y los pulmones se abrieron y respiró como un buzo, como el hombre anfibio. La Niña Cuca comprendió con gran dolor, y terror, todo aquello, el placer de su hermano católico y asmático crónico, y fue entonces que comenzó, y aprendió, a sufrir en silencio, y no jugó nunca más. Después de aquel espectáculo con peste a culo, la Niña Cuca se traumatizó para toda la vida, y por eso siempre sintió fascinación y asco por el sexo.

Al cumplir los dieciséis años, fue a casa de su madrastra, pidió permiso —permiso otorgado por necesidad económica— y algún dinerito a su padre con la promesa de que lo reintegraría en el futuro. Volvió a despedirse con besos, llorosos y mocosos, de su madrina, con la certidumbre de que no volvería a verla. A su hermano recomendó seca, pero con un dejo maternal, que se cuidara del asma. Él ya conocía su remedio, su esprey favorito, el aerosol intestinal.

Partió para La Habana en el tren lechero, el que se detiene en todas las benditas esquinas a lo largo de esta maldita isla. Cuca Martínez no recuerda sus primeras impresiones sobre lo que fue la capital más bella de Latinoamérica. La Niña Cuca llegó muerta de hambre, de sueño y de calor, directo a una casa de vecindad —así era como se decía, en la época, a lo que después se transformó en solar— de La Habana Vieja, recomendada a una asturiana amiga de María Andrea, llamada Concha y que vivía en la calle Conde. Lo primero que preguntó Concha, la gorda mantecosa, fue la edad. A lo que ella respondió sin que su interlocutora creyera un ápice:

—Acabo de cumplir veinte, lo que pasa es que soy un poco rebijía.

Entre el primer intento de violación a su persona y la efectuada a su hermano, habían transcurrido seis años, y ya contaba dieciséis.

—¿Un poco n'a m'á? —La asturiana, a pesar de su ceceo, se comía el final de las palabras como los habaneros. Sacó un pañuelo de hombre del entreseno, con un nudo en cada punta, ahí guardaba el dinero, esparció la grasa por el cuello y por la frente, volvió a amarrarse el pañuelo a una tira del ajustador. De inmediato colocó un palo de escoba en la mano de la Niña Cuca, y añadió—: Vamos, espabílate, que aquí hay t'ó por hacer. Tienes derecho a un catre, en el cuarto compart'ío con la Mechunguita y con la Puchunguita. Creo que podré, más p'alante, colocarte en la cafetería de Pepe, por lo pronto te doy casa y comida por limpiar el edificio con ahínco y dedicación: cuarto por cuarto, baños, fregaderos, escaleras, hasta la azotea, ¡y lo dejas como un crisol o te muelo a chancletazos, y, mira bien mis chinelas! (señaló para unas chancletas de palo con la tira de goma negra). Además, debes cocinar, hacer los mandados, lavar, planchar, y todo lo humano y lo divino que me pase a mí por la cabeza y por mis santas partes. Y p'a que tú lo sepas, y estés advert'ía, no me hace ninguna gracia la juntadera, no quiero relajos con Mechunga y su amiguita, la Puchunga. ¡Aquí hay que trabajar y muy requeteduro!

Que quede absolutamente fuera de dudosas conjeturas, y por tanto es obvio explicar, pero Cuca Martínez era una de las tantas guajiritas que desembarcaba en La Habana sin un quilo, en plena adolescencia, inexperta, con un evidente futuro de criadita y sin chance de hacerse famosa, porque la Niña cantaba tan mal, que ni debajo de la ducha se atrevía, era patona como ella sola, aunque después aprendió a menear la cintura y marcar el chachachá y cuanto ritmo se puso de moda, pero eso no haría de ella una rumbera de renombre. Sólo sabía servir, ser sumisa y querer. Porque la Niña Cuca quería a todo el mundo, y a ella nadie la quería, ¡estaba tan falta de cariño! Sobre todo del cariño de una madre.

En menos de lo que canta un gallo, desempolvó, deshollinó, barrió, trapeó, cocinó, fregó, lavó, almidonó y planchó la ropa de la semana anterior. Al finalizar sus labores, sin siquiera bañarse ni comer, se tiró tiritando en el catre, con cuarenta de fiebre. Tampoco había reparado en el decorado del cuarto. Los ojos aguados e hirvientes, a causa de la enfermedad, recorrieron el recinto. Las paredes estaban pintadas de amarillo, los marcos de las puertas de azul pastel. Del techo colgaba una triste lámpara de lágrimas de cristal, bañando las paredes de llanto fantasmagórico, con sus juegos de luz y de sombras. Los muebles eran de estilo remordimiento español. Una cama camera traqueteaba al compás de quejidos femeninos. La alta temperatura la había hecho imaginar que aquellos ayes provenían de su propio pecho. Pero no, no era ella quien con tanto goce frotaba su cuerpo desnudo contra la piel canela de otro flamante cuerpo, semejante al de una bailarina de Tropicana. Restregó sus ojos con los puños cerrados para cerciorarse de que no estaba soñando. No. Aquellas dos hembras despampanantes debían de ser sus compañeras de cuarto: la Mechunguita y la Puchunguita. Y las dos estaban rajando una clase de tortilla, que hasta se podía oler el huevo, raspaban que echaban chispas. Tetas contra tetas. Raja contra raja. Los dedos llenos de sortijas baratas pajeaban los clítoris a una velocidad de años luz. Las bocas, mejor dicho, las bembonas, chupaban cuanta prominencia encontraban.

19

Incluso se daban nalgadas hasta verse los culos al rojo vivo, o se pellizcaban los pezones hasta chillar de ardor. Cuquita creyó que moriría de vergüenza. ¿Por qué la vida le deparaba siempre escenas tan violentas para su edad? No sabía cómo hacerse notar, carraspeó enérgica, pero las otras no se dieron por enteradas. Entonces tosió y su ano se abrió en un estruendo. La cabellera caoba de la Puchunguita flotó en el aire, erguida vibraron sus tetas paradas, como dos cañones a punto de disparar bolas de fuego:

—¿Quién se tiró ese peo, tú?

—¡Yo no fui, tú! —exclamó protestona la Mechunguita toda despeinada, con la pasa planchá de jabá alborotada.

Al fin repararon en la Niña Cuca. Temblorosa, observaba con la espalda pegada a la puerta del cuarto. La Mechunga y la Puchunga se vistieron con los refajos, éstos cayeron con la suavidad del yersi por encima de sus pieles hasta las rodillas. Como no se habían puesto blúmeres, las pendejeras se transparentaban y se marcaban por detrás de la fina tela. Las dos muchachas partieron para arriba a la llorosa Cuquita.

—¿Y de dónde sacaron a la cara de culo esta, tú?

—¿Y yo qué sé, tú? ¿El peo ese fue tuyo?

Cuquita asintió, aún más miedosa, imaginándose violada por las dos tortilleras, digo, bisexuales. Al parecer, éstas le leyeron el pensamiento, porque al segundo respondieron:

—No te hagas ilusiones, no nos gustan las vejigas... —dijo la Mechunguita—. Estamos acostumbradas a las mujeres y a los hombres, hechos y derechos... ¡Ah, tú debes de ser Cuquita Martínez, la nueva! Niña, pero ¡tú estás muy chiquitica para esto... para lo buena que es la mala vida!

Cuquita explicó, más tranquila, cuando vio que las otras se sentaron a cada lado de la cama y encendieron un cigarro Camel cada una, que ella sólo estaba ahí para limpiar, lavar, cocinar, es decir, ayudar en la casa... y ganarse la vida de la siguiente manera: honestamente. En fin, ella sólo era la nueva criada.

—No sé si la patrona les comentó que dormiré con ustedes en el mismo cuarto... Soy muy respetuosa, no molesto a nadie, respeto para que me respeten...

A lo que la Mechunguita respondió sarcástica:

—Nadie te hará lo que tú no quieras que te hagan... ¿Verdad, Puchunguita?

—Claro, tú.

No bien hubo terminado la frase, Cuquita viró los ojos en blanco, y cayó redonda en el piso, como un pollo con el pescuezo torcido, desmayada a causa de la fiebre y de las emociones. Las dos mujerangas levantaron en peso el frágil cuerpo y condujeron a la Niña hasta la cama. Acostada, la adolescente parecía aún más delgada, endeble y enfermiza. La Puchunga corrió y trajo agua con hielo en una palangana, le hicieron frotaciones de agua helada con algodones empapados en alcohol. La fiebre bajó al rato, y Cuquita durmió plácidamente hasta las diez de la noche. A esa hora, despertó como nueva, con ímpetus de volver a limpiar todo el edificio si era necesario. La Mechunga le extendió un plato con sopa de pollo. Ella lo devoró en un minuto, chupeteando las cucharadas y haciendo un ruido espantoso de tragante de fregadero.

—No te acostumbres a enfermarte, la criada eres tú, no nosotras... Ah, y aprende a tomar sopa...

—Perdónenme, no sucederá más —pidió, y aseguró, Cuquita Martínez, roja de vergüenza.

Entretanto, la Puchunguita enfundaba su escultórico cuerpo en un vestido punzó de lamé, calzaba sus pies en unos tacones altos de charol rojo, y pintorreteaba sus labios de color vino de la Rioja. La Mechunga también inició el decorado de su cuerpo, y untó su piel con otro vestido de lamé dorado, sandalias altas doradas también, y

21

repintó su bemba de rojo escarlata. Motearon sus espaldas, hombros y entresenos con talco. Eso tienen las habaneras, les encanta salir para la calle luciendo motazos de talco en el cuello. Después de perfumarse, encendieron otros dos cigarrillos Camel. Estudiándose frente al espejo, sobaban los vientres, acotejaban los vestidos a la altura de los fondillos, también apuntalaban sus tetas. Acabaron por acentuarse los lunares con crayón negro, uno que tenía la Mechunga encima del labio, y el de la Puchunga en el nacimiento del seno izquierdo, justo sobre el corazón. Cuquita observaba embobecida.

—¿Por qué no te embullas y vienes con nosotras, tú? —preguntó burlona Mechunguita.

Ella negó hábilmente con un movimiento rotundo de la cabeza, pero envidiando golosa a sus compañeras de cuarto.

—¡Ay, sí, tú, ven a divertirte un rato al Momatre! —quería decir Montmatre—. Dale, te prestaré un vestido mío, de cuando todavía no me habían desarrollado estas tetas y este fondillo... —exhortó entre risas aspaventosas la Puchunguita.

En un santiamén, la disfrazaron con un vestido de terciopelo negro bordado en lentejuelas azules. Las teticas no encajaban en el escote, bailaban dentro de las ballenas. Sin embargo, las caderas llenaron la parte inferior del vestido. La jabá metió relleno en el ajustador y solucionó la ausencia de pechuga. Mechunga le prestó unas sandalias de charol negro.

—¡M'hija, tremenda pata que usted se manda! ¡Calza mi número, el cuarenta, p'a tu edad es tronco de llanta!

Era cierto que Cuquita podía dormir parada, y que se veía más que cómica, ridícula incluso, vestida de aquella manera, con las canillas peludas al aire, y aquellos pies inmensos, cual par de patas de ranas para hombres anfibios. La Puchunga maquilló su núbil rostro, lo más escandalosa que pudo. Y ella, al mirarse en el espejo, se en-

22

contró bellísima, pues la primera vez que una niña se pintorretea cambia por completo su universo, ahí comienza su trauma femenino, su compromiso libertario. Sin darle mucho más tiempo frente al azogue, la tomaron por el brazo y la halaron hacia la frescura de la noche habanaviejera, y de ahí caminaron hasta la Alameda de Paula. En donde las esperaba el Chevrolet de su amigo Ivo para conducirlas al cabaret Montmatre. Ivo, cuando vio a Cuquita, no pudo contener la criolla ironía, y preguntó lastimero:

—¿Y a esta putica tísica en qué hospital la dejamos?

La Puchunguita le sonó una clase de carterazo con su bolso de charol, que con el cierre le partió la punta de un diente. Demoraron una hora en toda aquella oscuridad, en espera de que Ivo encontrara el cacho del diente perdido, para que al día siguiente el dentista se lo pegara. Una vez hallado, desenterrado del asfalto, y guardado cuidadosamente dentro de un pañuelo de hilo doblado, entraron al auto y echaron a rodar en dirección del cabaret. Cuquita tenía un nerviosismo a causa del comentario de Ivo sobre su persona y del carterazo que dio, en respuesta, la Puchunguita, que comenzó a temblequearle la barbilla, y rechinó los dientes, hasta que no pudo aguantarse ni un segundo más.

—Señores y señoras... —pronunció la Niña con voz engolada.

—¿Eh, y ésta se cree que es locutora de televisión, tú? —interrumpió Mechunguita, todos rieron histéricos, e históricos, pero la joven Cuca continuó:

—Damas y caballeros..., quiero aclarar aquí, delante de todos, que yo no soy ni puta ni nada, es más, yo soy virgen... Sé leer y escribir, mi madrina me enseñó, y pienso, en cuanto tenga un chance, seguir estudiando...

Las atronadoras carcajadas hicieron que las personas que ocupaban los coches aledaños volvieran la cabeza para tratar de enterarse de lo que ocurría en el Chevrolet. Cuquita dibujó con su boca un puchero, y sintió ganas de abrir la portezuela y tirarse del auto andando. De hecho intentó hacerlo, y si no fuera por la Puchunga, que le dio un halón del carajo, rasgándole el vestido de terciopelo, Cuquita en estos momentos fuera papilla incrustada, o fósil, en el asfalto de la avenida del Malecón.

—¡Niña, no seas loca, eh! ¿Qué coño te pasa a ti? Aquí nadie es puta, no te vayas a equivocar con nosotras. Mechunga y yo somos vendedoras en El Encanto, la tienda famosa... Claro, tú eres guajira y no sabes de qué te hablo... Por la noche nos *encanta* divertirnos... es todo. Y eso de que eres virgen, ya veremos cuánto te dura. Y para que lo vayas sabiendo, nosotras también somos instruidas... que aquí el que quiere, puede.

Los otros dos pidieron disculpas a la muchacha, y se hizo un silencio de ultratumba sólo violado por las ráfagas gigantescas de las olas que traspasaban el muro del Malecón, bañando hasta más allá de la mitad de la avenida, hasta los edificios. Una niebla salitrosa cubría de misterio la noche iluminada con focos amarillos en majestuosas e imponentes lámparas a lo largo del centro de la avenida. El viento que se colaba por la ventanilla secó las lágrimas de Cuquita, que ahora pensaba mucho en su familia, y en la oscuridad tan desolada de los campos, y en seguida los comparó con la luminosidad de La Habana, tan bella, tan nueva y radiante para sus ojos. Ivo encendió la radio, la voz, tirando a lo ronca, dispareja y única de Ignacio Villa, Bola de Nieve, se dejó escuchar. Cantaba una triste canción en inglés. Cuquita sintió inmediatamente un filón (de *feeling*) inexplicable con esa canción, y eso que ella no entendía ni pitoche de inglés, pero algo espiritual, o de espiritismo, le decía que ésa era su canción, o al menos la que definía su estado de ánimo en aquel mismo instante: *Remember, it's my heart, the heart with the wishes olds... Be careful, it's my heart...*

—Ay, ¿qué quiere decir esa canción? —preguntó ansiosa, con la totica mojada ya, sin saber a qué venía ese flujo vaginal.

—Nada, tú, una bobería del corazón... —y Mechunga comenzó a cantarla en español, con voz chillona y pésima traducción—: *Recuerda, es mi corazón, mi corazón lleno de viejos deseos... Ten cuidado, es mi corazón, la, la, la...* No me sé la letra.

Cuquita suspiró honda y sonoramente, ya enamorada del dueño de aquella voz endiablada y melódica. La Puchunga adivinó sus súbitos sentimientos, y con un par de frases rompió en mil pedazos su castillo de arena:

—¡A la verdad, que el negro Bola de Nieve tiene una voz sopl'á, que le ronca la guanábana, qué lástima que sea negro y cundango! —Al descubrir el rostro desconcertado de Cuquita exclamó—: ¡No me vengas a preguntar ahora lo que es cundango, ya te enterarás! Si quieres verlo en persona puedes irte al restorán El Monseñor, o... —se puso irónica— montarte en un avión, e irte a París, dicen que allí es famosísimo...

El olor a mar, mezclado con yerba, y con colonias de a tres por quilo, invadió la noche, Cuquita seguía repitiendo la melodía de la canción en retahíla, en lo más profundo de su corazón. Ese mismo corazón que ella, aún siendo una niña, deseaba que alguien cuidara como a un biscuit, como a un bibelot. Necesitaba con urgencia de un bondadoso afortunado —de fortuna, de dote— que la mimara con esmero. Ivo bajó el techo convertible del auto. Mi auto homenaje al de las novelas de Cabrera Infante. El viento salitroso batió las cabelleras e hizo estragos en los maquillajes, carcomiéndose la crema Pons. Cuquita pensó que tal vez un hombre de pelo en pecho, un amante a lo *higlander*, eterno, podría darle el cariño que nunca había gozado en su agitada infancia.

25

CAPÍTULO DOS

CAMARERA DE MI AMOR

En este bar se hablaron nuestras almas
y se dijeron cosas deliciosas,
en este bar pensamos tantas cosas
por eso vengo siempre a este rincón.
Sírveme un trago de ron
y toma tu cerveza junto a mi corazón,
eres la camarera de mi amor.

(De José Quiñones. Interpretada por Beny Moré.)

ÉSA ERA LA HABANA, colorida, iluminada, ¡qué bella ciudad, Dios santo! Y que yo me la perdí por culpa de nacer tarde. Ésa era La Habana, con sus mujeronas de carnes duras, muslos gruesos, largos como torres, resbalosas piernas parejas o tobillos finos, pies experimentados a la hora de poner los tacones a trabajar, a rumbear, senos pequeños y firmes, o turgentes y dulces, porque la habanera suele ser de poco busto, fina de talle y caderúa. Los escotes y la provocación de los entresenos abiertos de par en par, iguales a terrazas en espera de Martí con la bandera cubana. Las bembonas pintorreteadas susu-

27

rrando caricias. Todo, cuentan, siempre a punto de caramelo: los lunares, las cejas arqueadas, los flequillos sobre la frente, las orejas perfumadas, los nalgatorios empinados, las barriguitas prominentes, los meneos, el sandungueo. Ésos eran algunos de los códigos sexuales y alegres de la Perla de las Antillas, ¡buena perlanga! La Habana, con su humedad salitrosa, marítima, pegada a los cuerpos. La Habana, con sus cuerpos acabados de bañar, entalcados, perfumados, y sin embargo, grasientos. Cuerpos brillantes de sudor, el sudor del placer, el placer del baile, el baile del amor. La Habana, con sus miradas calientes, y sus roces, o repellos que queman, y la lubricidad de los piropos:

—¡Niña, qué clase de culo, si te tiras un peo en una caja de talco, va a estar nevando un mes!

—¡Oye, mami, si cocinas como caminas, me como hasta la raspita!

—China, chini, ¿tu papá es tornero? No, vaya, por las curvas de tu cuerpo.

—Mamita, ¡qué pechuga, si estornudas te vas de boca!

—¡Curucucucho de mamey! Mi natillita de vainilla, mi flancito de calabaza, mi arroz con leche espolvoreado de canela, ven acá, mi tocinillo del cielo!

Ésa era la ciudad azucarada, miel de la cabeza a los pies, música y voces aguardentosas, cabareses, fiestas, cenas, comida típica cubana: carne de puerco asada, con mojo. ¿Que cuál es la receta para hacer pierna de puerco asado a la criolla? Ingredientes: una pierna de puerco de seis libras, más o menos, una cabeza de ajo, tres cuartos de taza de jugo de naranja agria, una cucharada de orégano, dos cucharaditas de comino, media cucharadita de pimienta, dos cucharadas de sal, una libra de cebollas. Bueno, primero, limpie la carne y perfórela por varias zonas con la punta de un cuchillo. Después, machaque la «testa» del ajo, agregue sal, orégano, comino, pimienta y el jugo de naranja agria, unte con una brocha

28

la carne con un poco de este mojo. La pierna debe reposar durante doce horas por lo menos, cubierta de cebollas cortadas en rebanadas. Se pica otra buena cantidad de cebolla, de las grandonas blancas, se sofríe el ajo y la cebolla con una pizca de pimienta, tapando siempre la sartén, hasta que la cebolla se ponga transparente, y el ajo no se achicharre. Ese sofrito se une al zumo de naranja agria, entretanto la carne se puede asar al horno a 325 °F, durante cuatro horas. Si usa termómetro de asados, espere a que éste marque 185 °F. O dentro de una cazuela tapada también. Se sirve la carne en una bandeja y se le enchumba de mojo. Es una verdadera ricura. Da para ocho personas. O, masa de puerco de frita, las masas fritas en mucha manteca de puerco, después se le rocea de bastante jugo de limón verde. Arroz blanco. Eso es lo más fácil que hay de hacer, mire, no hay que ponerse nerviosa, porque yo sé que el arroz tiene su cosa, y a todo el mundo no le queda bien. Hay a quienes le queda ensopado, a otros les sale como si fuera a enmacillar paredes con él. Para que quede desgranado, se deben seguir las instrucciones siguientes: los ingredientes, claro, son, por ejemplo, una libra de arroz, dos tazas de agua, una cucharada de sal, dos dientes de ajo, tres cucharadas de aceite. En una cazuela, pone a calentar el aceite, sofría los dientes de ajo hasta que los vea doraditos, los saca y quita el aceite del fogón. En la cacerola donde tiene el aceite, eche el agua con la sal. Espere a que el agua empiece a hervir, añada de un golpe el arroz bien lavado. Vuelva a ponerlo a hervir y luego baje la candela, de modo que pueda cocinarse a fuego lento, tapado durante treinta minutos. Da para seis raciones. Frijoles negros a lo Valdés Fauly, no son tan difíciles de hacer n'a: dos libras y media de frijoles negros, una libra y media de ajíes, dos tazas de aceite de oliva, una libra y media de cebollas, dos latas de pimientos morrones, media taza de vinagre, cuatro dientes de ajo, cuatro cucharaditas de sal, media cucharadita de pimienta, un cuarto de cucharadita de orégano, una hoja de laurel, dos cucharaditas de azúcar blanca. Lave los frijoles y póngalos a remojar dentro de un caldero con agua y el ají dentro, la noche antes de cocinarlos. Al día siguiente, los frijoles ya están requetehinchados, cocine los frijoles en agua abundante para cubrirlos lo suficiente. Muela las cebollas y los ajíes, no bote el líquido que sueltan. Eche todo este mejunje a cocinar, hasta que el líquido se evapore, añada una lata de pimientos morrones molidos y la mitad del aceite. Sofríalo, y vierta el contenido en los frijoles. Sazónelos con sal, azúcar y pimienta. Se ponen a cocinar a fuego lento. Entretanto, vaya agregándole aceite, vinagre y la otra lata de pimientos cortados en pedazos y el agüita de éstos. Lleva tres horas, para que espesen bien, o cuarenta y cinco minutos, si se hacen en olla de presión. No olvidar, a gusto, la morcilla y el laurel. El tiempo de cocción depende, naturalmente, de la calidad de los frijoles, si son los americanos que son grandes, largos y duros, pues hay que darle más tiempo, si son los cubanos o los brasileños, que son chirriquiticos, redonditos y suaves, basta con el tiempo indicado. Al destaparlos, se les da un poco más de candela, a ojo de buen cubero, hasta que cuajen, y se conviertan en una especie de puré. Todavía están mejores al día siguiente, entonces se les llama frijoles negros dormidos, porque se ven así, como pasta, rendidos. ¡Y cuántas recetas más, cuántos olores! La Habana con sus sabores, mezcla de salado con dulce, arroz con frijoles y plátano maduro frito, y como postre cascos de guayaba con queso crema. ¡Ay, La Habana, tantos goces inefables, del paladar, y... de lo otro! Tantos muchachones elegantes vestidos de trajes de dril cien, los que podían, los demás también se ponían trajes, menos costosos, claro, pero iban elegantemente trajeados. Porque hay que decir que La Habana era, ¿quién se atreve a contradecirme?, la villa de los jóvenes universitarios con los sacos por encima de los hombros, discutiendo un poema de Paul Valéry en la plaza Cadenas, ése que dice: *Ce toit tranquille, où marchent des colombes.* Y era la metropolitana cabroncita, de los médicos hiperprofesionales con sus gabinetes en el barrio elegantísimo del Vedado, y la de los profesores miopes, endomingados, sentados en los bancos del Parque Central. Y la de los jóvenes chulos también, ¿por qué no? La riqueza de una ciudad, y sobre todo de la que estamos hablando, crece, precisamente, en la medida en que la variedad de personajes la decora. Hasta los bandoleros, luciendo cabellos engomindados, y risas de porfiados. Las señoritas y las putañeras discutiéndose el prestigio y las fortunas. Y los asesinos, y los asesinados.

La madrugada esparcía perfumes caros de la tienda El Encanto, o baratos de los Tencenes, sumamente escandalosos, mezclados con la pestilencia de diferentes alcoholes. ¡Ay, los habaneros, listos para ser acariciados, para ser besados! ¡Ay, coño, qué rica, esa Habana húmeda, esa ciudad de noches calientes, dulzonas! Y de vez en cuando, embrujaba un golpe de brisa marítima, y aproximábanse de nuevo las oleadas de vapores a potajes, o a tortilla vasca con chorizos, o a pan tostado. O solamente invadía la presencia de la piel del otro, su cercanía. Había que aprender a rozarse, dejarse repellar en un portalón del Malecón, bacilar el bacilón, que no es igual que vacilar en el bacilón. Y de cualquier terraza se descolgaba una música delirante, tambores sala'ísimos, guitarras melancólicas, pianos atrevidos, voces... ¡Ah, las voces de La Habana, todas parecían que cantaban un guaguancó, o un filín, o una guaracha, o un son, o un danzonete!:

Danzonete, prueba y vete,
yo quiero bailar contigo,
al compás del danzonete...

31

Hasta la fonación del vecindario poseía sus tonalidades según la hora. De mañana, los ruidos y los comentarios se fundían para brindar la suavidad de un danzón. Al mediodía, barrios enteros se evaporaban en el calor achicharrante, y ahí la atmósfera se cargaba de timbales y de meneos. La tarde era un son, por su bamboleo crepitante. La noche era el filín y la guaracha. No, cómo olvidar el chachachá, ese ritmo pegaba muy bien con la hora del almuerzo. Con ese movimiento de rompe y rasga, la somnolencia de sábanas blancas, meciéndose tendidas en las azoteas, y los pasillos bien marcados de cada plato, servido para el festín del paladar. Y luego, cómo no olerlos, el café, el tabaco, el vaivén de los helechos en la dejadez de la siesta... Y mucho más tarde: la noche. El habanero siempre busca la noche. La noche es su altar. Allí, él se ofrenda entero, desnudo, putón.

Cuquita Martínez sentía al mismo tiempo atracción y miedo por la ciudad. Iba, dentro del auto, observando el más mínimo acontecimiento callejero, aunque todos pasaban a máxima velocidad por delante de sus ojos. Por fin llegaron al Montmatre. Sus nuevas y raras compinches se tiraron, expertas, dando sendos saltos, del auto. Ya expliqué que, en el transcurso del viaje, Ivo, el amigo chofer, había bajado el techo, pues la máquina era descapotable. Eso, Cuquita no lo había pasado por alto, pero tampoco lo había comprendido con exactitud, pero, pensó que era hora ya de irse adaptando a las sofisticaciones y rarezas de la ciudad. Quiso imitar a sus dos amigas, y de un impulso se lanzó fuera del carro. Con tan mala suerte, que lo hizo del lado contrario, y cayó de culo sobre un enorme charco de agua natosa, podrida. Las cambreras de los zapatos se partieron y los tacones fueron a dar, uno en el bisoñé de un ochentón con cara de cura jesuita (los curas jesuitas tienen cara de merengues mohosos). El otro tacón tupió el saxofón de un mú-

32

sico que hacía su entrada. El ochentón no supo jamás de dónde había caído aquel tacón, y como un mongoliano, quiero decir anormal, insistía en hallar al culpable mirando para los balcones. El saxofonista se enteraría horas después, cuando se llevó el instrumento a los labios. Nadie reparó en la caída, porque Cuquita se movió más rápida que un cohete. Fue cosa de tocar el asfalto y como un resorte ya estaba en pie, pálida y enfangada, pero inalterable el rostro, queriendo, de todas formas, frotarse el nalgatorio, masajearse el huesito de la alegría, que le dolía como un amargo sufrimiento. Pero no lo hizo, por vergüenza. Mechunga, Puchunga e Ivo la vieron desaparecer y aparecer, en un gargajear. Entre desconcertados y doblados de la risa, apretándose los estómagos para evitar excesos de hilaridad, sacaron servilletas, pañuelos, frascos de perfumes, y limpiaron de inmediato y con esmero a la chiquilla. De cualquier manera, Cuquita había perdido estatura. Y por más que frunciera las cejas, como le recomendó la Puchunga, la cara, tan cercana en berraquería, de la primera comunión, y la flaqueza de los hombros y las rodillas, delataban su edad. Las sandalias de charol se habían transformado en chancletas. El barman observó desconfiado a Cuquita:

—Perdone la indiscreción, ¿es usted mayor de edad?

La Mechunga, radiante, embutida en su lamé dorado, interpuso su escultural cuerpazo entre la adolescente aterrorizada y el barman arrepentido. Las tetas hicieron estornudar al hombre de tan perfumadas y empinadas, justo quedaban debajo de las fosas nasales del tipo:

—Es mi prima, tú. La pobrecita es enana... Ya tú ves, lo malagradecida que es la naturaleza. Yo, creciendo, me fui en vicio. Y ella, cuando va a orinar, ¡casi se va por el servicio! —Todos rieron a carcajadas con el chiste de la Mechunga.

El barman, confundido, y ofendido, mostró, y les ofreció, una de las mejores mesas. Todavía el cliente era rey.

Las lágrimas de Cuquita comenzaron a rodar por sus mejillas arreboladas. Una vez en el asiento, libre de las miradas, envuelta en la semioscuridad, lloraba por lo sucedido, pero también porque era la primera vez que se paraba encima de un suelo alfombrado en rojo. Descalzó sus chancletas, y acarició las plantas de sus pies planos con los pelitos suaves y calientes de la alfombra. ¿Quién iría a decirle a ella, cuando caminaba por el pedregal de los surcos de su campiña, que iría a descansar encima de una alfombra roja? Eso era de reinas, de ricas, de...

—¡Putangas, decirnos a nosotras putangas! A éste, en cualquier momento le tienen que hacer la cirugía plástica de un trompón que le voy a sonar. Mira, mira, que cuando a mí se me enciende la sangre me da por desfigurar —rezongó la Puchunga refiriéndose a Ivo, que se alejaba en dirección a otra mesa, donde una rubia envueltica en carnes y pechugona le guiñaba un ojo hacía rato.

—Tú lo que estás es celosa... Hace meses que veo que estás metí'a hasta el tuétano con Ivo, pero no das tu brazo a torcer... Por mí, no, tú sabes que no estoy en n'a y que le doy a los dos bandos. Y él, no está mal... Pero, por esta noche, es la rubia oxigenada la que se lleva el pollo al caldero... el gato al agua, ¿o no? —ironizó la jabá.

—Ya veremos... ¿y tú qué miras, chica, te gusto o te caigo bien? —ahora la Puchunguita agitó la ondulada cabellera caoba en dirección a la Niña Cuca—. Mira a ver si te echas un novio, y me dejas tranquila, ¡oye, tú, qué encarne tiene ésta conmigo!

La jovencita hizo pucheros, se levantó, y corriendo vejada y desesperada entre las mesas, buscó la dirección de los servicios. Tropezó con cuanto se le atravesó en el camino. La gente protestaba ante aquel *vendaval sin rumbo*. Al final de uno de tantos pasillos, a ella le pareció que había cientos de ellos, cayó en brazos de él.

34

Era un muchacho delgado, pero de complexión fuerte. La sostuvo, evitando que se desbocara contra el quicio. Tenía el pelo lacio y engrasado con brillantina; al hacer el gesto brusco de sostenerla por los brazos, una mecha larga cayó cruzándole el rostro. Sus ojos eran tan claros como el cielo, cualquier cielo, no hay que ponerse ahora a describir un cielo en específico, y la sonrisa muy bonita, aunque los dientes de abajo estaban un poco encaramados unos encima de otros. Él sacó el pañuelo y limpió los cachetes de ella. No era ni alto, ni bajo, la estatura perfecta para poder ponerse en puntas y estudiarlo bien de cerca.

—Niña, vamos a bailar —dijo, y su voz sonó a rueda de casino, aunque todavía no era la época de ese baile. Su metal de voz anunciaba frenesíes, auguraba refugios. A Cuquita la recorrió un escalofrío y se zafó de aquella mano huesuda, pero firme.

—¡Ay, no, qué va! —Pero quedó parada en puntas, mirándole de cerquita, oliéndole la loción de después de afeitar, la colonia de Guerlain, y la brillantina.

Él no esperó un segundo más, y estrechándola por el talle arrastró a la muchacha hacia la pista de baile. La orquesta comenzó a tocar, y el mundo ya no fue más toda esa agonía de poder, política, y quítate tú para ponerme yo, y vamos a hacerle una mariconá a éste y otra hijoeputá a aquél. Cuquita vio por primera vez al gran Beny Moré dirigiendo su maravillosa orquesta con el bastón en la mano. El traje gris le quedaba grandísimo. O no, así se usaba, era la moda. Los pantalones batahola se movían como banderas al compás de sus novedosos pasillos. Entonó, con voz de brisa de cañaveral, la canción que marcó la primera y única historia de amor de Cuquita Martínez:

En este bar te vi por vez primera,
y sin pensar te di la vida entera,

35

en este bar brindamos con cerveza,
en medio de tristeza y emoción.

El techo daba vueltas y vueltas y vueltas... las luces con él, las paredes parecieron brillantes espejos versallescos, como plateadas, o doradas. En todo caso, se reflejaban como en un laberinto encristalado. Los reflectores daban la sensación de estrellas cayendo a mil, a velocidad incalculable, pidió innumerables deseos. De los cuales, muy pocos irían a cumplirse. Pidió que su mamá y su papá volvieran a juntarse, rogó porque todos pudieran vivir en La Habana o en Santa Clara, pero juntos en una misma casa, como una familia normal. Rezó diez credos para que su madre dejara el teatro, para que su padre consiguiera un trabajo mejor remunerado. Deseó que a su hermano se le quitara el asma y la mariconería, que el otro hermano poliomielítico recuperara la movilidad de la pierna enferma, que su hermana saliera bien de la operación de un quiste en el cerebro, que a su madrina se le aliviaran los flemones de las muelas, que el mulato blanconazo se redimiera y dejara en paz a su hermano. Rogó que ese hombre, con el que ahora bailaba, mejilla con mejilla, no escapara nunca de esa posición.

Camarera, camarera, eres la camarera de mi amor.

Entonces él suspiró, y Cuquita respiró los efluvios de su halitosis.

—Ay, ¿usted tiene puesto un puente? —preguntó refiriéndose a si tenía plancha, es decir, dientes postizos.

—No, ¿por qué? —se separó acomplejado.

—Porque tiene un poquito de peste a boca, mal aliento, vaya. Si tuviera un puente, le hubiera aconsejado que se registrara, pudiera ser que un perro haya hecho sus necesidades debajo, pero como no lo tiene... —dijo dándoselas de graciosa, e hizo el gesto de olerse en la copa de la mano.

—Es que comí tortilla de cebolla, me encanta comer cebolla cruda. —Y sonrió sin separar los labios, hablando entre dientes, pero sin quitar la punta de sus dedos de la hendidura de la espalda de la joven.

—Cuando uno come cebolla, después tiene que lavarse a fondo la boca, mascar papel de periódico o de cartucho. ¿Y usted, en qué trabaja, o no trabaja?

Su padre le había enseñado que lo fundamental que debía averiguar de un hombre era su situación laboral.

—¿Quién, yo? —inquirió como un idiota.

—No, bobo, aquel de enfrente, ¿con quién estoy hablando si no es con usted?

—Claro. No, yo, por el momento vendo lo que se me ponga delante, libros, muebles, máquinas de coser, de escribir, de manejar, quiero decir, carros... Hasta a mi madre, si se pone farruca, también la vendo. Soy, lo que se llama, un buscavidas, niña. Vendo a mi vieja por un dólar si me veo apretado.

A la muchacha la estremeció un temblor húmedo desde los tobillos hasta el cuello, erizándole esa zona de la piel.

—No diga eso, mire que una madre es lo más sagrado...

—Fue un decir, niña, fue un decir...

Y de una vuelta entera, la soltó y la obligó a que se luciera marcando el ritmo sola, conminándola a que moviera con entusiasmo el esqueleto. Pero la Niña Cuca no podía, porque era la única vez que ella se había atrevido a bailar con alguien tan experto en color y sabor local. En realidad, nunca antes había bailado. Y hasta ahí, lo que había hecho era llenarle de pisotones los zapatos de dos tonos a su compañero.

Ahora, suelta, apenas podía controlar su cintura, perdía el equilibrio, ninguno de sus movimientos era acom-

37

pasado, su cuerpo se tambaleaba como un flan sin molde en un plato llano. Él se dio cuenta de que ella era zurda para el baile, y tomándola ligeramente por la cinturita de avispa, con la yema de los dedos, fue maniobrando el cuerpo de la muchacha, corrigiendo los pasillos, coordinando el meneo de las caderas, mostrándole cómo acentuar el garbo de los hombros. Y como buena aprendiz de sandunguera, Cuquita en seguida le cogió el tumbao, se le fue por encima del nivel, y de buenas a primeras, salió al mismo centro de la pista, desaguatada, descoyuntada, como si hubiera vivido del meneo toda su existencia.

Desde la mesa, sus amigas observaban babeando sus vestidos de lamé, desquiciadas, la Puchunga alcanzó a semimover los labios:

—Pero, ¿y qué bicho la picó, tú, o es que la montó el santo?

—N'a, que encontró al hombre de su vida —replicó la jabá.

Fue la sensación de la noche, tocaban un mambo, y en un abrir y cerrar de ojos ella estaba enfrascada en el estilo de perrita en celo que tiene ese ritmo:

Mambo, qué rico el mambo.
Mambo, qué bueno es, eh, eh, eh...

Si un chachachá venía a colación, en seguida se fijaba en los pies de su amigo, en cómo marcaba el ritmo, y de un tirón aprendía, y un, dos, tres, chachachá, y un, dos, tres, chachachá, y a cada verso la Puchunga añadía un adjetivo maligno y envidioso a Caruquita:

A Prado y Neptuno, iba una chiquita, (barriotera)
que todos los hombres la tenían que mirar. (putañera)
Estaba gordita, muy formadita, (esquelética)
era graciosita, en resumen, colosal. (cocomacaco)

Pero todo en esta vida, se sabe, (guachinanga)
sin siquiera averiguar, (chismosona)
se ha sabido que en sus formas, (deformá)
rellenos tan sólo hay. (destetá)
¡Qué bobas son las mujeres, (retrasada mental)
que nos tratan de engañar, me dijiste! (lépera y leporina)

Sonaron una guaracha y sus cuerpos se juntaron. Vino una rumba y se volvieron a separar. Ella sudaba a mares, con el maquillaje corrido, los ojos brillosos, porque entretanto había bebido mucho martini. ¡Virgencita de la Caridad, si era la primera vez que bebía martini! Cuquita bailó y requetebailó hasta que se cansó, hasta que cayó desmadejada, otra vez, en los brazos de su pareja.

Beny Moré, el bárbaro del ritmo, había subido de nuevo al escenario, con su orquesta inigualable, y entonaba, con almibarada garganta, un bolerazo de altura, de esos que te dejan destoletado en el asiento, con ánimo, exclusivamente, de beber cianuro. El joven atrajo a Cuquita hacia él, quiso fundirla con su cuerpo, y ella sintió su cabilla dura entre sus muslos flacos, y se maravilló con esa cosquilla que le hacía la punta del pito en la cresta de su perilla. Él extrajo un pañuelo blanco del bolsillo trasero del pantalón y enjugó el sudor del rostro y del cuello de Cuquita; buena parte del maquillaje partió en la tela blanca. Tenía el pelo negro como azabache, ondeado, el rostro ovalado, la frente ancha y el hueso de la nuca botado (signo de fogosa sensualidad, vaya, síntoma de futuro fuego uterino), los ojos achinados y de color pardo, tirando a miel, la nariz pequeña, pero ñatica, la boca rosada y bemboncita, la tez nacarada. Su rostro quedó límpido, al descubierto, liso, infantil. El pelo chorreado la hacía parecer lo que era, una adolescente, pero recién salida de la playa, o de un río, o simplemente de la ducha, como la *Lolita*, de Stanley Kubrick.

—¿Y tú qué edad tienes? —preguntó tomando con ambas manos su rostro.

—Ahora es cuando se va a armar —comentó la Mechu desde la mesa, con la vista clavada en ellos.

—Mira, yo, ¡ay, fíjate, qué boba soy, se me olvidó preguntarte el nombre! ¡Y tú, no sabes el mío, me llamo Caridad Martínez, ay, mírame qué fresca, tú, como ya le tuteo, para servirle, pero me dicen Niña, o Cuquita, o Caruquita! ¿Puedo tutearle? —Él aceptó seco, contraído.

—Es una mosquita muerta, la tipita esta, tú. Una verdadera cañampúa —respondió a su amiga la Puchu, sin dejar de leer en los labios de la pareja cuanto conversaban.

—Sí, sí, pero ¿en qué año naciste? Yo me llamo Juan Pérez, y me dicen el Uan, por lo de *one* en inglés, porque soy siempre el uno en los negocios, no hay quién me coja alante, soy el mejor, vaya, el mejor y el más perfecto, el uno, aquí y donde quiera... ¿y lo de la edad, tú eres menor?

—Pero él no se va a dejar engatusar así como así... —siguió la Mechu en arduo deletreo de frases.

Cuquita asintió, sabiéndose traicionada por culpa de su cara de canaria jovenzuela, pero sobre todo con el terror de perderlo a él, el único ser humano que la había acariciado con ternura. Él, su primer hombre, el que la enseñó a bailar.

—¿Cuánto menor eres? —Y el rostro masculino se contrajo de terror y duda, y al mismo tiempo enmascaró la frase con un deje de orgullo.

La Mechu y la Puchu los dejaron por incorregibles, sobre todo porque, por fin, recuperaban la suerte habitual, y dos descomunales tipazos, vestidos a lo mafia siciliana, las invitaron a bailar.

—No, no tanto, tengo dieciséis y un poquito...

Él brincó de euforia paternalista, con ínfulas de Pigmalión, se persignó repetidas veces, la cargó en peso, dio

40

vueltas y vueltas con ella en sus brazos, colocándola más tarde, con cuidado extremo de vendedor de juguetería, en el suelo:

—¡Ah, no te hagas, si eres casi una vieja! —Y... la besó en los labios.

¡Uuy, uuy, uuy, qué sabrosura, qué rico, chico! Sin embargo, ella se saboreó, con gran esmero abrió la boca de él, olió dentro:

—Sigues teniendo una ligera pestecita. Ve y compra chicle, o toma menta, es lo mejor, lo más indicado para el mal aliento.

—¿Y eso es todo lo que dices de mi beso?

—Bueno, es que hasta que no se te quite el tufo a muela cariada mezclada con cebolla, no podré saber qué sentido tiene besarse. Date cuenta de que es mi PRIMER BESO. —Pronunció mucho más grande que las mayúsculas posibles de esta máquina con la que escribo.

El Uan partió raudo hacia el mostrador del bar, desapareció entre mesas y gentío. Cuquita se acordó de sus nuevas amigas, las buscó con la mirada, y las halló mateándose, o matándose, estrujándose a más no poder con los dos machos al estilo George Raft, digo, a lo Sonny Corleone. Entonces fue que reparó en que los juanetes le estaban dando unos latidos insoportables y regresó a la mesa. Estiró las piernas, y masajeó la planta de los cochinísimos pies con los pelos de la alfombra roja, dándose violín con los bordes entre los dedos, ¡qué alivio sintió! Tanto, que casi queda rendida, y hasta dio uno que otro cabezazo.

Pestañeó. Un estruendoso repiqueteo de tambores la sacó de su ensoñación, o más bien rendidera. El gran salón quedó en penumbras, apenas un amplio cono de luz iluminó el centro. Dentro del haz incandescente, mostraban sus espléndidas figuras dos hombres enfundados, exclusivamente, en mallas color piel, dando la impresión de que iban desnudos. Como que estaban muy bien dotados, *los aquellos* (los respectivos mandados) se marcaban que daba gusto. La Niña viró el rostro, pero poco a poco fue regresando la mirada, y con el rabillo del ojo estudió con detenimiento aquel par de fenómenos, a punto de reventar dentro de los soportes. En el medio de los dos bailarines sonreía una tiesa mujer, con cuerpo de americana, es decir, desculá y con los hombros como un perchero. Estaba vestida con una trusa de flecos, de tela de leopardo, queriendo dar la sensación de salvajismo. A un silencio de los tambores, cambiaron de posición, imitando el ralentí. A un nuevo tamborileo comenzó la danza apache. La coreografía consistía en lanzar a la mujer de un lado a otro y agarrarla justo en el instante en que estaba a punto de despetroncarse. El atlético rubio de bigotico la tomaba por la muñeca, se impulsaba, y de un tirón ella cruzaba el aire, cual jabalina sin par, en dirección a la pared más insospechable. El apuesto trigueñazo, con los tendones en erección, la agarraba a sólo unos milímetros de hacerse picadillo contra la mampostería forrada de espejos. Los tambores continuaban fervorosos, evocando indiscutible aventura africana. Nada tenía que ver con nada, ni la evocación tribal de la música, ni los movimientos retorcidos y violentos, ni las vestimentas, ni siquiera el nombre pretenciosamente indígena de la danza. Acto seguido, la linda pero patética muchacha, inalterable la sonrisa hiperfabricada, para no dar ni idea del menor sentimiento de temor ante la escena de peligrosidad, volvía a ser catapultada a los abismos, o rodaba por el suelo brilloso hacia una lejana esquina del sálón, donde, aparentemente, el hombre invisible sin gasas, la recibía. El cono de luz se desplazaba con ella, y de súbito, reaparecía, a punto de que la joven se desnucara contra una mesa, el brazo que la salvaba y que la volvía a soltar como si le quemara la mano. Cuquita Martínez estaba fascinada, pero sobre todo aterrorizada, con aquel nuevo deporte, totalmente desconocido para ella, aunque tan parecido al béisbol, lo único que no había bate, o quizás al balompié, pero no correspondía la semidesnudez de estos efebos cabareteros con los uniformes, que había visto en los periódicos, de los jugadores de fútbol, o baloncesto, o voleibol. En todo caso, la impasibilidad de la mujer-pelota, la agresividad de la situación, y el haber quedado sin su pareja, la confundían tremendamente. Era todo un manojo. No de rosas, sino de nervios. Buscó con la vista a sus amigas, pudo adivinar sus perfiles en la semipenumbra, contemplaban extasiadas la escena, apretuncadas, abracadas, contra los pechos de los guaposos a lo Al Capone, quién sabe si con ganas de ser batuqueadas y expulsadas al espacio. Con ansias locas y despiadadas de que jugaran a la pelota también con ellas.

La danza terminó, con la mujer destoletada, casi destripada, en el piso. Como muerta, pero sin dejar de sonreír. Los dos tipos saludaron, vencedores, al público que se desmoronaba en aplausos. Al rato, la bailarina irguió su cuerpo, y dando muestras de estar mucho más alegre, pero aún jadeante, se paró de un salto, y dobló su cuerpo en una reverencia. Los aplausos se volvieron clamores aún más vehementes y escandalosos. Cuquita Martínez no atinaba a nada. Sólo lloraba con las manos juntas, en señal de oración piadosa, pero no a causa de estar conmovida por la calidad del espectáculo, sino porque por fin todo había acabado, sin el menor incidente trágico, sin el más mínimo asomo de fractura en el cuerpo de la falsa apache.

Un vaho mentolado, un resoplido alcoholizado, se le coló en la oreja izquierda. Era él, de regreso; traía sendos vasos llenos hasta el borde de menta y de hielo, masticaba chicle, también de sabor a menta. Haló la silla que quedaba frente por frente a la Niña Cuca, le tendió uno de los vasos de bebida. Miró ardientemente —con la punta del pito mojado— en los ojos pardos. Ella sostuvo

43

la mirada indecente. El Uan bebió hasta la última gota, después volvió a rebufar en pleno rostro de su acompañante, interrogando con un gesto de la cabeza si todavía persistía algún tipo de olor desagradable. No, a decir verdad, ella aseguró que no; aniquilado el vaho maloliente, no había ni sombra de plaquita amarilla de las amígdalas con peste a mierda. Y la menta había eliminado la halitosis, seguramente penetrando a través del empaste y desinfectando el nervio podrido de la muela cariada.

Él cambió de asiento, colocándose muy pegado al cuerpo vibrante, elocuente, de la Niña. Ella se llevó el vaso a la boca con las dos manos, y tragó la bebida al cuncún, sin resollar. Después fue sacando los hielos con la punta de los dedos, los chupeteaba y los masticaba ruidosamente. Menos mal que otra vez la música silenció el traquetear de las mandíbulas en contacto con el glacial manjar. No cesaba de observarla; antes de que desapareciera el último cubito de hielo, pidió que lo pasara de sus labios a los de él. Ella obedeció, y el sólido y gélido aperitivo se fundió en seguida, convirtiéndose en saliva impúdica.

El beso, que comenzó muy remilgoso, en un jueguito de pasarse el hielito de una lengua a otra, cuando éste se desvaneció, las lenguas se enredaron como dos serpientes, y la ingenuidad se transformó en pornografía. Él mordisqueó los labios de Cuquita, hasta hincharlos, ella correspondía, pero quizás todavía demasiado concentrada en su timidez. El beso duró tres bolerones, uno de cuatro minutos, el segundo de tres minutos veinte segundos, y el tercero de cuatro minutos con treinta y tres segundos. En total, fueron once minutos con cincuenta y tres segundos de chupeteo y lengüeteo. El tiempo lo contó la Mechu, muerta de envidia, sofocada, excitadísima.

Los trombones sonaron en otra dimensión para los oídos de Cuquita Martínez, iban al mismo ritmo de la sangre hacia el cerebro, hacia el corazón, y ¿por qué no?, hacia el pene, nada apenado, del Uan. Sintió como si todas las luces del Montmatre se fueran extinguiendo una a una, y poco a poco fueran alumbrando cada fragmento de su cuerpo, cada metro cúbico de su deseo. Cuquita Martínez cerró los ojos y, cuando fue a abrir todo lo demás, se acordó de que ella tenía que llegar señorita al matrimonio. De un empujón se deshizo del Uan, gritó un NOOO histérico, de esos de filme de terror y misterio que venden por quilos en las tiendas de saldos, fuera de Cuba, claro. Pues, el alarido quedó estampado en el eco del recinto, y ella huyó como un bólido del cabaret y del riquísimo vicio.

Corrió descalza, sin que se le vieran las patas —lo cual era difícil dado el talentoso tamaño—, tanta era la velocidad. Casi volaba por los portales de la avenida del Malecón. Cual Ana Fidelia Quirot, corredora del futuro, ganó el paseo del Prado. Sin parar, con un latido al costado, en pleno bazo, atravesó cuadras de cuadras, manzanas de manzanas, kilómetros de kilómetros. En un santiamén se encontró en la terminal de trenes, a un paso de la calle Conde. En menos de lo que canta un gallo, estaba frente a la puerta del edificio de la asturiana. Subió las escaleras, con los ojos botados, la boca espumeante, empapada en sudor. Era la viva estampa de una demente, cinco segundos después de haber recibido tandas de electrochoques, escapada de Mazorra. Entró en su cuarto, cerró la puerta tras de ella, y se tiró en el catre a lamentar su maldita, o su bendita suerte. Estaba perdidamente enamorada.

A la media hora llegaron sus compañeras de cuarto, alucinadas, extrañadas por su raro comportamiento. Sin compasión la interrogaron. Ella movía la cabeza, en señal de negación, mesaba sus greñas, no podía hilvanar frase coherente. Salvo las aprendidas de memoria gracias a la radio, cuando las actrices *actuaban* situaciones

45

similares. Sus amigas buscaron una palangana con agua fría y con un paño refrescaron sus sienes, hicieron que bebiera jarra y media de limonada helada. La jabá secó su cuerpo con la toalla, la desvistió y la condujo al baño colectivo, abrió la pila, y el chorro de agua cayó, imperioso, en el centro del cráneo de la Niña. Debajo del agua lloraba con avasallador frenesí:

—¡Lo quiero, lo quiero, Mechunguita! ¡Lo quiero y me muero por él! —sollozaba y casi se atoró con el líquido jabonoso aspirado, tosió y un enorme globo emergió de sus labios.

—Chica, tú eres anormal, ¿y por qué lo dejaste plantado entonces? —replicó la Puchunga, observándola recostada al marco de la puerta, cogiéndole filo de refilón a la Caruquita, con la boca aguada por lo rosado de sus intactos pezones.

—Porque... porque... —De pronto se dio cuenta de que no sabía qué responder, porque ni ella misma conocía la razón por la cual había reaccionado de esa manera tan incivilizada, tal vez había sido la influencia de la danza apache, tal vez los nervios—. ...Me puse nerviosa, caballero, es la primera vez que doy un beso, así, en la boca, dense cuenta... ¡concho!

—Para ser la primera vez, no estaba mal... —ironizó la Mechunga.

—¡Ay, tú, no te burles!... Me fui porque... no sé... Porque ese hombre nunca se casará conmigo... —Y volvió a taparse la cara con las palmas de las manos.

Las otras se miraron incrédulas, convencidas de que algún virus desconocido había destruido los laberintos mentales de la joven, ni siquiera tuvieron deseos de burlarse de ella. ¿Casarse, pero por qué había que casarse? La Mechunga terminó de escurrirla, y de paso, de toquetearla, muy amorosa la condujo al cuarto nuevamente. Con el cuerpo fresco, entalcado, debajo de las sábanas, intentó dormir. El rostro de él estaba ahí, casi podía palparlo, no se movía de su cerebro, encaramado en su silla turca, fotografiado para la eternidad. La Puchunga trajo un vaso de leche caliente, dentro había disuelto cuatro meprobamatos. Cuquita bebió la leche hasta la última gota, haciendo sonar la garganta, cada vez que tragaba, cual tic-tac de péndulo conventual. Devolvió el vaso, limpió su boca con el dorso de la mano, luego se tapó hasta las narices con la sábana, y cerró los párpados convencida de que iba a soñar con su José Ángel Buesa, poeta de voluptuosidades callejeras: el Uan.

CAPÍTULO TRES

UNA ROSA DE FRANCIA

Una rosa de Francia, cuya suave fragancia,
una tarde de mayo, su milagro me dio...

(De Rodrigo Pratts.
Interpretada por Barbarito Díez.)

EL SUEÑO DURÓ OCHO AÑOS. No a causa de los cuatro meprobamatos, sino por voluntad propia. ¿Cómo iba a volver a verlo si no hacía nada a favor de ello? Se empecinó
en que debía ser él, el caballero, quien tenía que buscar-
la, caerle detrás, rendirle. Nunca más se movió de La Habana Vieja, no aceptó ni una sola invitación para ir a los
cabareses, proveniente de las inseparables Mechunga y
Puchunga. Ellas, por su parte, tampoco se lo habían tro-
pezado. La desaparición del Uan había acentuado el deseo de la Niña Cuca. Lo que había sido amor a primera
vista, se convirtió muy pronto en obsesión pasional, en
vehemencia, en devoción acallada. Y cada noche tumba-
da de rodillas ante su recuerdo, aullaba como una perra,
o rezaba un rosario como una beata ante el Cristo del
templo. Dedicó todo su tiempo a trabajar como una mu-

49

la, y a esperar a aquel hombre. El macho de su vida. Al cual ni siquiera le había entregado la dirección, ni la más mínima pista para hallarla. Tanto se esforzó trabajando, que al cabo de tres años, la asturiana le concedió el derecho a un cuarto aparte, a *un cuarto propio*; si hubiera leído a Virginia Woolf le habría colocado una velita en agradecimiento. Entretanto, había tenido que soportar los malabarismos sexuales de sus amigas. O cuando aparecía un tercero, un hombre, u otra mujer, se había visto obligada a pasar noches, madrugadas enteras, en el hueco de la escalera, llorando de pánico, cubierta de cucarachas (quién iría a decirle que en la vejez tendría a una como huésped, y casi como familia) y a punto de ser roída por las ratas. Hasta que la asturiana la encontró, durmiendo en el baño colectivo, con una gotera perenne obturándole el cráneo, y, conmovida, ordenó la mudanza al cuarto de la azotea. Allá, el calor la calcinaba, pero al menos podía tener privacidad. La Mechunga y la Puchunga continuaban mimándola, ella había aprendido a quererlas como a dos tías casquivanas, sin remedio, sin redención. Aunque, en realidad, era muy cierto que, durante el día estaban empleadas como tenderas de El Encanto, y se ganaban el pan decentemente. De su familia verdadera nada sabía, pero enviaba religiosamente todo el dinero a casa de la madrina María Andrea; ella se encargaba de repartirlo entre padre, hermanos y madre. Porque a la progenitora no le alcanzaba con la miseria que ganaba en el teatro, y que perdía de la noche a la mañana, por tal de mantener contento al imberbe amante de turno.

Una tarde llegó otra joven menudita, contaba quince años y buscaba casa y trabajo. Concha la recibió como tenía por costumbre, con la chancleta de palo en la mano, como mismo había hecho con Cuquita, y los trabajos de la casa fueron compartidos con la nueva. Cuquita se halló, de repente, con tiempo libre para regalar. Entonces, la asturiana la colocó en el cafetera nacional de Juanito, el de la esquina. Ahí, en las tardes, vendía tazas de café a tres centavos. Y quiso estudiar. Como ganaba más, intentó hacerse de unos ahorritos, sin dejar de enviar la misma cantidad de dinero al familión. Las economías apenas alcanzaban para comprar libros, porque ahora sí tenía que pagar alquiler a la asturiana. Sin embargo, había conocido en la lavandería de los chinos de la calle Jesús María, a una maestra que vivía en la calle Merced, quien, a cambio de que Cuquita cuidara de su anciana madre los fines de semana, ya que ella necesitaba viajar a Matanzas a encontrarse con un marido brujero, consintió en darle clases gratuitas. Así fue cómo Cuquita Martínez logró adelantar en su formación escolar, y más tarde se pudo matricular en el bachillerato, un poco pasada de edad, pero algo es algo. Es mejor que nada.

Porque ésta es una historia de amor y dolor, como la de la canción de María Teresa Vera. Es como una de tantas rosas que hinca, un novelón con espinas, pero ya lo dice la canción: *amor con herida es dulce dolor.* Ya lo aclararé en capítulo futuro, a pesar de la opinión de Pepita Grilla, mi conciencia revolucionaria, digo, mi madrina, pero a ella no le conviene que la llamen de esa manera, la perjudica; aunque esté autorizado el folklorismo, uno nunca sabe hasta cuándo va a durar la autorización... Como iba diciendo, éste es uno de esos folletines de guajiritas pobres que llegaron sin un centavo a La Habana, y se hicieron licenciadas. Aunque en casi todos los cuentos oficialistas, no entiendo el porqué, todas debieron prostituirse, y no se alfabetizaron hasta que la revolución no triunfó. Con el tiempo he corroborado que, en verdad, la historia se cuenta a lo comoquiera, a conveniencia de los que la cuentan. Muchas lograron estudiar, yo las conozco, haciendo un enorme esfuerzo, y no por medio de la prostitución, sino quemándose las pestañas, con el sudor de su frente. Lo cual es más difícil. Y

51

estimulante. *Sólo lo difícil estimula*, escribió Lezama. José Lamama Mima. Entonces, para no dilatar el asuntico, Cuquita fue una de ellas, aunque no llegó a la licenciatura, pero estuvo a punto. No pudo entrar en la universidad por culpa de un tipo, su único amor, y de un billete: un dólar. La historia de la humanidad está llena de amores, dolores y dólares. No menospreciar que, en 1626, el holandés Peter Minuet, protestante hugonote, compró Nueva York, en aquel entonces Nueva Amsterdam, por veinticuatro dólares; la suma, incluso, fue pagada en perlas de vidrio.

Pero ni siquiera la matemática pudo despejar del corazón de Cuquita aquella equis que había sido para ella el Uan. El hueco, aún no explorado, de su vagina no había cesado de latir desde aquella noche en que él chupó y mordisqueó sus labios y su lengua, con su boca olorosa, o maloliente, a tufo de menta, cebolla, carie y plaquita de la garganta. Ella se sentía toda para él. Desde aquella noche hasta la fecha, su aspecto físico se había desarrollado de manera sensacional; no es que fuera una belleza despampanante, pero igual dejaba sin aliento. Usaba talla treinta y seis de ajustador, lo que quería decir que poseía unas tetas al gusto de cualquier consumidor, ni muy grandes, ni muy pequeñas, un tetamen respetable, vaya. Pesaba ciento quince libras, medía un metro sesenta y siete. La cintura era de avispa, las caderas sobre lo anchitas, el fondillón parado como el de una negra, muslos duros y largos, piernas torneadas, tobillo fino. Pero pies grandes, eso sí que no podía solucionarse, porque una pata es una pata, aquí y en la Cochinchina, y ya se sabe que en los años veinte, en París, era muy *chic* poseer una soberbia patona, pero en La Habana eso es algo imperdonable, una mujer que calce un cuarenta es ya un crimen de lesa peletería. Pero entonces Cuquita decidió tapar este defecto poniéndose dos números menos, con lo cual terminaba el día a punto de cortarse los dedos, del torturante sufrimiento que le causaba trabajar con los pies comprimidos. Así y todo, Cuca Martínez paraba los carros en las avenidas, es verdad que mucho después de haber cumplido los quince años, pero en plenos veinte, que es casi lo mismo. Es que ella caminaba con un meneo, muy propio de su paciencia china y de su pasión dublinense contenida, que era un p'aquí, p'allá, de allá p'acá, que ponía duro al más blando.

Solitaria, trancada bajo llave dentro de su cuarto sauna, sudando a mares, desinhibidamente desnuda, quedaba encantada contemplándose en el espejo alargado de la puerta del armario estilo remordimiento español. Le gustaba acariciar su pendejera, y hacerse el cráneo de que era el Uan quien desenredaba esa mata espesa y negra, porque Cuquita era muy papayuita, y el pubis también ostentaba un hermoso cuero cabelludo. Toda aquella masa de carne, pelos, huesos y cerebro era ella. Toda entera para su hombre: el Uan. Todo ese fenómeno ya era un cuerpo de veintitrés años, virgen, en una Habana despelotada y desmelenada que soportaba muy poco a las vírgenes. La Niña, para nada tan niña, se vanagloriaba de mantenerse intacta para su Pipo, o Papi, o mejor, Papirriqui. Así es cómo, irremediablemente, las habaneras llaman a sus machos. Cualquier tipo se podrá llamar, no sé, Guillaume, Fréderic, Andrés, John, Richard, Francisco, pero a la larga siempre será: *Pipo, Papi* o *Papirriqui.*

Ella aguantó como una bestia, en la prisión habanaviejera autodesignada, soportó el castigo impuesto por sí misma, no saldría a buscarlo jamás, tendría que ser él quien viniera a por ella, o, en última instancia, sería el azar quien hiciera el milagro de reencontrarlo de nuevo. Así pensaba, hasta que, un sábado al mediodía, aprovechando que estaba libre de quehaceres, salió a la azotea en trusa, vertió un cubo de agua con sal encima de su cuerpo, esparció dorador en su piel, y se puso a tomar el sol. Pasaron, *en un final, las horas más sentidas*, bajo el sol más intenso. Al rato largo, en algún cuarto del vecindario, alguien encendió la radio, y se dejó escuchar una voz de hombre de elegancia incomparable. Cuquita empezó a respirar fuerte, el busto se le inflamó, su pepita latió desenfrenadamente. La canción se titulaba *Una rosa de Francia*, según el locutor, y era interpretada por Barbarito Díez en honor y bienvenida de una gran dama de la *chanson française*, así pronunció el locutor, la divina Edith Piaf, quien regresaba al Montmatre para:

—*Poner la gracia canalla de sus canciones en los chous de Sergio Orta. Edith Piaf nos colma de su arte maravilloso. La cantante fue recibida, hace tres noches, en el aeropuerto habanero por Ramón Sabat, presidente de la compañía Panart, que distribuye sus discos y Mario García, manager social del Montmatre. Acompañaban a la artista, Juan Pérez, de relaciones públicas, quien también ha estado mucho tiempo de viaje, de hecho ha sido él quien ha conseguido traerla, y el fotógrafo Eduard, por fin pudimos descifrar su apellido: Matussière. Lo primero que hizo Edith Piaf fue preguntarle a las cartas, y a los caracoles, si tendrá suerte con los habaneros, lo segundo fue ponerse a estudiar palabras con un diccionario francés-castellano, para poder anunciar al público sus nuevas canciones. Los progresos en español han sido enormes. Pero lo que nos gusta a nosotros son sus canciones, su bello acento parisiense, ya van dos exhibiciones a cabaret completo, y la gente pide más. Canta como una diosa, metida en su traje negro sin adornos, calza zapatos sin tacones. Todo el adorno que usa para salir a escena está en su voz. La misma voz que hace veinte años escuchaban los parisienses conmovidos en la esquina de la rue Troyon, y otras esquinas del París sentimental. Cuando ella sale, y sucede que es la primera vez que se la ve, es inevitable el gesto de sorpresa. ¿Cómo es posible, piensan los que nada saben de ella, que esa chiquitica cabezona, con esa cara de galleta, sin afei-*

54

tes, y esos brazos un poco demasiado largos, con esas manitas jorobadas, formen la figura de una cantante tan famosa? Para el público común, el principal adorno de una artista deben ser las joyas. ¿Dónde están las de esta estrella que se hace pagar los sueldos más altos del mundo? A todo esto, cuando la orquesta hace la introducción de una canción, Edith Piaf, la grande môme *(creo que quiere decir «momia») de París, haciendo un tremendo esfuerzo de memoria, da en su español pintoresco una breve explicación de la letra que va a cantar. El espectador que la está viendo por primera vez, no acaba de comprender esa vestimenta humilde. La señora que sabe del lujo, la compadece, porque no brilla en sus dedos, ni en sus orejas, una sola piedra preciosa. Pero... ya está cantando Edith Piaf. Las primeras frases, como su ropa, como su aspecto exterior, se han clavado en los oídos de la multitud de huérfanos de brillantez y colorido. En la sala se ha hecho un silencio palpable. Una de las cláusulas de los contratos que suele firmar, exige que mientras ella esté cantando no se sirva una copa, ni un plato, ni siquiera un vaso de agua.*

Pero el público no conoce esta cláusula, y mantiene un silencio expectante frente a su figura de muchacha pobre. ¿Qué cosa obliga al público a este silencio? Es la voz de Edith Piaf. La voz dolorosa que dice canciones tristes y canallas, con el acento que le enseñaron las calles de París. Los que la escuchan no comprenden todo el significado. Unos son turistas americanos. Los más, son cubanos, que apenas han viajado hasta Miami en alguna ocasión. Pero cuando Edith Piaf está cantando, todos saben que está expresando sentimientos inmensos. Lo adivinan en el acento desgarrador de su garganta. En la agonía de su mirada lejana. En los movimientos laxos de sus brazos, que tan poco tienen que ver con el resto de su cuerpo. Hija de un acróbata y de una lavandera, del suburbio parisiense se escapaba hacia las esquinas propicias de París, y dejaba oír su vocecita débil. Vestía así, como hoy, y llevaba los pies

55

descalzos. Y su figurita delgada y pálida enfundada en el negro sepulcral, semejaba una cruz clavada en la pared de cualquier edificio cuando abría los brazos y dejaba ir la mirada de sus ojos sombríos hacia el cielo. Alguien le pidió que cantara cosas alegres. Que el ambiente del cabaret no se presta para canciones tristonas. Si ella lo ha escuchado, sin dejar de sonreír con su sonrisa de muchacha triste, lo habrá perdonado. Porque ya una vez escuchó palabras parecidas, y como se trataba de un público, en su mayor parte de millonarios y de bellezas internacionales, creyó que no debía presentarse como lo hacía en las orillas de las calles citadinas. Y una modista —bajo consejos de Arletty y de Marlene Dietrich— ideó para ella un modelo exclusivo y lujoso. Un salón de belleza acicaló su rostro con afeites y colores de moda. Modelaron su cuerpo con agregados y arreglos, para hacerla lucir como una maniquí. Salió a cantar así, resplandeciente de lujo y elegancia. Pero el aplauso desde aquella noche fue escaso y casi de compromiso. De pura cortesía. El empresario, que la observaba, la esperó en su camerino. Y sin pedir permiso, le arrancó del cuello la cruz de esmeraldas. Le quitó el vestido lujoso y exclusivo y la cubrió con el viejo trapajo pobre que recordaba el de sus andanzas miserables por las calles de su ciudad natal, del París sentimental:

—Ahora vaya usted, Edith, vaya y cánteles.

Y volvió a ser la Edith Piaf que todos amaban. Una rosa de Francia, como la canción interpretada por Barbarito Díez, que en esta oportunidad la homenajea:

> *...Con sus pétalos blancos es la rosa más linda,*
> *hechicera que brinda su elegancia y honor,*
> *aquella rosa de Francia, cuya suave fragancia,*
> *una tarde de mayo, su milagro me dio.*

Cesó la voz del negro más elegante, y sedado (no movía un músculo de su cara, ni de su cuerpo, mientras cantaba), del negro más bello, discreto, y sencillo, de toda la isla, y más atrás, el vecino que había puesto la radio, la apagó. La muchacha pudo escuchar sus propios sollozos. Los lagrimones, sin embargo, se secaban antes de que pudieran correr por sus mejillas, tan quemante era el sol que los evaporaba al segundo. Lloraba por todo a la vez, por culpa de la canción, un danzonete de esos que ya no se componen, hecho a la medida para la voz aristocrática de Barbarito Díez. Gimoteaba por la historia tan triste de la cantante francesa, con su vestido tan pobre, con su melancolía, su fealdad bellísima, y los fervientes deseos de cantar, a pesar de tanta amargura en su vida. Pero sobre todo, casi berreaba porque no había podido pasar por alto el nombre del señor de relaciones públicas del Montmatre: Juan Pérez. El locutor aseguraba que había estado fuera de Cuba mucho tiempo, quizás por esa razón no la había buscado, por problemas de trabajo. Pero ¿cómo podía haber cambiado de situación laboral tan rápido? Cuando lo conoció, era vendedor de cualquier cosa, de lo que se le pusiera por delante, hasta de su propia madre si se ponía farruca. ¿Cómo había alcanzado tal ascensión? El presentador también había dicho que el tal Juan Pérez era quien había logrado que la francesa aceptara la invitación. ¿Y si se había enamorado de la cantante? ¿Y si la había olvidado por otra? Otra mucho mejor que ella. ¡Francesa además! Rabió de celos. ¿Y si ella se estaba ilusionando por gusto? No le gustaba vivir de falsas ilusiones, como las protagonistas de novelas radiales, aunque ya sabía, gracias a la maestra y al diccionario, que no era correcto decir *falsa ilusión*, era redundante, ya que una ilusión era, de por sí, falsa. Y existía un refrán famoso: el que vive de ilusiones, muere de desengaños. ¿No habría estado viviendo de ilusiones hasta ese instante? ¿Y si no era él ese Juan Pérez? Porque si de algo La Habana y sus alrededores estaban cundíos era de Juanes Pérez. ¿Era o no era? Si era, vendría

57

de seguro a su encuentro. Pero, ¿cómo?, ¡si no poseía ni siquiera una foto de ella! ¡Y cuántas Cuquitas Martínez no habrá en toda la isla! Tantas, como hijas de Oshún hay, que es casi el noventa y nueve por ciento de la población femenina.

Nuevamente, después de ocho años, sintió irresistibles deseos de pintarse la bemba de colorado, acicalarse como una mundanal mujer hecha y derecha, ponerse un vestido de lujo de los sábados por la noche, tacones altos de charol, medias de nailon (¡daban un calor del carajo, pero hacían tan lindas las piernas!), entalcarse las espaldas y el nacimiento de los senos, y partir para el Montmatre. Tuvo esa idea loca, en medio del llanto contagioso, imposible de retener. Cuanto más pensaba en su amado, más moquera brotaba de sus orificios nasales. Intempestivamente se incorporó, y, limpiándose lágrimas y babas con la toalla, decidió hacer en un minuto lo que se había prohibido en años: hallar al Uan.

Atardeció rápidamente mientras tomaba un baño en un palanganón que había instalado dentro del cuarto. Salió al fresco de la azotea en bata de casa y con los cabellos recogidos con la toalla. El sol, gigantesco y rojo, fue escondiéndose en cámara lenta, imaginen una película muda, detrás de los edificios, dando la impresión de que caía definitivamente en lo profundo e ignoto del mar. Desde donde quiera que Cuquita se paraba podía ver el océano, por eso amaba tanto vivir en las alturas, tan cerca de la luz, tan dueña del paisaje. De nuevo pusieron la radio, y entonces escuchó la voz de una mujer que cantaba como un gorrión de ciudad. Sin duda era la francesa, y en la brisa del atardecer, por encima de los edificios, vibró la adolorida melodía de la pasión de otro sitio del planeta. Cuquita no entendía ni pío, pero tenía la certeza de que la letra hablaba de un hombre amado arrebatado de su existencia. ¡Y quiso correr detrás de esa voz tan parecida al amor, ser como aquella mujer que el mundo entero admiraba! E incluso olvidó a Juan Pérez. Su único interés era conocer a la dueña de aquella impulsiva melodía, por lo menos verla de cerquita.

Corrió hacia el ojo negro de la escalera, bajó de dos en dos los peldaños, y se presentó en el cuarto de la Mechunga y de la Puchunga:

—Ahí llegó la tórtola del palomar. Ésta se cree que vive en un solarium, ahorita la trabé achicharrándose como un plátano tostón o una masita de puerco frita... tú, en lo que vives es en un solar, no te equivoques... no te hagas la del hotel Ritz... —refunfuñó la Puchu.

—¿Qué te trae por aquí en ese estalaje, vestida tan erótica y provocadoramente, en batica de casa y con los pelos empapaditos? —averiguó con descaro la Mechunga.

Vaciló antes de responder, no quería burlas, pero... Necesitaba saber si ellas saldrían esa noche, si por casualidad no tendrían inconvenientes en acompañarla a un cierto sitio... Pidió que le regalaran un Camel, estaba tan nerviosa, ella que nunca había probado un cigarro, fíjense, que hasta ganas de fumar le había dado. No pretendía molestar, estaba tan aburrida, necesitaba respirar aires distintos, modificar su mundo, acelerar su ritmo, volver a ser mujer, humana deseosa y deseable, dejar de ser lo que había sido hasta ese momento: un instrumento de trabajo, una mula de carga, un palo de escoba, un fogón tiznado, una batea llena de ropa jedionda. Estaba harta de esperar, de molerse el cuerpo para nada. Si no transformaba su ambiente se volvería loca. Ya había empezado a comerse las uñas y los pellejitos. Cada vez que escuchaba una canción de amor, un bolero, cualquier música, vaya, lloraba como una sapingonauta, como en una radionovela. Cada canción había marcado como una cicatriz su insípida vida. Estaba falta de cariño, falta de vida, falta de...

—Rabo, mi amor, a ti lo que te falta es mucho rabo.

59

No se puede vivir como tú vives, sin aliciente sexual —interrumpió la Mechunga.

—La nena está carente de rabo, ¿o de rabirubia? No, porque si de lo segundo se trata, aquí rabirubia es lo que sobra —apuntó maliciosa la Puchunga.

Ella sólo necesitaba una cosa —una cosa que yo sólo sé y que no era café—, un favor muy especial, que la acompañaran esa noche a un... cabaret. ¡¿Cabaret?!, preguntaron a dúo, y exclamativas, las dos amigas. ¿Y ese salto tan brusco? Ayer con un pie en el convento y hoy con el otro en el prostíbulo. Explicó lo ocurrido, la emisión radial, el probable nombre de su probable amado, pero sobre todo: la canción tan sentimental, la historia de la Piaf, casi tan trágica como su propia historia, tantas casualidades excepcionales en una sola mujer, de físico tan insignificante según el locutor, despertaron en Cuca el deseo de reavivar con fuerza y fuego su apetito sensual disminuido con respecto al mundo circundante. Las mujeres comprendieron, y aceptaron sin vacilar. Al fin y al cabo, ellas no habían dejado de salir ni una sola noche en ocho años. No quedaba bar, restorán, café, cabaret, que no hubieran frecuentado, conducidas siempre por Ivo, el chofer más solícito, y solicitado, de la islita entera. A quien ya habían hecho su amante, lo habían botado y recogido cuantas veces se les había antojado. Justo en el instante en que caía la noche, clara y esplendorosa de estrellas (esas mismas estrellas que en todos los libros describo como únicas, sensacionales, maravillosas, sublimes, insustituibles, el origen de todos mis gorriones, vaya, para abreviar la muela). Pues, en ese instante de la vida de los luceros, salieron las tres mujeres emperifolladas, cual tres reinas de carnaval.

En la alameda de Paula, esperaba Ivo en otro lustroso Chevrolet, último modelo. Prefería guardarle fidelidad al Chevrolet, porque entretanto había probado el Studebaker, con el cual había chocado cinco veces, no en

balde los jodedores bromeaban con lo de que el Studebaker, era el Estudebacle de Ivo. El viaje a través del Malecón tuvo mayor encanto que el primero. Eso tiene La
Habana, mientras más la caminas, más la quieres. Nunca te aburres, más bella la encuentras, porque en cada
ocasión te aguarda una aventura distinta, una seducción
que te hace batido de mamey del corazón. Aunque se esté cayendo a pedazos, aunque muera de desengaños, La
Habana siempre será La Habana. Y si la recorres en los
libros escritos para ella, donde la ciudad aparece como
una maga, si en lugar de andarla, como Eusebio Leal, el
historiador, la acaricias como sonámbula destimbalada
de sufrimiento, en la duda y la deuda del exilio, con el
tormento del imposible, que según Lezama Lima, o Lamama Mima, repito, reputa, es lo único que estimula,
entonces se da uno cuenta de que La Habana es la ciudad posible, todavía la del amor, a pesar del dolor.
    El cabaret estaba a tope. Era necesario quedar un
buen rato con los sentidos abiertos, como esponjas, para poder asimilar los olores a ron, tabaco, y el sinnúmero de perfumes caros mezclados con colonias chillonas,
distinguir los destellos de las joyas auténticas y aceptar
las falsas y escandalosas, ser capaces de establecer com-
paraciones entre una mujer y otra, reconocer que aquel
entreseno, a pesar de lucir el mismo escote, no era exactamente igual al primero, a punto de reventar. Había que
experimentar y entrar en la sutileza de unas medias de
malla, y salir del encanto de otras de seda, apreciar un
buen corte de pelo masculino, un bigote cuidado, un
mentón oloroso a Old Spice, otro a Roger Gallet, revisar
corbata por corbata, para caer en la cuenta de que una
veintena llevaban perlas enganchadas en el nudo, una
decena mostraban diamanticos imperceptibles, refina-
dos, gran cantidad no llevaban más que banales prende-
dores, o simplemente nada. Había que estarse un ratico
parado, en posición de alarma, o alarmante con respec-

61

to a los demás observadores, para poder integrarse con éxito al espacio. Para intentar mezclarse en esa vida sabrosona hecha de ritmo y de deseo que es nuestra verdadera razón de ser. Las tres entraron, y todos los ojos se posaron en una de ellas. Puesto que la Mechunga y la Puchunga no habían dejado de asistir al Montmatre, y eran archiconocidas, las miradas se clavaron en la Niña Cuca, quien había tenido la genial idea de comprar en la tienda Fin de Siglo un corte de tela de guinga amarilla. La guinga, todos sabemos, que es una tela de pobres, y cuando es amarilla, constituye un tejido de promesa a la Virgen de la Caridad. Pero esta guinga tenía su cosa, era diferente a cualquier guinga vulgar. Esta guinga amarilla era a su vez de brillo, es decir, una guinga de caché, de lamé, color orégano. Cuquita la había llevado a una modista y suplicó, encarecidamente, que confeccionara un vestido bien entallado, con un escote delantero en forma de *uve*, de tal manera que el piquito cayera en lo más profundo del entreseno, y otro escote *uve* en la espalda, pero más atrevido, casi hasta la cintura, con cintas que impidieran que los tirantes se estuvieran resbalando constantemente de los redondeados hombros. Pues con ese vestido, a la verdad, hecha una preciosura, apareció Cuquita Martínez en el Montmatre, calzaba zapatos con diez pulgadas de tacón, forrados en la misma tela de su indumentaria, medias finísimas color carne y con costuras detrás (ardid para provocar bizquera en los tipos). La cintura la llevaba aprisionada por un cinturón grueso, amarillo charolado. Sobre sus hombros descansaba una mantilla de yoryé (ya sé que se escribe *georgette,* pero quién le pide a un cubano que se empate con una buena pronunciación), que degradaba de un amarillo más intenso a uno más pálido, casi blanco, con una mariposa bordada en un extremo. En el brazo izquierdo rutilaba una cañita de oro dieciocho, con la medallita de la Virgen de la Caridad del Cobre como pendiente. Los aretes eran dos simples dormilonas, de oro dieciocho también, hipertrabajados contra el mal de ojo por su madrina María Andrea para que le trajeran buena suerte y la hicieran dichosa en amores. La Puchunguita había maquillado su rostro, pero ya una capa delgada de sudor cubría la frente, encima de los labios y la nariz. Sacó un pañuelito de encaje y enjugó su joven y, por ende, aún suculento y chupable sudor. Temblaba como un pollo mojado, y más ahora que gran cantidad de ojos masculinos la asediaban, y no menos cantidad de incisivas miradas femeninas la juzgaban, unas con envidia, otras con deseo reprimido. Una vez adaptada al abarrotamiento del sitio, sonrió aliviada, acomodada ya, ¡qué casualidad, en la misma mesa que aquella vez excepcional! Se sentía como un pescado en su salsa, como si conociera a todo el mundo, como si fuera ella la estrellanga de la noche, y no la Piaf. Sus amigas pidieron para todas menta con hielo. La menta, para nadie es un secreto, es la bebida que en seguida desordena los sentidos de las mujeres. A ella le vino al recuerdo, a la mente, gracias a la menta, la deliciosa halitosis de su adorado tormento. Y necesitó, con urgencia, un beso de aquella boca. En otra mesa, un sujeto era considerado, por el público burguesón asistente, tan provocador como ella, con la diferencia de que la extravagancia de Cuquita era producto de la carencia, y la de este pintor célebre, llamado Roberto García York, era la extravagancia artística. ¡Ay, tú, qué bien luce el despilfarro cuando es arte, del bueno, del mandado a hacer a mano! Iba vestido con frac negro, chistera negra, y a las espaldas llevaba dos inmensas alas de ángel. Era un homenaje a Marlene Dietrich y a su ángel azul. Su amiga, una francesa de nombre Janine, iba *desvestida* a lo Josephine Baker. La mayoría de los presentes tenía que hacer con ellos. Sólo un tipo de facciones rigidulzonas no reparaba en el opulento diseño del pintor. Era achinado, parecía bajito, pero no lo era tanto, estaba sentado en la barra, y observaba castigador a la muchacha. Cuquita le retorció los ojos, y no le dio entrada; de haberlo hecho, hoy estuviera, tal vez, casada en Londres con un tronco de escritor exiliado.

Bebo Alonso, el presentador, insolentemente elegante, a causa de un enorme lazo morado, como pajarita, incrustado en la tráquea, saludó al público en un inglés de puerto, un francés de aeropuerto, y en el acostumbrado habanero de zarabanda:

—¿Quiay, público divino?

Intenten traducirlo al francés, o al inglés:

—*Ça va, mon public divin? Are you all right, public divine?* —Y no cesaba de repetir en un francés orillero, jactancioso y mediocrón—: *Ça va? Ça va?*

Hasta que un chistoso, o tal vez duro de orejas para los idiomas, respondió a grito pelado:

—Viejo, no preguntes más si *se va*, aquí nadie se va a ir, acabamos de llegar, ¡no joda, chico, *se va* ni *se va*!

El salón completico se vino abajo de risas y chacotas. Entonces, Bebo Alonso se dio cuenta de que sólo restaba presentar a los genios musicales de la noche: el impecable Barbarito Díez, y la gorriona de París, la sin par Edith Piaf. Barbarito apareció en el centro del escenario, bañado de luces, e inmediatamente inició su sobria interpretación de *Una rosa de Francia*. Cantó como un dios, como era habitual en él. Si Otelo, el moro de Venecia, se hubiera dedicado al bel canto del danzonete, de seguro habría tenido su mismo metal, la idéntica levitación perdurable del sonido en sus cuerdas vocales. Oír para ver. Al final de la pieza, extendió su delgada y brillante mano negra, casi azul de tan negra, y sacó de la oscuridad a su rosa de París. Una mujercita rarísima, como una niña vieja, con las cejas como arcos de Belén, los ojos cándidos, pero maliciosos a un tiempo, el talle corto, las piernas suaves y separadas, como las de una bailarina, y tan frágil. ¡Santa Madre de Dios!, si parecía una hojita de otoño, un papel de copia, importado de China. Barbarito Díez, como un auténtico dios de la mitología, besó con un roce de sus labios azabaches la manito cachicambeá de la Piaf. Ella pronunció no sé qué bobería en un castellano rococó. Y luego abrió su pecho, y aquella hormiguita se transformó en Artemisa, en Yemayá, en Venus Afrodita, en Oshún. Era inteligencia y sensualidad, y esos dos atributos, dados juntos en una sola mujer, es el acabóse. Hay que apretar el culo y darle a los pedales. Cuando esa mujer cantó, se cayó el dinero, y se calló el mundo. Con las canciones de Edith Piaf se amaba diferente:

Tu me fais tourner la tête,
mon manège à moi c'est toi,
je suis toujours à la fête,
quand tu me tiens dans tes bras.
Je ferais le tour du monde,
ça ne tournerais pas plus que ça,
la terre n'est pas assez ronde,
mon manège à moi c'est toi...

El silencio, el gozo, la expectativa ante las próximas canciones inundaban la sala. Todos observaban y escuchaban a la artista arrobados por el misterio de su voz, una musicalidad impetuosa, un virtuosismo envidiable, las erres pronunciadas como un demonio a punto de mutar en ángel, unas erres requetearrastradas que para lograrlas no valen ni veinte años en la Alianza Francesa del bulevar Raspail en París, ni operación quirúrgica del frenillo. Y unas letras fabulosas que nadie entendía, pero que todos podían adivinar y soñar, no había que ser licenciado en lengua francesa para destimbalarse de amor con esa voz. La misma Cuquita ya invocaba por su hombre imaginario, es decir, el que se presentara, el que cayera, al que pudiera echarle mano. Porque cuando cualquier fémina escucha una canción de Edith Piaf, al instante se inventa un amante extraterrestre, un idilio eterno, un romance trágico. El repertorio engrosó la noche, y la Niña estaba amelcochada, a punto de llorar de ausencias, que quieren decir olvido, a un tilín así de nada, a una uña, de olvidar al amor de su vida, y de caer en brazos del primer jebo que se presentara, cuando así de sopetón, descubrió su perfil a lo lejos.

Estaba sentado a una mesa destinada a invitados de honor, emperifolladas las mujeres en visones y pieles, ¡con la clase de canícula que se estaba mandando!; los hombres iban vestidos con trajes y sombreros a lo Jean Gabin. La frivolidad es divina, sobre todo cuando se acerca tanto a la tragedia griega; es como un videoclip ático. Él tenía la vista fija, como cualquiera, en la cantante. No era tan bonito así, inmóvil, con una sonrisita también como pegada a la cara, una sonrisita actuada, muy tierna, impuesta por cierto, a lo Roger Moore. Cuquita sintió celos de la voz que tanto lo embrujaba. Pero se dijo que qué bobería era ésa, santo cielo, no podía empezar a comportarse como toda una señora esposa. No se atrevía a silbarle, psss, psss, y pedir que la mirara, que estaba allí, recondenada toda una salá vida por culpa de su ausencia, tampoco podía carraspear y desviar la atención de la cantante hacia ella, nadie se lo perdonaría, y la franchute la odiaría de por vida. Además, ¿quién dijo que a eso se le podía llamar buena educación? Tuvo la ocurrencia de utilizar una táctica infalible, mirarle sin pestañear al cuello, observarlo detenida e insistentemente. Eso no fallaba, al minuto se rascaría la cabeza, al rato buscaría entre el público, la hallaría con la vista. Eso hizo, miró, miró, miró y miró, hasta que se le aguaron los ojos de tanto aguantar petrificada, sin parpadear, a la oreja del hombre. Como en efecto, lo primero fue que se rascó, discreto, el lóbulo, después estrujó la oreja con salvajismo. A punto estaba de arrancársela, cuando viró el rostro hacia ella. La mitad de la cara de él quedó en penumbras. Ella enfocó al hombre, como en una película de Hollywood, y desenfocó al resto del universo. Estaba visiblemente incómodo, ¿por qué aquella señorita no le quitaba la vista de encima? Él apenas veía borroso; al cabo de ocho años su miopía se había agravado considerablemente. Sacó los espejuelos. ¡Oh, qué belleza, qué tipo tan interesante con lentes! La verdad es que, no sé cómo se las arreglan los hombres, pero saben sacar el instrumento preciso en el momento oportuno. Las gafas de miope le quedaban que ni pintadas, como si hubiera nacido con ellas. ¡Pero si estaba como para comérselo vivo, coquito rayado puro! Esa muchacha le recordaba a alguien, seguro estaba de haber bailado con ella, o con su doble. Sí, mirándola bien, así, con sus cristales fondo de botella, estaba completamente en la certeza de que había bailado pegado a esa mejilla de melocotón. Sonrió amable, con ligero movimiento de cabeza, muy metódico volvió al recital. ¡Ay, bendito sea el santísimo, si la reconoció, claro, ¿cómo no iba a reconocerla?! ¡Si él era el hombre de sus desvelos!... Pero, y ella, ¿sería ella, para él, la mujer de sus pesadillas?

Los flashes no cesaban de dispararse mientras el concierto duraba, sobre todo el flash de un joven sumamente despeinado, vestido de motociclista, con un casco incómodamente colgado del hombro. La Niña pensó que ése podía ser el Eduard Matussière del que había hablado la radio esa tarde, el fotógrafo que acompañaba a la Piaf. Las horas pasaron, lentas cuando lo observaba a él, demasiado rápidas cuando escuchaba a la mujer-pajarita. El tiempo es tremendón, cómo puede ser poco para una cosa y mucho para otra. Sin embargo, temía que la artista terminara, y el hechizo con ella. Por fin, la gorriona parisina se despidió de los espectadores y de los oyentes (no olvidar que muchos la escuchaban por la radio). Sólo por esa noche, al día siguiente cantaría otra vez. Dijo *A demain,* y de un ademán, con las manos piadosas y jorobeteadas, junto a su inmenso corazón confesó que amaba a todo el mundo. Hubo comentarios de que no sólo tenía grande el corazón, con suficiente capacidad para querer al planeta entero y a sus adyacentes. Rumores llegaron, desde la capital europea, de que poseía dimensiones divinas, ahí, entre las piernas, y que por eso volvía locos a sus amantes, y podía albergar a tantos a la vez, porque de aquello sabía mucho, era una experta. Y contaron que tenía extraordinario fijador en la tota. Era como el perfume bueno, y caro, que viene en frasco chiquito, y por más que uno se bañe no se lo puede quitar. Tuvo que salir nueve veces a escena, la gente lloraba a moco tendido, los aplausos y los vivas duraron alrededor de catorce minutos.

Bebo Alonso interrumpió bruscamente, anunció una orquesta bailable, y la misma gente que cinco segundos antes gemía y se desgañitaba de emoción, ahora se retorcía de pachanguería y sandunga desatadas. Así somos los cubanos, podemos estar jurando la bandera con las notas de un guaguancó en la cabeza. Entre la noticia de que tenemos a un familiar tendido en la funeraria de Calzada y K, y de que hay un güirazo en la Tropical, vacilamos, no sabemos para dónde coger, y usted puede apostar, sin miedo a perder, a que, sin mucho pensarlo, hay noventa y nueve papeletas para que decidamos por lo segundo. Al aclarar el día, de paso, como quien no quiere la cosa, con una resaca del carajo, vamos a tirar un llora'o al muerto, p'a que no se ponga bravo, el pobre. Y luz y progreso. Es una calamidad, pero el calor achicharra las neuronas. Y lo peor no es eso. Lo peor es, cuando, después de un sol que raja las piedras, cae un aguacero; imagínense, el cráneo hirviendo como una sartén. En el mediodía cubano, se pone uno un huevo en la cabeza y se fríe solo; al rato, cae un diluvio, pues es ahí cuando sucede lo más malo, se pasman las neuronas. ¿Quién puede pensar así, quién puede decidir algo, con las neuronas pasmadas? Y después los críticos literarios se toman la libertad, y el lujo, de escribir que los personajes de una novela cubana son caricaturescos. Pues, siento decir que tienen toda la razón, porque todos somos, aquí, en esta islita caricaturesca, cada uno de nosotros, una caricatura de sí mismo. ¿Para qué darle más vuelta a la tuerca? Si nos fuimos de rosca hace ya mucho tiempo. Ya lo dijo Máximo Gómez, que en gloria esté, porque, si es verdad o no, de que le arrancó la página del diario a Martí, ése es su problema, no el mío, allá él con su conciencia, dondequiera que descanse, o no. Pues, sí, ya lo dijo el generalísimo: *El cubano no llega, o se pasa.* Somos así y por eso estamos como estamos. Nadie está de acuerdo con el gobierno, pero el primero de mayo se desborda la plaza de corderos obligados, felices de aplaudir porque es la única oportunidad que tienen al año de comprar refrescos en latica, y en moneda nacional. En fin, volviendo a los años cincuenta...

Él se aproximó a la mesa. Ella estaba sola y desilusionada, desahuciada por la vida, esperándolo, como una cuquita mal recortada. La Mechu y la Puchu bailaban juntas, a falta de macho, casabe. Que no era que escasearan, sino que siempre una mujer encontrará pareja masculina, más rápido, si se pone a bailar independiente o con otra mujer, que si los saca a bailar directamente. ¡Qué zorros son, haciéndose los mosquitos muertos, los pobres infelices abandonados hijos del martirio y del infortunio! Como si me hubiera alguien escuchado, o leído, de inmediato tuvieron a su alrededor a un tongón de moscones sacándolas a bailar. Pero ellas siguieron dándose lija, valijú (palabrita que recuperé de las obras de Pepe Triana), que a los socios hay que tirarles al duro y sin guante, llevarlos a la tabla, contra la pared, bien recio, y que sufran, que se babeen viendo cómo bailan dos mujeres, dos arrebatadas que no se quieren la vida a la hora de cuadrar la caja, de ligar monstruos musculosos. Él se acercó al lugar en donde ella fingía sufrir. Aproximado, estudió el asunto con precaución.

Caruquita olvidó que había estado esperando ocho malditos años.

—¿Y qué? —preguntó acaramelada, rayando en el empegoste. Dulcísima, pero él lo interpretó satísima, rayando en lo putísima.

¿Quién era esa chiquita que tan confianzuda lo interpelaba?

—Aquí. ¿Yo? Bien, ¿y tú? —respondió sato.

—Mejor no puedo estar. —Pero, ¿y de dónde había sacado ese coraje? Se escuchó y se dijo que no se parecía a ella, tal y como había hablado.

Sentado ahora frente por frente a aquella arrobadora mujer, estudió punto por punto su cara ovalada, los ojos color jalea real, ligeramente asiáticos, la boca gruesa, lisa, la risa facilona y a la vez candorosa, como en un te doy y te lo quito, el pelo negro y ondeado, suelto en una melena natural, sin laca. Olía a Vetiver, o a un perfume usado por su madre, a Maderas de Oriente, no podía precisar con exactitud... Era lindona, sin duda, *era graciosita, en resumen, colosal, pero todo en esta vida, se sabe, sin siquiera averiguar...* No entendió por qué le había venido la letra del chachachá a la lengua.

—Yo te conozco de alguna parte... —afirmó dudoso. Y el universo romántico de Cuquita se derrumbó, ese universo clásico de: príncipe enamorado halla por fin princesa enamorada, la besa, y contraen irrompible matrimonio. Es increíble, qué buen tacto y qué mejor memoria poseen los *ellos*, y cómo somos de susceptibles las *ellas*. Y es que, ya lo dije antes, una canción de Edith Piaf hace milagros, puede convertirnos a Boris Yeltsin en el

70

príncipe azul. Cuquita se dijo que, tal vez, él estaba jugando a no reconocerse, y entró en el juego:

—No, no nos hemos visto jamás.

—Pues, ya tú ves, juraría que nos hemos visto antes.

Dale, vamos a bailar, niña, ven, que la noche promete... Pero cuando ella se paró, y su cuerpo surgió de detrás de la mesa, *cual flor primaveral* como la *Longina seductora*, el cabaret entero quedó en *stop-motion*. Era una botellita de coca-cola, con su cinturita, y las caderonas, y el culo empinado de negra solariega, y los muslos aquellos entisados en la guinga de brillo, y las tetas duras, el cuello alto, y las orejitas como tostaditas para desayunar. A él le encantó que gozaran a la muchacha, así se sentía sexualmente envidiado. Siempre ganador. Porque para ser dueño de semejante muñeca hay que dar un mantenimiento que ni un obrero de la Renault.

—M'hija, usted está buenísima cantidad —le susurró un socio enguayaberado, quiere decir, que llevaba puesta una guayabera almidonada de mangas largas, cosa poco común en ese tipo de lugar tan poco tradicional. Celoso, la atrajo hacia él, de un tirón la protegió con su cuerpo, y amenazador levantó el puño al atrevido, quien siguió en lo suyo con su inmutable pareja de ojos virados en blanco, a causa del suene yerbático y del coma alcohólico.

Bailaron la primera pieza, un bolero, muy pegados, como con superglú tres. Él seguía dudando, ahora más sospechoso, porque aquella mejilla contra la suya le era tan demasiado familiar. Y la cintura, y los brazos suaves, envuelticos en carne, como si los hubiera acariciado desde su primera eyaculación precoz. El pecho, pulposito, respirando sin tregua, y el entreseno hinchándose y desinflándose, sube y baja, tan parecido a los escotes de las mujeres de las películas de capa y espada de Errol Flynn, o de Alain Delon, que cuando respiraban, las pechugas querían estallar dentro de los corsés. Ella no pudo más,

71

y buscó la boca tan ansiada. Besó, tal y como había soñado durante ocho años que lo besaría el día que lo volviera a agarrar: introduciéndole la lengua hasta el frenillo, auscultándole cada muela, chupándole las encías y los bembos. Él correspondió perfectamente, como todo un hombrecito. Y se dieron linga y lengua cual dos felinos. Separados, agazapados, estudiándose los colmillos y las uñas afilados, ella dijo:

—¿Ya no comes cebolla? ¿Te empastaste la muela mala?

—¿Cómo? ¿Qué?

—Chico, déjate de gracia, no bobees más, tú eres el Uan.

—¿Y tú... tú... eres... Caruquita Martínez?

—La misma que viste y calza. Y hace ocho años que estoy enamorada de ti, metía contigo hasta la médula.

—Tanto fogaje contenido la impulsaba a desembuchar sin resuello.

—Bueno, yo creía que, vaya, como que saliste como si el diablo te llevara, pensé que mi peste a boca te había desilusionado... No, decidí dejar la cebolla, y en México me vio un dentista, tenía un problemita en las encías... y en una muela...

—Pero, hijo, no había que gastar plata comprándose un billete de avión, para saber lo de la muela picada, eso se olía a la legua... Estoy sola. ¿Y tú? —No vacilaba ni un momento; era una puñetera ametralladora.

—También estoy solapea'o. Claro, sin tiempo, con mucho trabajo, una presión tremenda. Soy el relaciones públicas de aquí, y pronto lo seré del Salón Rojo del Capri, si me salen las cosas como yo quiero...

—Si a mí me salen las mías como yo quiero, te voy a hacer muy feliz toda la vida... —¡Me cacho en diez! Pero ¿por qué siempre tenemos que estar prometiéndole felicidad al género más infeliz del mundo: el masculino? Como si de nosotras dependiera hacerlos jefes de alguna

72

empresa, directores de un periódico, dirigentes de un partido, generales de un ejército, presidentes de algún país rico. ¿Cuándo acabaremos de comprender que la felicidad de la gran mayoría de ellos, desdichadamente, depende del poder, y muy pocas veces, del amor? Aunque digan que un par de tetas halan más que una carreta.

—Por lo pronto, hazme feliz esta noche. —Respuesta inevitable que Cuquita aceptó con los ojos cerrados, a punto de abrir todo lo demás.

Abrió todo lo demás en el apartamento de él. En el décimo piso del edificio denominado con el apellido de su dueño: Somellán. ¡Al diablo la telita definitiva y definitoria, el himen destinado a la primera noche de matrimonio! Ocurrió en una terraza inmensa como un salón de bailes de sociedad, frente al mar, con viento furibundo, y salitre en los labios, muy cerca del cielo, al gusto de ella, dominando el paisaje, como un vigía. En el momento del desflore (¡qué fina me quedó esa palabrita de la época de ñañaseré!) comenzó a tronar, se desató un ciclón de esos que duran una semana, llovió sin parar. El país entero se detuvo, como es habitual en época de huracanes. (Pareciera que hace décadas que tenemos uno.) Llovió como hacía años no llovía, con relámpagos, rabos de nube, remolinos de tierra. Llovió con alevosía, ¡el copón bendito! ¡Que cuándo aquí dice a llover! no hay para cuándo escampar, ni para cuándo parar de... templar. Y eso hicieron ellos, no pararon de templar en una semana. En todas las posiciones habidas y por haber: encima, debajo, de lado, del otro lado, de pie, en parada de mano (lo que se llama el palo de la carretilla), sentados, recostados al balcón, en el lavamanos, en la taza del inodoro, en el fregadero de la cocina, en la comadrita, en el sofá en forma de U, en el piso pela'o de granito. No crean, que a Cuquita le dio su asquito tanta leche haciendo plaf, plaf, dentro de la tota, pero la naturaleza es como es, y no como una quisiera. A la semana, ella regresó al cuarto de la

73

azotea, pesaba diez libras menos (el régimen más exitoso consiste en cabilla, mucha cabilla, fíjense que los franceses singan para bajar de peso). Nadie había reparado en su ausencia, porque ningún establecimiento había abierto desde entonces, salvo la bodega dedicada al suministro de clavos, martillos, tablas, y lo necesario para asegurar puertas y ventanas. Concha, la asturiana, se veía asustadísima, porque la Mechunga y la Puchunga tampoco habían aparecido. De seguro, estaban albergadas en cualquiera mansión, gozando de lo lindo, porque las tragedias, cuando suceden, se saben rápido. Y al reparar en Cuquita, tan delgada, le reprochó:

—¡Niña, qué demacrada estás, ay, caramba, a ti ya te desgraciaron, y ahora, ¿qué le digo yo a tu madrina?! ¿Y quién fue el hijo de buena madre, si se puede saber? —Y sacó el pañuelo masculino con cuatro nudos premiados de dinero en cada punta, enjugó la manteca de la frente, la narizona, el cuello, y debajo de los sobacos, luego anudó de nuevo el monedero falso a la tira ceniza de su ajustador.

—El hombre de mi vida —respondió Caruca en las nubes de Bagdad.

—¿El hombre de tu vida, no, el hombre de tu vida? Así dije yo la primera vez, y voy como por el quinientos cincuenta y cinco hombre de mi vida. ¡Si los conociera yo! ¡Hala, descansa, que mañana se trabaja!

Al día siguiente llamó al número de teléfono de su oficina. Brilló por su ausencia. Había tenido que salir, con carácter urgente, de viaje de negocios a México. Se dijo que quizás tenía otra muela mala, y perros dolores de encía. No sentía temor de perderlo esta vez, sabía dónde vivía: en el décimo piso del Somellán, y dónde trabajaba: en el Montmatre. De los viajes, siempre retornaría, pues le había jurado sesenta y nueve veces amor eterno. Fueron, sí, sesenta y nueve, y no se equivocaba, porque ésa era la cantidad de orgasmos que habían tenido. En cada uno juró que se moría de amor por ella. Y por su ciudad. Como si mujer fuera sinónimo de ciudad. Y la ciudad tuviera útero. Pasaron días, semanas, un año y medio, y seguían juntos. Pero juntos, sin estarlo. Es decir, raramente juntos. Se veían tres días seguidos, templaban como salvajes, después él desaparecía. Ella se sumergía en sus clases, en su cafetería, en el trabajo en calidad de sirvienta. Al cabo de varias distanciadas semanas, él llegaba, tocaba el claxon, ella le hacía señas desde la azotea de que esperara diez minutos. En cinco se bañaba, en cuatro se acicalaba, en uno bajaba las escaleras. Iban a bailar al Montmatre, después al apartamento de él. Y así, siempre así. De goce en goce. De despedida en despedida.

Salió embarazada dos veces, y él pagó una fortuna por los abortos clandestinos en la consulta del doctor Banderas, en la calle San Lázaro. Después de tanto peligro clinicopsicologicovárico, aprendió a colocarse el diafragma. Cuando él desaparecía, ella buscaba refugio en las novelas de Corín Tellado, las cuales podía intercambiar en la quincalla de la esquina de las calles Cuba y Merced, y en los radionovelones, o si no, en las revistas del corazón. Así fue que se enteró de que otra francesa famosa visitaba la isla. Era una escritora, casi una niña, se llamaba Françoise Sagan, y había escrito una novela cuyo título la sedujo en seguida, pues pegaba muy bien con su estado de ánimo: *Buenos días, tristeza*. Seguro, de Verdi, de verdolaga, quiero decir, de verdad que la leería. En el aeropuerto, la última Miss Cuba (realmente la última), la señorita Flora Lauten, recibió a la escritora con un ramo de gardenias.

Al cabo de año y medio de vivir en tal desorden físico y sentimental, a Cuquita le entró un ataque de celos. No soportaba que los amigos la calificaran de tarrúa. De seguro él tenía otra en México, o en Nueva York, porque, ¿a qué viajaba tanto a esas ciudades? Él explicó, y recontraexplicó (le salieron astas en la boca de tanta explicadera, tuvo que tomar purgante) que no, que no dudara ni un segundo de su fidelidad. Sus ausencias eran, solamente, por culpa de su trabajo. Trabajo, por lo demás, sumamente complicado y peligroso. Ella lloró desconfiada por primera vez, y no fue la única. A decir verdad, ni siquiera sabía qué cosa era esa pincha, ese *job* de relaciones públicas. Algo tan esclavo y dependiente como, a él le tembló la voz, era cosa de representar a los artistas en el extranjero, y traer artistas... extranjeros, hacer intercambios culturales.

—¿Y por qué no nos casamos?

Lívido, la miró temeroso. Hondo, hurgó en sus grandes y rasgados ojos pardos. No, ¿qué significaba eso de casarse tan pronto? ¿Pronto, diez años era pronto? ¡Ella había esperado diez años! Estaba visiblemente nervioso, no soltaba la maleta. No quiso acomodarse en el butacón forrado en damasco, con parches notables:

—Claro, no quieres ni sentarte. Odias este cuarto. Nunca nos hemos acostado aquí... siempre en tu reino, en tu apartamentazo. No soportas este lugar, ni me soportas a mí... —Selló sus labios con un beso chupeteado, la desnudó con una sola mano, se desnudó con la misma mano, y ni siquiera para proyectar singársela soltó la maleta. Abrió la portañuela, sacó el tolete, y, no sin esfuerzo, también sacó los cojones. Al finalizar —mientras ella mamaba—, le pidió tiempo, estaba en líos, trabajaba para alguien con mucho poder, mucho dinero. Debía esconder bien esa maleta. No, ¡ay, mami, qué rico, así, así!, no eran gentes del gobierno, pero muy cercanos. ¿Mafiosos? —preguntó con la morronga como palillo entre los dientes—. ¡Coño, ¿cómo se atrevía a mencionar ese maldito barbarismo?! ¡Cuidadito con mencionar esa mala palabra, ni una vez más! ¿Lo prometía, sí? Que lo jurara por el amor de los dos, que jamás pronunciaría ese cinematográfico vocablo. Jurado estaba. Nunca más. Un chorro de leche le ponchó un ojo a Caruquita.

Desapareció quince días. Volvió en un auto nuevo. Un Dodge del cincuenta y ocho. Muy sedado, más elegante, oloroso a talco de lujo, bellísimo. Sacó de la billetera mucha plata, ella nunca había visto tanto dinero junto, y por eso viró la cara, no quería tocar, ni con la mirada, una suma tan descomunal.

Insistió en que recogiera sus tarecos, todos, todas las pertenencias de su vida, que constituirían en un futuro, el amargo baúl de los recuerdos pacotilleros.

—Nos largamos de aquí, vivirás en un apartamentico del Vedado, frente al Malecón, muy cerca de mí —aseguró más tentativo que de veras seguro, fingiendo que todo estuviera arreglado.

—Pero no contigo, ¿no? ¿Nunca viviremos juntos, verdad? —Soltó la pregunta con la mayor sequedad posible.

—No, no por el momento.

Regaló dinero a Concha, también a la Puchunga y la Mechunga, y a la jovencita que la sustituyó completamente en su puesto. La primera noche de la mudanza, pidió que guardara debajo de la cama unos cajones llenos de medicinas. Al día siguiente vino un socio a buscarlos, a su vez también traía otra caja, la cual cambió por las de medicamentos. Pero ésta contenía bultos de brazaletes rojinegros. Cuando él apareció, ella le espetó en plena cara:

—No quiero jodedera de política, nunca me ha interesado la política.

—Está bien, tranquila, no pasa nada, sólo ayudo un poquito, nada más. Contrólate, nadie te meterá en líos.

Lo demás ocurrió muy rápido. Como una pesadilla insoportable, en la cual no se cesa de caer, y caer, y caer. En seis meses, él obtuvo mucho más dinero. Al siguiente día, lo perdió. Para colmo, triunfó la revolución. De contra, ella salió embarazada. Sin dejar huellas, él volvió a escabullirse; esta vez se fue por un período más largo. Todo eso en seis meses, de un golpe. Para ella era mucho, una carga tremenda, insostenible. Un apartamento fue desocupado al lado, y trajo a sus amigas, pues no se hallaba viviendo lejos de ellas. La Mechu y la Puchu le estaban muy agradecidas por tan desmesurado obsequio hecho con sus ahorros, y con el sudor de su... iban a decir: frente, pero se callaron la parte correspondiente. Entretanto, el padre había muerto, de repente. De repente, no, tuberculoso. María Andrea también había fallecido, víctima de un extraño envenenamiento con cloro. Y la madre, con sus hermanos, habían adquirido una casita, también con los sudores que ya sabemos, el de su trabajo, y el del *trabajo hecho* al Uan. Transcurrió otro trimestre. Después del triunfo revolucionario, vinieron a su casa preguntando por él. Eran dos barbudos vestidos de rebeldes. Más tarde, fueron dos tipos trajeados, con sendas maletas contundentes en las manos. Identificados como la policía, aconsejaron que, en cuanto supiera de su paradero, que se comunicara con ellos en ese teléfono, extendieron una tarjetica. Pidieron que fuera discreta con ese tipo, que no le contara que ellos habían estado buscándolo. Que su amante (dijeron así: su amante) era altamente peligroso, un ponebombas, un terrorista, y que muchos seres humanos estaban en constante peligro mientras ese hijo de la gran puta anduviera suelto. Ella no creyó ni un ápice.

Regresó, disfrazado, resultaba cómico, e igualmente inquietante, verlo con ese bigotón, los espejuelos oscuros, vestido de ¡miliciano! La besó, tan tierno como siempre, pero más hondo y duradero, es decir, presagioso, como si no hubiera querido despegarse de ella. Nunca, nunca. Acarició su barriga, y bajito, tan bajito que ni ella lo oyó, contó secretos a su feto querido. Al rato, se dirigió a ella, apresurado:

—Tengo que irme. Esta noche me meto en una emba-jada, lo tengo todo preparado. No te preocupes, por fa-vor, esto no va a durar mucho, este gobierno se cae en se-guida. Vuelvo en tres meses, para casarnos, para tu par-to. Para estar contigo cuando vayas a parir. No tengo un quilo prieto partido por la mitad, no puedo dejarte nada, pero vendré como antes, o mejor que antes. O sí, algo tengo, sólo esto... —Entonces fue cuando introdujo su mano en el bolsillón del pantalón de miliciano, sacó ese algo enrollado y lo colocó en la gélida mano de ella—. Guárdalo como el tesoro más grande que hayas tenido jamás, como si fuera yo. Es muy importante; si me lo descubren a mí, puedo perderlo todo, hasta la vida... No llores, por favor, esto será por poco tiempo. Ya verás, te lo prometo, cuídate, aliméntate bien. No botes eso, es... de eso depende todo... es nuestro destino.

Y se fue. Como siempre se van todos los hombres, dando un portazo en nuestros corazones. Ella abrió la mano. En la palma lisa, joven, descansaba, cuidadosa-mente dobladito, un dólar del año 1935. Así fue su bau-tismo con un billete americano, al cual no dio tanta im-portancia. Al fin y al cabo, no era tan diferente del peso nacional, era sólo un papel en otro idioma. Pensó que, de todas formas, debía encontrar un sitio seguro para es-conderlo, y lo sembró en la mata de malanga. Él regre-saría, como siempre, desbordante de dinero, de orgullo y de amor. Y se sentó en el sillón. A esperar.

CAPÍTULO CUATRO

SE ACABÓ LA DIVERSIÓN

Se acabó la diversión,
llegó el Comandante,
y mandó a parar...

(De Valera-Miranda.Carlos Puebla
sólo sustituyó «Cabo Valera» por «Comandante».)

TRES DÉCADAS Y PICO SENTADA EN UN SILLÓN, haciéndome todas las noches la misma pregunta. ¿Qué haré de comer mañana? La pregunta de los sesenta mil millones de pesos. El pan nuestro de cada día: no tenerlo. A Talla Super Extra le andan diciendo *la cebolla*: por su culpa las mujeres cubanas lloran en las cocinas. Se darán cuenta de que unas veces Talla es Extra, y otra es Super Extra Larga; depende del volumen, el peso, las medidas, con que él asuma las responsabilidades o acontecimientos del momento. Para seguir en mi rutina, y entrar en talla, entallar la comida, que es lo que tengo que resolver ahora mismo, ya, y no la baba política. ¿Qué cocinaré, Vir-

81

gencita? Tal vez haga un picadillo, de gofio. Se coge un paquete de gofio, se humedece con agua primero, luego lo adobas con vinagre, porque el limón está perdido, sal, ajito y cebollita, si puedes irte a Güines y comprárselo a los guajiros, y si no, pues te cagaste en tu madre. Lo sofríes en la sartén, y ya está, la novedosa receta intragable de picadillo habanero de gofio. Hay que tener preparadas varias jarras de agua fría, porque para nadie es noticia de que el gofio da una sed de apaga y vámonos.

Cada vez que lo pienso me da una roña, yo tan boba —boba no, comemierda—, escudriñando el mar, como un inexperto grumete, esperando un barco que lo trajera de nuevo, o con la vista como un broche, prendida en el cielo, noche tras noche, desmayándome de deseo por que apareciera una lucecita diferente a la de las estrellas, algo que delatara que un avión lo devolvía a mí. Nada de nada. No vino nunca más, no escribió tan siquiera. Se lo tragó la tierra. Pero los meses pasaban y yo seguía sentada en el sillón, balanceándome, repitiendo su nombre: Juan Pérez, Juan Pérez, Juan Pérez, a ver si, así, mi delirio lo atraía, por magia, o por brujería. Hice cuanto pude, escribí su nombre en un papel de cartucho, lo eché dentro de un pomo con miel, con pendejitos míos molidos, y gotas del segundo día de menstruación; después recé la oración del Falo Mágico: *Con una te nombro, con dos te atraigo, con tres te amarro...* Y encendí una vela rosada, que imitaba fielmente a un sexo masculino, es decir, una morronga de cera. Fui a cuanto brujero, palero u cosa extraña existía, e intenté todo lo humano y lo divino... No obtuve resultados favorables. Ni una señal de él: mi adorado tormento, el tipo que me rompía el coco, el padre de mi hija, se había largado sin retroceso, porque en esos casos de huida patética y política no había marcha atrás. Nunca más. Al menos eso parecía en aquel momento.

Cada noche de mi vida soñaba con un beso de su boca. Me despertaba con la mía entumecida de tanto mordisquear mis labios mientras dormía. En las pesadillas me asustaban los traqueteos de mi propia dentadura, pues la tensión me obligaba a mantener fuertemente cerradas las mandíbulas, y pasaba las noches masticando mi nostalgia. En otras ocasiones, la boca amanecía supurante, herida, marcada por mis mordiscos. En protesta ante la impotencia de conseguir que el amor de mi vida volviera a besarme, y asustada ante mis autoataques besucones y chupones, fui al dentista, y ordené que me sacara los dientes. Todos, absolutamente todos. En un día. Por un tilín, no me fui para el otro mundo, tuve unas hemorragias del carajo. Pero anterior a la extracción masiva sucedieron otras cosas que pusieron la tapa al pomo, que colmaron la copa. A esas obsesiones autoagresivas nocturnas también se sumaron dos hechos más: una picazón rarísima en las encías, lo cual interpreté inmediatamente como un mensaje divino. ¿Y si mi Uan, mi chulito lindo, había muerto? ¡Ay, cómo lloré, Cristo de limpias, me chupé de lo flaca que me puse! Vivía la viudez, temblando de ira, de angustia, de pavor. Porque una de las muertes más insoportables es la imaginada, en la que no se ha visto el cadáver, y eso hace imposible la idea de la desaparición física. Hasta que una tarde, Ivo, el chofer, vino a vernos, en su descapotable de tantas aventuras imborrables, y nos contó que un conocido suyo había recibido noticias de que el Uan había pasado de Argentina a Miami. Y ése fue el segundo hecho, decir sólo eso. Sin más ni más. Sin mensajes. Rabiosa fui, y con más razón me deshice de la dentadura natural, extirpé mi sonrisa Colgate. Total, esa marca de dentífrico también había sido oficialmente excomulgada. No quería ser bella, no quería que nadie me viera bonita. Cuando me cicatrizaron las encías, pensé que, por lo menos, él vivía. Al tiempo me arrepentí, y mandé a hacerme una plancha en la cual brillaban tres dientes de oro. No la usé más de una semana, no me adaptaba, se me peló la encía y me salieron unas ampollas de huye que te coge el guao. Por otra parte, los dientes de oro no gozaban de muy buena reputación en ciertos ambientes, y la gente me confundía con una guaposa de Cayo Hueso, o con una moscovita. Y ya sabemos que *Moscú no cree en lágrimas,* la película donde aparecían muchachas con los mismos traumas míos, se estrenó muchísimo tiempo después. Decidí aceptarme desdentada. Al fin y al cabo, yo lo había escogido así.

Mi hija nació un siete de septiembre, día de Yemayá, la Virgen de Regla, y había temporal, el mar rugía revuelto, las olas tapaban el muro del Malecón, y el viento zumbaba bestial contra las persianas y ventanales de vidrio. Algunas ventanas fueron arrancadas con marco y todo por la fuerza, a causa de la agresividad del violento huracán caribeño, el cual imaginan los europeos como la octava maravilla del mundo, queriendo pasar, de todas maneras, por la experiencia del ciclón tropical, como si se tratara de partir de picnic a las islas Fidji. Los cristales volaban cual cuchillas a punto de decapitar a cualquier transeúnte aguerrido. Semanas antes de parir, volví una vez más a mi ciudad natal: Santa Clara. Quería estar cerca de mi familia, pero más arisca que mi familia hay que mandarla a fabricar, y pronto me arrepentí de haber regresado a la campiña. Bauticé a mi hija con un nombre sencillo: María Regla, en honor del parto, que también fue muy sencillo. Después supe, gracias al noticiero, que al huracán también lo habían nombrado Regla y sentí temor del augurio.

Llegué al hospital a la una de la tarde, y a la una y cinco ya ella estaba afuera, berreando, sangrienta. Feísima y lindísima a la vez. Desde que nació tuve la impresión de que sería igualita a su padre, una muchachita jeringona, malcriada e independiente. Demasiado independiente. Nunca olvidaré que ese mismo día, cuando me la trajeron, bañada y vestidita, no sabía qué hacer con ella, dónde ponerla... Entonces ella misma haló mi teta, se puso el pezón en la boca, torpemente, con ayuda de su manita, mamó hasta que se sació, y después viró la cabeza para el otro lado, y se durmió. Al rato nos trajeron de regalo, a las dos, un ramo de lirios teñidos de azul. Los rosados, correspondientes a las hembras, se habían agotado. Ese día nacieron, mayormente, niñas. Las mujeres del futuro.

Me dediqué en cuerpo y alma a la radio. En cuerpo, porque convertí el aparato en una extensión de mí misma; adondequiera que iba lo llevaba y lo enchufaba en la primera toma eléctrica que descubría. Me hice amiga de la radio. La radio era mi fiel compañera. Yo era su confidente. No resultaba igual a la inversa, por supuesto. Escuchaba discursos, partes heroicos, entrevistas políticas, himnos, noticieros. Radio Reloj Nacional, pim, radio reloj da la hora, pam. Se cumplía el primer aniversario de la entrada de Talla Extra Larga en La Habana. Todo era efervescencia, júbilo, fiesta, desazón, alegría, jodedera. ¡Cómo cambió después esa realidad, para sacrificio, matazones, carencias, resignaciones! Fíjense en el último chiste: ¿Cómo se dice período especial en francés? *Quescases*. ¿Y en portugués? *La resingasao nacional*. ¿Y en chino? Te toca un tin. ¿Y en japonés? T'o quita'o. ¿Y en árabe? Barba embaraja la jama. Y XXL, de comandante en jefe, se convirtió en comediante en jefe. Cuando me pongo a pensar en todo esto que hemos vivido, me erizo de estupor y pudor, se me pone la carne de gallina, así, ceniza. En la ciudad cundía una fiebre pirotécnica y unos saboteadores habían quemado El Encanto, entonces la Puchunga y la Mechunga quedaron desempleadas y se brindaron para cuidarme a la niña. La Niña. Fue entonces que todos dejaron de llamarme la Niña a mí, y ella heredó ese apodo. Ahora era ella la Niña Reglita, y yo, simplemente, Cuca. O Caruquita. O Cuquita Martínez.

85

Empecé a trabajar en un restorán, de camarera. Fueron nacionalizando todo, poco a poco, pero contundentes. No en balde había un lema que rezaba: *Somos como el elefante, lentos, pero aplastantes.* Pasé a formar parte de los trabajadores de la gastronomía. Del INIT, que, pensándolo bien, todavía no sé qué carajo quieren decir esas siglas: instituto nacional de cualquier berracada. Lo cómico fue que uno de tantos ministros extremistas de la época decidió ponerle a su hija: Inrainit. Es decir, INIT, por lo de los trabajadores de la gastronomía, e INRA, por el Instituto Nacional de Reforma Agraria. No, si cuando yo lo digo, lo de los nombres en este país, no tiene nombre, valga la redundancia. ¿A quién se le ocurre ponerle a una niña Granma, o Usnavy, o como le pusieron a mi vecinita, Patria? Menos mal que esta última fue y se lo cambió, aunque salió de Guatemala para entrar en Guatepeor, pues escogió llamarse Yocandra, que tampoco nadie entiende mucho qué es lo que quiere decir. Ella me explicó un poquito, dice que es un asunto de que si Yocasta y Edipo, que si Casandra y los troyanos y aqueos, pero a mí no me duran mucho esas cosas antiguas en el cerebrito.

No nos dábamos cuenta de los cambios, los aceptábamos sin chistar. Y cuando a alguien se le ocurría chistar, protestar incluso de forma constructiva, era un contrarrevolucionario, un vendepatria, un traidor. Mi hombre, entonces, era todo eso: un traidor a la patria, un gusano. Mi hombre era el enemigo. Mi hija, por la parte paterna, se convirtió en hija de la patria. Talla Extra era su padrastro, digo, su papá. Porque su padre no existía, había abandonado el país, que era no existir, como abandonar el mapamundi, no a nosotras, nosotras no teníamos la más mínima importancia en el asunto, sino a la nueva sociedad. Recuerdo cuando María Regla estudiaba en la secundaria, me sacó en cara que se sentía avergonzada de su familia: un padre enemigo de la revolución, un tío maricón, y una abuela puta. Cuando aquello, yo estaba medio metida en lo de los Testigos de Jehová, no porque creyera en ellos, sino porque la cogieron con visitarme y con leerme fragmentos del Nuevo Testamento y eran peor que unas ladillas con zapatos de atletismo de insistentes y pituitas, por pena casi acepto inscribirme, pero tuve que dejarlo porque, además de que mi hija me dio tremendo cuero cuando se enteró, no me gustaba nada lo de la prohibición de transfusiones sanguíneas, y sobre todo, era algo altamente perseguido por la policía, y si me trababan en ese trajín bíblico, podían quitarle el derecho a los juguetes de Reglita y zumbarme de cabeza a un campo de trabajo forzado. Con los años, XXL, de novio de la patria se transformó en el padre. Y nos endilgaron a Talla Extra de papá de todos los cubanos. De todas formas, a mí me durmieron con lo de que estábamos construyendo el futuro de nuestros hijos, y como eso, el futuro de mi hija, era lo único que me interesaba, pues me apunté en la lista.

Participé en cuanta campaña inventaron, la de alfabetización, la de formación de maestros en las escuelas makarenkas, que no era otra cosa que convertir en profesores a los mismos guajiros que seis meses antes eran analfabetos, en fin, no dejaba escapar ni una actividad. Y luché por lo mejor como una bestia. Fui trabajadora destacada permanente, no falté a ningún trabajo voluntario productivo. Siempre estaba, luchando, luchadora, de cara al campo. Me hice Luchera, que no es lo mismo que lunchera, aunque también eso fui, Luchera es especialista en coger lucha, en enfermarme de los nervios. Hasta empecé a sentir dolor de nervios. (Al tiempo aprendí a calmarme con mis pastillitas y mi roncito, decidí que la lucha la cogiera otro.) Andaba en pantalones pescadores, y con un taburetico enganchado en el cinturón, en lo del Cordón de La Habana (hay una bola de que instaurarán de nuevo este proyecto agrícola), para poder sentarme a la orilla del surco, y sembrar lo que hubiera que sembrar, o desyerbar, o recoger, cualquier cosa, tomates, papas, remolacha, café. Porque no olvidar que a XXL le dio, en su momento, por sembrar de grano caturla, cuanto terreno habanero fuera fértil. Ordenó arrancar de raíz cuanto árbol forestal y frutal encontráramos, y en su lugar debíamos sembrar grano caturla, es decir, café... de montaña. En resumen, que ni árboles ni cafetales. ¡Hasta en la fresa trabajé! Porque también le dio la fiebre de la fresa. Debíamos sembrar fresa en zonas microclimáticas. Nos convertiríamos en los primeros productores de fresa del trópico. Nunca me he comido una. Ni sé el sabor que tienen las fresas salvajes. Después vino lo de la inseminación artificial de las vacas, íbamos a producir el oro rojo: la carne, ya que no podíamos tener el oro negro: el petróleo. Y se construyeron vaquerías donde introducían constantemente varillas con semen de cualquier cantidad de toros, hasta de Talla Extra, en los úteros vacunos. Dicen que Ubre Blanca, la bárbara lechera, es hija de XXL. Y las vacas —para nada locas— se volvieron hipersagradas, les habían instalado aire acondicionado, amueblaron los espacios, pusieron cortinitas rosadas de encaje en las ventanas, y el hit parade del momento cantaba: *Matilda va, Matilda viene, y suspirando se detiene, muuú, muuú,* filmaron un videoclip con Ubre Blanca en el rol de la vaca Matilda, el cual premiaron con el Girasol del mensuario *Opina*; además Ubre Blanca fue invitada al programa estelar de los domingos *Para bailar,* y bailó en una rueda de casino y todo cuento. Con tanto inexperto experimento exterminaron el ganado, y a nuestro querido Comediante en Jefe se le ocurrió cosechar arroz en agua salada. Ahí fue donde los vietnamitas dejaron de confiar en nosotros y nos cogieron terror, nos veían como esquizofrénicos desahuciados. En otra ocasión, anunciaron que habíamos descubierto el remedio contra el cáncer: el tanino, bastaba que se hiciera un batido de cáscara de plátano y ¡fuera catarro! No sé por qué se olvidaron tan rápido de la explotación internacional de la patente. Luego trasladaron nuestra atención a un superproyecto agrícola, el plátano microjet, el sistema de regadíos Voisin fue relegado al último peldaño del escalafón. Daríamos, en esta oportunidad, unos plátanos del tamaño de un ser humano, los cuales crecían en menos de quince días. Era el advenimiento de la propaganda agitadora para que nos embutiéramos de bananas; nos estaban entrenando para simios, para el hambre del período especial. Comimos banano a pulso, hasta por los codos, cuando cagábamos debíamos limpiarnos con un gollejo de limón, pues es sabido que el plátano deja manchas que sólo el limón puede borrar. Cuando de la papa se trataba, parecíamos magos, igualitos a David Copperfield, los tubérculos nos salían por las orejas. En fin, que así fue, y ésa es mi vida. *Toda una vida...* Vida que he dado entera. Porque había que defender el sueño revolucionario, eso nos reclamaban los izquierdistas del mundo y los latinoamericanos: resistan, resistan. Y nosotros, ahí, machitos a todo, o hembritas a todo, resistiendo, un, dos, tres, y cuatro, comiendo mierda y rompiendo zapatos, marchando en las filas de los entusiastas, la generación de los felices. Jodiéndonos por tal de defender la ilusión de los otros, el sueño de los otros. Me pregunto, ¿por qué algunos de esos turistas ideológicos que tanto exigen y que tan contentos estaban con este proceso, y que hoy abandonan al pueblo cubano, por qué no se asilaron aquí, y vivieron aquí, en las mismas condiciones que nosotros? Porque no es menos cierto que muchos de ellos se instalaron en esta ciudad, y gozaron de barrios residenciales donde ninguno de nosotros podía poner los pies, y consumían en tecnitiendas, sin libreta. Es la historia mierdera de este país comemierdero, dar al que viene de afuera, tanto sacrificio por los ajenos, y ahora nadie se sacrifica por uno. Un ruso o un angolano poseían más derechos que un habanaviejero del Callejón del Chorro, recuerdo a un africano con la cara llena de cicatrices, de esos tajazos que les hacen al nacer en las tribus, sacarme violentamente de un taxi, sólo porque él era angolano. En otra ocasión, fue un bolo, perdón, un soviético, quien de un empujón me lanzó al suelo, y caminándome por encima de la espalda, se me coló delante en la cola del Mercadito de Línea, para comprar jamón plástico, argumentando que era un hermano soviético y técnico extranjero. ¿Y a mí qué? Yo, a Uzbequistán, ni siquiera la sabía puntear en el mapa. Sin embargo, África, aunque tampoco me había interesado mucho en su situación geográfica —por lo menos en esa que presentan las películas hollywoodenses donde a cada cinco segundos tienes a un león delante, una manada de elefantes, una serpiente del gordo y del tamaño de un acueducto central y cientos de negritos desnudos en posiciones semisalvajes, cada cual con una trencita en el centro de la cabeza anudada, en el mejor de los casos, por un huesito de pollo, en el peor por uno humano—; si bien no era una africanóloga, por lo menos tenía bien clarito que de por aquellos lares descendía buena parte de mi cultura y de mi religión. Porque aquí, el que no tiene de congo tiene de karabalí. Lo cual, igual, no constituía un pretexto para que el becado angolano viniera a desquitarse conmigo la esclavitud en la época colonial, y me arrebatara el puesto en el taxi. A veces, lo demás, era estúpida fatalidad lingüística, figúrense, con tantos nombres raros, y tantos jefes de tribus convertidos en jefes de estados, era una batalla campal con la memoria; en cierta ocasión nos obligaron por el sindicato nacional de los trabajadores a recibir a otro proveniente de África mía, y aquello se acabó como la fiesta del guatao, porque de momento armamos una rumba, muy espontánea, que cantaba: *Nyerere, Nyerere, venimos a recibirte sin saber quién eres.* Pero los sueños,

sueños son. Ya lo dijo Calderón de la Mierda. Que la vida es una barca. Perdón, ¿no es a la inversa? Una noche llegué a la casa, y hallé a Reglita con una lata de leche condensada rusa en la mano. Pregunté a qué jugaba, y me respondió que preparaba un cóctel molotov para matarme. Contaba siete años, y no me decía *mamá*; yo era *tú* o *Cuca*. Mechunga era Mamita, y Puchunga era Mimí. Por nada me da un Changó con conocimiento, o un infarto. Y me di cuenta de cuán ciega había estado, cuán alejada de mi hija. Ella entonaba himnos atroces, dedicados a bombardeos o a victorias eternas. Era la época de la guerra de Vietnam, y se la pasaba cantando:

Corriendo por el bosque va el pequeño Li,
la metralla le sigue detrás, pam, pa, pam, pa.
Pero el pequeño Li, pero el pequeño Li,
a la escuela asistió, a la escuela asistió...

Viendo cómo han cambiado las cosas por ese hermano país asiático, me pregunto a qué se dedicará el pequeño Li, hoy en la actualidad; tal vez sea un eficiente gerente de una empresa mixta americana. Pues, para seguir con María Regla, su carácter me preocupaba terriblemente. Pregunté en la escuela por su comportamiento, y me informaron que: *La compañerita María Regla Martínez se comportaba absolutamente normal: era combativa, obediente e inteligente.* Las dos últimas observaciones no me sorprendieron tanto como la primera, de la cual ya me había dado muestra fehaciente. Combativa también podía querer decir, sentir deseos de matar a su mamá. Cuando le pregunté, así, tierna y banal, cuál era la razón por la que ella podía tener interés en asesinarme, dijo, inalterable:

—Porque no tengo papá. Es un enemigo. Y los enemigos de la nueva sociedad no pueden tener hijos revolu-

91

cionarios como yo: el hombre nuevo. Y la culpa la tienes tú, por haberme puesto un padre enemigo. La Mechu y la Puchu me miraron con los ojos botados y rojos, rebosantes de lágrimas. Me senté frente a ella, suavecito tomé sus manos, le rogué con un puchero:

—Perdóname, he estado mucho tiempo separada de ti. Pero quiero explicarte algo, tu papá no es el enemigo. Tu papá tuvo que irse lejos, pero vendrá un día a conocerte... ¿Quién te dijo eso, quién te dijo, m'hija, que tu padre es un enemigo, y que por eso no puedes tener papá?

No movió un músculo de su pequeño y delgado rostro, ni siquiera buscó mis ojos. Sólo salieron sus palabras, secas, mecánicas, resentidas:

—Es la opinión de la compañera jefa de los pioneros.

Dejé el restorán. Pedí traslado para cuidar las taquillas de la playa del Náutico. No asistí a más ningún trabajo voluntario, por lo tanto no gané nunca el derecho a comprar, ni una lavadora Aurika, ni un reloj despertador Slava, ni un ventilador Orbita, que eran los que venían acompañando a los refrigeradores soviéticos para descongelarlos, y que los vendían aparte para apaciguar el sofocante verano, ni un televisor Electrón, o Rubín. En resumen, perdí todos los méritos, no me dieron ni una medalla. A mí me daba lo mismo un escándalo que un homenaje. Lo importante era mi hija. Nos levantábamos al alba, la llevaba a la escuela, iba al trabajo colgada de una ruta veintidós, la recogía a las cinco. Los fines de semana me acompañaba. Ni un día de sus vacaciones dejó de ir a la playa. Estaba orgullosa de que su mamá —al fin volvía a decirme *mami*— trabajara, como decía ella: *vinculada al mar*, cuidando taquillas. Pero de su padre no quería saber, no quería ni oír hablar, ni mencionárselo siquiera.

De noche íbamos a sentarnos en el muro del Malecón, contábamos estrellas, pedíamos deseos. Una vez vimos la caída de un lucero y rogamos no separarnos jamás.

Entretanto, La Habana se poblaba de uniformes rebeldes, de milicianos, de becados, de campesinos. Se hablaba de zafras descomunales, de dar hasta la última gota de nuestra sangre, de hundirnos en el mar, si era necesario. Las zafras se perdieron en el alarde, muchos dieron hasta la última gota de su sangre en guerras inútiles, otros la ofrendaron a los tiburones, fueron a hundirse en el mar, nadando detrás de un mundo mejor. Ese mundo que no fuimos capaces de construir porque nos amarraron las manos y nos inmovilizaron las mentes, el mundo que nos depredaron con las garras de la locura, y con las manías de poder y de grandeza. Cambiaron hombres por compotas cuando la primera derrota del imperialismo yanqui en Girón. La victoria nos sabía a futuro, creíamos que ganar era un don que nos había sido concedido gratuitamente, no por los dioses, sino por los soviéticos. Nos hicieron creer inmortales.

Las humillaciones se fueron haciendo cada vez más evidentes. En otra ocasión, Reglita, un poco más grande, se sentó en la cama con los codos en las rodillas, y la cara descansando dentro de las copas de las manos. Se negaba a visitar la casa de Mechunga y Puchunga. En la escuela le habían contado que esas dos mujeres habían sido prostitutas de oficio. Entonces, dos nombretes salieron a relucir: Fala y Fana, que era algo así como la pinga y su enfermedad. ¿Cómo podía una niña, Virgencita adorada, manejar esas palabrotas de manera tan indiferente? Todos los alumnos de la primaria, al salir de la escuela, voceaban improperios a mis dos amigas, insultos increíbles de escuchar en labios infantiles. Reglita se mandaba a correr, evitando saludar a sus tías postizas. Aquello comenzaba a tomar niveles tremendos, porque la gente se dedicó a chismear sobre ellas, que si eran tortilleras, que si nunca habían tenido hijos, que si les gustaba empatarse con millonarios, con ricachones, que si eran putas burguesas... La cosa pintaba mal; por suerte, o por desgracia, en ese teje y maneje, se crearon los comités de defensa de la revolución, y la federación de mujeres cubanas más tarde... Comenzaron las reuniones, pero también los juicios populares, y tuve miedo de que las cosas fueran más lejos, y... levanté la mano:

—Pido la palabra, compañera, creo que debemos darle una oportunidad a estas dos compañeras, Mechunga y Puchunga, e incorporarlas a nuestra nueva sociedad. Propongo que ocupen los cargos de vigilancia y de salud pública del comité y de la federación, respectivamente.

Silencio más absoluto que el absoluto. Un tipo se paró y gritó manoteando:

—¡Coño, no me digan ahora que la revolución se va a enviciar con putas y tortilleras, ¿por qué no traen maricones también?! ¡No jodan, conmigo que no cuenten!

Y fue cuando la Puchunga se volvió como una fiera enjaulada, y escandalizó más fuerte:

—¡Que se saque el rabo aquí mismo, tiene un tatuaje en el rabo, que se lo saque! ¡Que no venga ahora a hacerse el muy santo, que la Mechu y yo lo vimos, encuero a la pelota, en una orgía, en un pastel de pastelero, y de bugarrón! ¡Óiganlo bien, y que se sepa, de bu-ga-rrón! ¡Coño, que se saque el pito, o lo mato como un perro!

Era cierto. Al compañero secretario general del partido le habían tatuado, en sus buenos tiempos, a todo lo largo de su miembro, sexual y no político, encima del pellejito, vaya, el siguiente texto: *Renopla*. Habían hecho un trabajo finísimo, porque la frase sólo se podía leer cuando el pene se inflamaba: *Recuerdos de Constantinopla*. A partir de ahí, los jodedores de la cuadra primero, después del barrio, y más tarde de la isla entera, porque aquí las bolas vuelan, cantaban siempre que se lo topaban:

En el tronco de un árbol una niña
grabó su nombre henchida de placer
y el árbol conmovido allá en su seno
(el del partido)
a la niña una flor dejó caer...

La reunión se extendió, tomó días, y una en-verga-dura tremenda. Fue nombrada una comisión de expertos en tatuajes, paleografía, erecciones y pajas, para revisar el sexo del secretario general. Hasta invitaron a un científico soviético del KGB, especialista en penes micrófonos. Comprobado el hecho, dicho por la Puchunga, al infeliz le quitaron el carné del partido, y mis amigas fueron nombradas con los cargos de vigilancia y de salud pública del cedeerre y de la federación papayocrácica cubana. Pie de página para los lectores extranjeros, papaya es frutabomba y es sexo femenino, pero frutabomba es sólo la fruta, decir que fulanita es una papayúa no significa que sea mucha frutabomba, sino que sus partes gozan de medidas respetables, y que es valiente, una cojonuda, vaya. El origen del sustantivo convertido en adjetivo es excesivamente doloroso, porque sin duda, primero fue económico, aunque incluso hasta pudo ser amoroso; leí que durante la época colonial las negras evitaban el estado de preñez debido a su condición de esclavas, y preparaban pócimas con la savia y las hojas de la papaya, las cuales poseían infalibles propiedades abortivas; este procedimiento era tan común en las plantaciones que la vulva pasó a denominarse papaya. La federación papayocrácica cubana, todavía hoy por hoy, conserva esa propiedad abortiva, intenta de manera reincidente legrar el futuro de la cubana, trabajando en su contra. Pero ese tema es harina de otro costal. En fin, que mis amigas iniciaron un proceso de servilismo social muy propio de las exigencias políticas federativas. Y aunque siguieron llamándolas, pero ahora respetuosamente, compañera Fala y compañera Fana, Reglita no se avergonzó nunca más de tenerlas como tías. Y en lugar de burlarse, diciendo que eran la pinga y su enfermedad, argumentaron que, muy bien, esos nombretes, por la fonética, podían ser originarios de Río de Janeiro o de Lisboa. Y la vida retomó su curso, volvió a esa normalidad, que no está hecha para nosotros, que somos, al fin y al cabo, tan trascendentalistas, es decir, tan anormales. Yo no dejaba de pensar en él. No lo olvidé ni un segundo de mi vida. Vinieron otros, muchos, a los cuales les daba igual que estuviera desdentada, pero nunca me atreví a ofrecer serias esperanzas a ninguno. Sabía que existía, y lo último que se pierde, incluso por inercia, es la esperanza de ver vivo a alguien. Hasta Ivo vino a proponerme matrimonio. Juró y perjuró que sería un buen esposo, un padre excelente para Reglita. Con él sí que lo pensé, no porque me gustara ni nada, sino porque el transporte ya estaba poniéndose dificilísimo, y él cuidaba su Chevrolet como un tesoro, lo conservaba nuevecito, semejante a un pendiente de esmeralda de Liz Taylor, y pensé que sería una solución casarme, así no llegaría tarde al trabajo. Se me declaró en el autocine Novia del Mediodía, en la última función; después de ésa, aniquilaron el cine. El sitio fue abandonado, y creció tanto la yerba, que ni tan siquiera se ve la gran pantalla donde fueron proyectadas películas memorables. Pues sí, señoras y señores, como se los cuento, me confesó que estaba metiísimo conmigo, que se sentía dispuesto a conducirme —como un carro, quizás, como si yo tuviera un timón por bollo— al palacio de los matrimonios, o al bufete colectivo, eso me tocaría a mí decidirlo. Al altar no, porque estaba mal visto entrar en una iglesia, era penado por la ley profesar la alta religiosidad. Hasta se atrevió a robarme un beso, pero en seguida me soltó, porque Reglita estaba en el asiento trasero, y le sonó una clase de cocotazo, de yiti —dijo ella—, con los nudillos, que lo dejó privado del dolor. Me ataqué de la risa, por un tilín de nada me meo, hasta se me fue un chorrito. Pero de todas formas me entusiasmé con la idea de casarme y así poder tener auto. Después reflexioné, y me pregunté que: ¿y si el otro regresaba? Lo único que me quedaba era probarle que había aguantado como una caballa, como una tora, que había cumplido mi palabra, que había sido fiel. No podía echar mi dignidad por tierra, pisotearla así como así. Y rechacé la propuesta de Ivo. Con lo cual, no vaya nadie a creer, que fui tan sonsa y que no me acosté con él una que otra vez, porque un cuerpo es un cuerpo, y yo tenía el mío en muy buenas condiciones. Porque aquí hubo un cuerpal, con un afecto y un cariño que p'a qué. Y tronco de caretón de cine, desdentado, claro. Lo hice solamente como quien cumple una función fisiológica. Pero gocé de lo lindo, para qué engañar a nadie. Al menos destupí el hoyo, que ya tenía un queso, del cual Charles de Gaulle hubiera estado orgulloso. Él, que le encantaba citar el número de quesos que poseía La Francia: trescientos sesenta y cinco tipos, uno por cada día del año. Pues aquella vez gocé como se goza cuando una caga después de una semana de estreñimiento. ¡Se siente una clase de alivio!

Sin embargo, el fantasma del Uan me perseguía a todas partes. A veces iba colgada en una guagua, y tenía que lanzarme antes de que ésta parara, porque de pronto había creído verlo doblar por una esquina. Me dio por caminar y caminar La Habana, por buscarlo en las multitudes. Me entró un no sé qué, un cosquilleo con la ciudad, como si la viviera para él también, para su recuerdo. El tiempo pasó velozmente, muchos edificios se derrumbaban, otros sufrían cambios considerables en la arquitectura, pues los habitantes, al aumentarles la familia, debían construir barbacoas. Los árboles eran podados con frecuencia, y finalmente cortados de un tajo. Y, sin embargo, la gente continuaba siendo alegre. Por tradición. No había qué comer, para variar, pero *teníamos dignidad* y, sobre todo, *futuro*. Aunque muchos (los que teníamos hijos en edad de crecimiento) sabíamos perfectamente que la dignidad no se come, y que el futuro, como aliño y como porvenir, tiene sus límites. Yo seguía andando mi Habana, camina que te camina, bajo soles o temporales, y siempre iba a parar al Malecón, frente a mi azul mar mío. Esa masa vasta y gigantesca, salada, o dulzona y dolorosa, rugiente y amorosa, esa masa índiga de agua, tan buena a veces, tan dura otras. Tan parecida a una madre.

Intentaba llevar a María Regla, por lo menos una vez por semana, a un restorán diferente, para que los fuera conociendo, antes de que se extinguieran. El que más le agradaba a ella era El Monseñor, allí, todavía alcanzó a ver, una o dos veces, a Bola de Nieve, y siempre nos cantaba aquella canción en inglés que dice *Be careful, it's my heart...* Y las dos llorábamos como dos chiquillas. Bueno, ella lo era.

El Montmatre dejó de ser El Montmatre, para llamarse, y ser, El Moscú. El champán fue sustituido por el vodka, y el *foie gras* por la sopa solianka. En la radio no pasaba Edith Piaf, sino Edita Pieja, una imitadora proveniente de los países *amigos* del Este, junto a Karel Got, Klary Katona y una italiana loca muy conocida a la hora de comer en su casa, toda brillo y tortas de maquillaje, que nadie sabe cómo fue a parar a Cuba: la Lucía Altieri. Para almorzar, o comer, en el restorán, había que ser obrero destacado, y reservar por teléfono con una semana de anticipación. A pesar de que había adquirido nuevamente méritos suficientes que me permitían poder reservar, resolví no volver a entrar en ese sitio. Allí, donde di mi primer beso de amor.

Pero una noche de ronda, no de la canción sino de guardia de comité, invadida por la nostalgia quise volver con tanta fuerza, con desesperada carcomilla, que a la

98

mañana siguiente inicié los trámites, y aproveché, e invité a la comitiva completa: a la Mechu y a la Puchu, además, claro está, de traer con nosotras a María Regla. Nerviosísimas atravesamos el umbral, después de mostrar el carné del sindicato nacional de los trabajadores, mis cien diplomas de obrera destacada, mis sellos de cotización, y mi carné de salud pública al día. Apenas veíamos, no porque estuviera en penumbras ex profeso, sino porque sólo quedaban dos bombillos. A la hora vino, como en cámara lenta, la compañera dependiente, se sacó el mocho de lápiz de detrás de la oreja, sentimos tremenda peste a cochiquera. Antes de anunciarnos el menú, comentó en un suspiro de ultratumba, dirigiéndose, primero en singular y luego en plural, confianzuda:

—¡Por tu madrecita, esta niña, qué dolor de juanete tengo hoy! Eso es que va a llover, pónganle el cuño, de que llueve, llueve... Bueno, a ver, no se hagan ilusiones, que el que vive de ilusiones muere de desengaños, tengo para hoy, sopa solianka con cebollitas, sopa solianka con puré vita nuova, sopa solianka con quesito de papa, agua y boniatillo. Les debo el pan y el café. Recuerden que les mandamos una parte de la cuota a nuestros hermanos chilenos. Por tanto, y demás, tenemos té... de farmacia. Que no está mal, pero es té, de farmacia. —El asqueroso olor a jaula de rinoceronte seguía. Con la misma sacó un trapo mohoso, baboso, de color fango, y con él hizo como que limpiaba los doyles de hule de la mesa, con lo cual lo que logró fue esparcir la sancochera.

Comimos con hambre ancestral, pero con asco también; los platos estaban churrosísimos, con una costra de meses, ya escaseaba el fab, es decir, el detergente. No pudimos terminar las sopas como hubiéramos acabado con un plato de congrí. Quise hacer algo que hacía tantos años me moría por hacer, me descalcé de los zapatos, y puse los pies en el suelo. En donde esperaba encontrar la alfombra peludita y sabrosona, hallé la aspereza del cemento sin pulir, carrasposo como diente de perro de la costa cojimera.

—¿Qué pasó con la alfombra roja? —pregunté desconcertada.

—Mi vida, ¿en qué órbita celeste tú te mueves? Tú estás atrasadísima. La alfombra se la llevaron para la embajada *bola*, la de los bolos, la de los sovieyuniones, vaya, dicen que para confeccionarles abrigos a los becados que van de aquí para la Siberia. Y de lo que me alegré, porque esa alfombra era una cochiná, tenía un polvo y una peste a mea'o. La que limpia se enfermó, le dieron baja por peritaje médico, y esta que está aquí, mi cielo, no nació para estar en cuatro patas, qué va, de eso nada, monada. Aquí en este país, la esclavitú y el capitalismo fueron exterminados. Somos el primer territorio libre de América, y so-mos so-cia-lis-tas, como mismo me estás oyendo. ¡Somos socialistas, p'alante y p'alante, y al que no le guste que tome purgante!

Se alejó marcando una conga. Las lágrimas de mis dos amigas cayeron en goterones dentro de los charcos grasientos que formaban las sobras de las sopas en los platos. Tragué en seco, con la garganta echa un nudo. María Regla, igual que si nada, lameaba los bordes y el fondo de su plato:

—Eh, ¿y ustedes no van a comer? La que no quiera, que me la dé, estoy partí'a del hambre.

Las tres adultas nos miramos, luego observamos a la dependienta que disimulaba una botella de aceite de cocina debajo de su falda, amarrándosela a la pierna con una liga. Volvimos la mirada a la niña, ella a su vez devoraba golosamente con sus ojos nuestras soliankas. Le di la mía. Hizo un ruido chusmísimo al sopetear la cuchara.

—Reglita, aprende a beber sopa.

Nos volvimos a mirar las tres adultas. No quedó más remedio que recordar el día en que nos conocimos, en que yo bebí la sopa de la misma manera mal educada, y nos morimos, despatarradas, de la risa. Reglita ni nos miraba. Pagamos con bonos y nos largamos. Yo había perdido la noción del dinero, apenas veíamos grandes billetes, había olvidado la ley del valor, de la oferta y la demanda. En el exterior, la brisa nocturna que bajaba del océano por la calle O nos humedeció los rostros. La Habana olía como siempre, a yerbazal podrido, a maíz tierno, a gas, a peo tipo soplavela, de los de huevo culeco. Las guaguas dejaban en la atmósfera el vaho negro de su humo caluroso. Las axilas y las corvas de las piernas sudaban a mares. La débil electrificación nos privaba de descubrir los rostros, los cuerpos, de los paseantes, pero nos permitía deleitarnos con una luna inmensa y redonda, y con todas las constelaciones reunidas para agasajar la madrugada. Por la Rampa, desde el Malecón, como quien va en dirección al Coppelia, subían unos jóvenes armados con latas, las cuales habían transformado en tambores batá, cantaban a medio tono, desenfadados y risueños:

Ahora que somos comunistas,
y que tenemos libertá,
Nikita nos quita el azúcar,
y nos manda el petróleo p'acá.

Se referían a Nikita Kruchov. Un tiempo más tarde, al Moscú le hicieron un sabotaje. Es decir, los contrarrevo ejecutaron lo que ya había iniciado hacía años la propia Revo: la lenta e implacable destrucción. Al final le pegaron candela, para acabar más rápido, y fue cerrado por reparación, interminables años, hasta el jamás de los jamases al cual estamos acostumbraditos. Comentan los rumores que están pensando reabrirlo, porque unos franceses lo compraron a la mitad, y que se podrá entrar, pagando en juaniquiqui, en dolarísimos, *of course*. Tal vez ahora recupere su nombre original, eso ya depende de los compradores franceses, porque a lo mejor va, y lo que inauguran es un Quick. Pues sí, caminé como una turulata, como una quema'ísima del coco, casi gasté mis únicos kicos plásticos, que eran los zapatos de la época. Los míos eran el peor modelo, daban un calor del carajo, les decían las ollas de presión, porque ablandaban los callos. Eran blancos, pero con el mucho uso tomaban una coloración amarillenta, como si se hubieran frito en una sartén, o hervido en agua con limón, y aunque estaban llenos de huequitos no se aireaban los pies, el sudor armaba tremendo fanguero entre el interior y los calcañares. Daban una peste a cicote de padre y muy señor mío, y unos hongos de antología. Mis hongos eran ya champiñones de bosque francés. Se me habían enterrado las uñas, y la peste a pata no me la quitaba ni el micocilén, un talco de farmacia para el cual había que hacer hasta cinco noches de colas. Ésos eran mis zapatos, los inequívocos, los de andar, los de salir. Para ponérmelos daba un silbido, y ellos se aproximaban jadeantes, dóciles, amaestrados como perritos de circo, y se enganchaban en mis pies. Cuando envejecieron, recorté los tacones con una cuchilla de afeitar Astra (soviética), y los teñí de negro con tinta china. En ese entonces se había perdido el betún. Después reapareció el betún, y se perdieron la tinta china y las cintas de máquinas de escribir, con lo que tuvimos que teñir las cintas, viejas y gastadas, con betún para dar brillo a las botas cañeras. El betún, además, solucionó el maquillaje de la época, como no podíamos encontrar el rímel para las pestañas, pues nos las empegostábamos con betún de latica. Quizás por eso estoy hoy tan cegatona, tan jodida de la vista. No, si estamos vivos de milagro. Era la época en que casi todo era contrarrevo, como dice el Fax (¿será necesario que añada *lución* —o *lo*-

ción— para que entiendan?) y prohibieron hasta las matas de malanga; sí, una mañana, mientras escuchaba a los Cinco Latinos por radio, después venía el programa de Vicentico Valdés, se presentó un fumigador, apagó la radio, y me cantó moviendo el dedo como el péndulo a la inversa de un reloj de pared: *Malanguitas en el agua, no, no, no*. Comenzaba la campaña contra los mosquitos, y por nada me confiscan mi envidiada planta de malanga, por suerte conservaba el certificado de primer premio a la más combativa y entusiasta de las matas de malanga auspiciado por la federación papayocrácica cubana, competencia que demostraba el altísimo nivel de iniciativas de las compañeras federadas. Mi mata se salvó, pero la que por nada se mata soy yo, al intentar encaramarla en las vigas del techo, pues había que mantenerla en las alturas, y, además, sus gajos estaban ya larguísimos y con ellos pude camuflar los palos que apuntalaban la vivienda, porque a causa de la falta de mantenimiento, por culpa de la superpoblación, y por lo tanto de construcción de barbacoas, el techo se fue bandeando, y vivíamos en un sofoco, esperando de un segundo al otro el desplome. Prohibir malangas al menos era saludable, pero ¡los Beatles!, eso sí que era un crimen. Intentaban apuñalear nuestra juventud, aunque de todas formas, los escuchábamos encerradas, sentadas en el inodoro, o en el cuarto, con las ventanas herméticamente trancadas. Pasábamos horas intentando sintonizar la *doblesquiú eme eme*, una onda americana, y ahí sí que se podía oír de todo. O si no íbamos con la radio rusa al muro del Malecón, y sentados frente a la negrura de la noche, nos echábamos el programa *Nocturno* completico, que ponía todo Fórmulas Quinta, o todo Mustang, o todo Juan y Junior, o lo mejorcito que escapaba a la censura. Hoy escucho canciones como *Anduriña*, o *Globos rojos*, o *Una carta*, o *La profesora de inglés*, y se me pone la carne de gallina. También nos quisieron meter toda

103

esa tristeza de quenas y de flautas de la música latinoamericana, cualquier músico de metro que vistiera poncho se convertía en estrella de la tele. Yo, es que lo siento, pero al segundo roncaba, ¿qué tenía que ver esa agonía andina con nuestra ricura caprichosa? ¿Qué tenía que ver nuestra cultura musical con el lamento boliviano o chileno? ¿Por qué ese empeño en distribuir tristeza en lugar de alegría? El deseo malsano de obligarnos a creer que estábamos más cerca de Quilapayún que de los Beatles fracasó, en detrimento por supuesto de los primeros, pertenecientes a tan respetable cultura. ¡Dios mío, qué verdad tan grande es esa de que la juventud es una sola, y que hay que aprovecharla! A mí, ya se me estaba yendo, rapido, rapidito, y continuaba enamorada como una perra de lo imposible. Aferrada a mis falsas ilusiones, desviviéndome de desesperanzas.

Un día mi madre regresó reclamando cariño. Le presenté a su nieta, las dos se admiraron y adoraron al momento. Pero quiso reordenar mi orden, caotisarme, y cotizarme, mi caos, meterse en cada recoveco de mi vida. Hallaba mal, muy requetemal, que yo tuviera una canaquita de ron escondida en el armario, y que me la empinara a cada momento. De un tiempo a esa parte, bebía buchitos a toda hora, empecé con el ron. Enviciada, a falta de ron bebía hasta guafarina, el alcohol de bodega con azúcar y limón. Algunos conocidos comenzaron a llamarme *Guafa*, y decidí controlarme un poco, pero no mucho. Los fármacos y la bebida me relajaban, pero no conseguía olvidar. En el trabajo nos enseñaron la gimnasia laboral, que consistía en que debíamos parar de trabajar diez o quince minutos; en ese tiempo hacíamos ejercicios. En seguida que los terminábamos nos recomendaban tomar un valium, o un diazepán. Las pastillas y el alcohol me ponían a las mil maravillas, suave, fresca, y bajita de sal, en el séptimo cielo. Nunca me dio por fumar, y de lo que me alegro, porque miren lo caros que se han puesto los cigarros. En épocas de crisis duras, poco a poco, la Fotocopiadora se ha ido fumando la Biblia completa, el papel es buenísimo para manufacturar cigarros caseros. Una noche le toqué a la puerta, cuando abrió, la casa estaba llena de humo, me tranquilizó diciéndome que no pasaba nada, que sólo estaba fumándose el *Cantar de los cantares*. Mi madre lo hallaba todo irremediablemente mal. Argumentaba que ella poseía mucha experiencia, y nadie lo dudaba, pero que fuera a organizarse ella primero, y después que viniera a exigirme. Antes, había tenido que soportar su abandono, su ausencia, llena de amantes chulos e imberbes. Ella no podía soportar a mis amigas, la Mechunga y la Puchunga. Las trataba de fleteras comunistas, hasta a mí me gritó fletera sindicalista con hija de padre desconocido. Por suerte, Reglita no comprendió el sentido de la palabra, pues ya existía la carterita de mano, a la cual se le denominaba fleterita o maricona. Nos fajamos mi madre y yo a grito pelado, bueno, en realidad, era ella quien escandalizaba, yo nunca le levanté la voz a mi madre, nunca. Después de cantarme las cuarenta verdades, según ella, se esfumó por donde mismo vino, a vivir con mi hermana enferma. En la escalera, oí que renegaba de mí: podía olvidarme de su existencia.

Seguí manteniéndolas económicamente, decidí borrar los malentendidos, puse punto y aparte, me cagué olímpicamente en la discusión que habíamos sostenido en casa, y las visité a diario, siempre a una hora fija. Después de todo, era mi madre, y madre hay una sola. Mi hermano poliomielítico se había casado, y su mujer le dio hijas preciosas, pelirrojas, pero de pieles tostadas, y de ojos azules, como los de mi madre. Mi otro hermano, el asmático y católico crónico, se había metido definitivamente a monaguillo de la iglesia, y se convirtió en el ayudante principal del cura del pueblo. Vi una foto de carné de él, era un chino puro, igualito a mi padre, tan triste, chupado de lo flaco que estaba, e infeliz como él, con ese karma asiático que funciona tan bien, cuando conviene, en esta islita reina del mestizaje. El mestizaje: nuestra salvación. En fin, cuando no es manipulado, en tanto que insignia nacional, en cualquier discursito de ministro folklorista. Mi hija se me escapó de entre las manos. Creció metida en su uniforme almidonado y planchado, el cual se quitaba cuatro horas antes de dormir, y con la pañoleta amarrada al cuello, con un nudo infalible y bien apretado. Nuestro lema era la solidaridad con cualquiera, menos entre nosotras. Como el pueblo entero, enviábamos azúcar y café a Chile, ropa y juguetes al terremoto de Perú, zapatos a Vietnam, maestros y médicos a Nicaragua, maridos, esposos, hermanos, en fin, guerreros a África. El café, el azúcar, la ropa, los zapatos, los juguetes, estaban extremadamente racionados. Entre otros motivos, por eso los hombres decidían enrolarse en las guerras, para cambiar de aires. Mi hija se anotaba puntos sólo con estar de acuerdo con cualquier tarea sin sentido. Nuestro terreno de paz era la noche. Dormíamos juntas en una cama mediana, no porque lo deseáramos, sino porque las camas volaron, cual tapices árabes. (Y dale con el lirismo trasnochado.) En resumen, se esfumaron de las tiendas. Parecía como si los colchones hubieran sido otro invento del imperialismo que había que combatir y exterminar. Cuando quedaba rendida, yo aprovechaba y la besaba dulcemente en la frente, y la estrechaba contra mí, queriendo salvarla.

María Regla siempre andaba en actividades escolares, que si el taller de educación laboral, que si las pruebas de educación física en el Pontón, que si los actos de solidaridad, que si los himnos, las banderas, los estudios dirigidos, los círculos de interés contra incendios... Ahora era yo quien apenas la veía en la casa. A los once años salió del baño con el blúmer en la mano, manchado de un redondel muy familiar, esa baba terroncita, color café, de la primera regla.

—¡Al fin soy señorita! —fue el comentario. Le expliqué cómo se colocaban los cotes, pero ella ya estaba al tanto. Aún no tenía tetas y esa ausencia la sacaba de quicio. Los pezones hinchados, sin embargo, se marcaban en las camisetas de hacer ejercicios en la escuela. Le compré, en bolsa negra, un refajito, y me respondió que ni muerta se pondría esa ridiculez.

—Lo que yo quiero, mamita, es un pitusa caribú, o un Li.

—Que no era el pequeño vietnamita del himno patriótico, sino el jean tejano, que se lee Lee.

Ahorré como una mula, un pitusa costaba, siempre en el mercado negro, ciento cincuenta pesos, mi salario era de ciento treinta y ocho. Hace poco, un jean costaba mil pesos. Abreviemos, que me sacrifiqué y apretándome el cinturón hasta casi reventarme las tripas le obsequié su caribú, y ella estaba como nunca de cariñosa, de besucona.

Nos tocó la primera separación, el primer adiós serio. La escuela al campo de cuarenta y cinco días. Mandé a fabricar una maleta de madera, las de vinil no servían porque las picaban con cuchillas y las vaciaban. De milagro conseguí un candado, con su llave. Zurcí ropa usada hasta ampollarme los dedos. Para que no careciera de vestimenta de trabajo en buen estado, porque la muda que entregaban no alcanzaba. La acompañé hasta la concentración, desde donde saldrían, en el parque de los Enamorados. Iba con un nudo en la garganta, con un pánico de desmayo, ¿y si le pasaba algo a mi tesoro? Sabía de accidentes ocurridos, carretas volcadas, y vidas en flor truncadas trágicamente. Ella, todo lo contrario, iba disgustada porque encontraba vergonzosa mi presencia, cheo, vaya, era hacer tremendo papelazo. Cuando llegamos al lugar, todos los muchachos estaban acompañados de sus padres, pero ella suplicaba para que yo desapareciera lo más pronto posible, no quería verme más allí. Sin embargo, su rostro se iluminaba de alegría cuando se tropezaba a una de sus amigas. De pronto me dio un beso en la mejilla, y salió disparada hacia una fila de chiquitas bulliciosas que desaparecían por la escalerilla de una guagua. Los ómnibus escolares partieron, y quedé zombi, viendo a mi bebita alejarse de mí, cantando machaconamente:

Que me voy p'al campo y no vuelvo más,
que me voy p'al campo y no vuelvo más...

Domingo tras domingo, la visitaba en el albergue. La primera vez, el campamento era solamente de muchachas, y la segunda fue mixto, es decir, de ambos sexos. A las cinco de la mañana estaba yo, como juan que se mata, con dos sacos de comida, uno en cada mano. La alimentación que les daban era realmente una porquería. Acaparaba de todo durante la semana y llevaba, para mi hija y sus compañeras, lo que sabía le encantaba a esa generación: la generación de la croqueta. Lo mejor y más sofisticado que podía conseguir en golosinas: croquetas, por supuesto, galleticas de maría, pizzas, pan, gaceñiga, refresco, leche condensada (con la que hacía fanguito), peteres de chocolate, y cuanto pudiera agenciar en el mercado negro. Hasta bistés de caguama empanizados conseguí en más de una ocasión. Ver a mi niña tan requemada por el sol, las manos callosas, los pies lo mismo de maltratados, pues no había zapatos de trabajo de su talla, los cabellos chamuscados, y sobre todo, flaquísima, me daba un dolor tremendo. ¡Con el trabajo que me había costado que una farmacéutica me resolviera cinco paquetes de ciproectadina para engordar, y tres pomos de bicomplex, para abrir el apetito! Aunque, el apetito, ella lo tenía más que abierto, lo que había que abrir, ampliar, era el mísero suministro alimentario de los campamentos. Pero no sólo ella quería quedarse, sino que estaba estipulado que el que no participara de esas escuelas al campo, sería considerado un apático frente a las tareas de la revolución, y no obtenía derecho a carreras universitarias, incluso si sus notas eran excelentes y sus expedientes brillantes. A los muchachos que no aguantaban más, y que decidían volver a sus casas, les cubrían de obscenidades, de insultos vejatorios para sus familias, hasta los apedreaban; y más que con el consentimiento, se hacía bajo las órdenes de los profesores y jefes de albergues. Les llamaban despectivamente, *rajados*. Los rajados podían ser tremendos filtros de sabihondos, pero nadie les quitaba esa mancha del expediente. María Regla nunca se rajó. Más bien, ella era una rajada, pero de la casa. Quiso irse muy temprano, como su padre, y lo hizo. Se becó a los catorce años en Turibacoa dos, una escuela *en*, no *al*, campo. Ésas son las sutilezas del lenguaje cubano actual; una contracción transformada en preposición puede desviar un destino.

Esta segunda ausencia me mataba. Y aunque Reglita, si se portaba bien y no se ganaba reportes, podía gozar de pases los fines de semana, el resto de mis días transcurría en absoluto estado de idiotez, tejiendo el aburrimiento. Finalmente, encontré una manera genial de ocupar mi tiempo, aparte de mi trabajo, claro. Me puse a recopilar telas, hilos, viejos zapatos, ahorraba dinero vendiendo esto y lo otro, cualquier cosa, con tal de poder realizar mi sueño. Un gran sueño. El que yo no tuve para mí: celebrarle los quince años a mi hija.

Por supuesto, a las primeras que consulté mis planes fueron a la Mechunga y la Puchunga. También se entusiasmaron como si de una hija de ellas se tratara, se pusieron como arrebatadas, buscaron entre sus vestidos viejos, sus zapatos, sus telas compradas en El Encanto, tiempo ha. Desempolvaron sus agendas de teléfonos y encontraron nombres de amigos, de socios, vaya, que eran administradores de restoranes de lujo, y con los cuales podían resolver las cervezas, los panecitos de bocaditos, el cake, los refrescos Son, y muchísimos detalles más. Se acordaron de que habían pasado una semana en una casa en Guanabo, con el jefe de mantenimiento del complejo cultural de las playas de Santa Fe. También yo lo conocía, de mi época como guardataquillas en el Náutico. Las tres dijimos a un tiempo:

—¡El Casino Español, tú, qué fino! ¡Celebraremos la fiestona en el Casino Español!

Cerré los ojos e imaginé a Reglita vestida con un traje largo de tul azul, bailando un vals en el salón rosado de piso de mármol, y por nada me muero de una isquemia. Pero, ¿y quién bailaría con Reglita? Normalmente las niñas que cumplen quince años bailan el vals con sus papás. ¡Mi meta era conseguir a todo meter un padre suplente!

—Conozco un coreógrafo de quinces. Es famosísimo, ¡mira qué casualidad, le dicen Cuquito, el coreógrafo! Cobra barato, no te preocupes, pero, óyeme, mi vida, monta unas coreografías a lo *Cera virgen*, que hay que decirle usted, mejor que en la película de la Carmen Sevilla. Vi ese filme cuarenta y cinco veces, mi vida, en el cine Jigüe, con sonido estereofónico, y no me canso, porque yo, si dejaran viajar, si pudiera, vaya, me encantaría ir a España, mira que ellos hablan extrañito, con esas zetas, pero allá hay de todo, caballero: sidras, aceitunas, chorizos, turrones, fabadas, unas tortillas de dos metros de alto... Pues sí, Cuquito, el coreógrafo, lo que a veces se le va la mano, pide muchos cambios de ropa, porque es muy profesional, sabes... ¡Ay, niña, quita esa cara de carnero degollado, el padre puede ser el mismo Ivo, a él le encanta toda esa envolvencia sentimental! —la Mechunga deliraba—. Habrá que filmarlo, y me imagino, Cuca, que le harás muchas fotos, porque eso nada más ocurre una vez en la vida... ¡Es más que le voy a regalar las fotos, vaya, ése es mi regalo!

110

No sabía cómo agradecer a mis amigas tanto apoyo sublimado a mi idea, tanto ardor para llevarla a cabo. Tenían razón: Ivo sería una excelente solución. Me inquieté por lo que diría el Uan si se enteraba de que tenía una hija hermosísima que celebraría sus quince por todo lo alto. Pensé en lo que pensarían todos. Menos en lo principal, en lo que opinaría ella: la quinceañera.

—Ni muerta, eso es de burgueses. No quiero invento, ni fiesta, ni ninguna salación de esas que te gustan para exprimirle todavía más jugo a la mierda en que te desenvuelves. Es más, me quedaré en la beca. No te mates por eso, mami. ¿Y qué es eso de coreografía a lo *Cera virgen*? Verdad que a tía Mechu le está entrando ya la menopausia. Mejor pregúntense: ¿será virgen?

Abandoné lo que estaba haciendo, doblando toallas nuevas que había ido recopilando durante años para cuando la Niña se casara. Nos miramos a los ojos. Los míos se aguaron. Ansiaba vehementemente que llegara señorita al matrimonio, ya que yo no había podido, ya que había desaprovechado la oportunidad. Me encerré en el baño a llorar como Joan Crawford en *El suplicio de una madre*. Ella dio varios paseos; después se detuvo del otro lado de la puerta:

—No seas boba, estoy tomando medrone, no pasará nada.

Cenamos en silencio, quería preguntarle cómo había sido, quién era el joven, si se amaban... Pero no me atreví, tampoco yo pude, en mi momento, contar con nadie, explicarle a alguien. Pero yo no había tenido a nadie, y ella me tenía a mí. Busqué en su rostro una señal que delatara que estaba enamorada, que se sentía feliz, o que sufría. Nada. Devoraba la comida como siempre, como se come en las becas, apurados, temiendo que se acabe la segunda vuelta de los calderos, y no poder reenganchar, con vergüenza y agonía de llegar tarde a las aulas, o al campo. Nunca supe cómo fue. *No sé decirte cómo fue, no sé explicarte qué pasó...* En todo caso, ella no estaba enamorada. Ocurrió porque tenía que ocurrir, imaginé que quizás sucedió en una noche estrellada, sobre la tierra húmeda de un surco de tabaco, arrumados por el canto de los grillos, alumbrados por los cocuyos, escuchando en la radio el programa *Nocturno*. Imaginé que él era bueno, y que la amaba, y que algún día vendría a pedirme su mano. ¡Dios, pero si apenas contaba catorce años!

La fiesta se celebró tal y como quisimos todos, menos la festejada, en el Casino Español, con coreografía a lo *Cera virgen*. Lucía preciosa, con el traje de tul azul, y los zapatos blancos de Primor (eran los zapatos a los cuales tenían derecho las muchachas que cumplían quince, se compraban por libreta y en una peletería especial, costaban caros, por lo cual, pude comprar el derecho a otras jóvenes, porque sus padres no poseían los medios económicos para adquirirlos). Pues sí, mi hija tuvo cuatro pares de zapatos de Primor, su respectiva maxifalda picada al lado, medias finas, diez vestidos más, entre ellos, tres babydolles. La maquillaron en Kou Yam, también el maquillaje era por reservación, bajo previa presentación de la libreta de racionamiento y del carné de identidad. Estaba lindísima, pero no disfrutó nada. Se durmió sobre una mesa a las nueve de la noche, después de haber bailado el *Vals para un millón* con Ivo. Sus amiguitos sí que se divirtieron como locos. La fiesta, en sí, quedó maravillosa, una joyita. Asistieron trescientos cincuenta y dos invitados. Gasté una fortuna, pero mereció la pena. Me sentí tan realizada, como si fuera yo quien cumpliera quince años. Sí, porque esas cosas hay que hacerlas bien, si no es mejor no hacer nada. Miren esos quince de la calle Lamparilla, los de una compañerita de aula de Reglita: en medio de la coreografía con *Danubio azul*, se derrumbó el solar, y las quince parejas, el cake, y el copón divino, fueron a parar al primer piso. El edificio estaba

112

reportado inhabitable, pero de todas maneras a la madre de la chiquita se le metió entre ceja y ceja celebrar la fiesta, y ella sí que no podía alquilar un salón porque no había podido reunir la plata suficiente. Para colmo, la noche del aniversario, se colaron más gentes que el número previsto de invitados, y el peso y el baileteo tumbaron el viejo caserón. El susto fue del carajo, porque hubo malheridos, y hasta una embarazada quedó colgada de una viga. No parió de milagro. Tuvieron que intervenir los bomberos, y fue tremendo espectáculo. Inolvidable no sólo para la quinceañera.

A los tres días después de la celebración de sus quince, María Regla salió muy temprano de la casa, y no volvió hasta el anochecer, acompañada de una amiguita. Estaba ojerosa, pálida, y en la vena del brazo comenzaba a brotarle un morado. Entonces comprendí su sueñera. Había estado embarazada. Venía de hacerse su primer legrado. Se me reguindó del cuello desfallecida:

—¡Ay, mami, mi mamá! —Lloró hasta que quedó rendida en mi regazo. Me sentía como la peor de las plastas de mierda, ¿en dónde había fallado mi educación? ¿Por qué no había hablado conmigo, por qué me compartimentaba, me alejaba de su vida? Así ha sido siempre. Ella se va, se va. Es mi culpa, no he sabido retenerla.

Estudió la carrera de periodismo. Nunca me enteré de sus resultados en los exámenes, de sus contratiempos, sé que los tuvo. Estudiar periodismo aquí es como sellar un pacto con Fausto, bajo treinta y ocho grados a la sombra, cualquier barbaridad puede escribirse en el contrato. Y ella era bocona, contestona, vaya, y la callaron de mil maneras, entre las cuales aparecía la promesa de dirigir un programa cultural en la televisión, o un espacio estelar en el NTV (el *nadie te ve*, es decir, el noticiero nacional de televisión).

Ella es igualita a él, a su padre. Mis dos grandes amores me abandonaron como a un perro sarnoso. Menos mal que puedo contar con la Puchunga y la Mechunga, ellas sí que son fieles. Menos mal que vivo con Katrinka, mi cucarachita querida, y que el Ratón Pérez me hace las colas en el puesto y en la bodega. Es una suerte que el Fax, y Yocandrita, se ocupen de mí, y que me regalan paqueticos de aspirinas y de diazepán, y hasta la Fotocopiadora se inquieta por mi salud, ¡tan chismosa!, pero en el fondo es muy buena persona. Por lo menos las tengo a ellas, porque lo que es Reglita, ya ni me llama para saber cómo estoy, si me bajó el azúcar, o si sigo con las migrañas, o si me tomé la presión, y si fui a hacerme la prueba citológica. No, no le contaré nada de la bolita en la teta. ¡Que se fastidie!

Katrinka Tres-Escobas está planchando un safari de su marido, el Ratón Pérez, cuando suena el teléfono. Voy a cogerlo, pero ella se encuentra más cercana del aparato, y descuelga el auricular con mayor ventaja y habilidad que yo. Saluda amorosa, en seguida me doy cuenta de que habla con mi hija. Me alcanza el pesado Kellog negro; no bien pronuncio *oigo, mi corazón*, ella se lanza a hablar como una carretilla en una loma:

—Mamá, tengo mucho trabajo, ¿estás bien? Puede que en estos días te dé una sorpresita... Si todo sale bien, me verás en la tele, por el canal seis. No, vieja, el dos es el de los deportes, y los discursos. Sí, ya te explicaré, ¡que no, chica, no tuve que acostarme con nadie! No hagas disparates, un gran beso, chao.

No dejo de machacarme las neuronas preguntándome, ¿tanto ajetreo para qué? ¿Para qué tanta lucha? Miren cómo murió mi madre, atorada con un consolador que le mandó por DHL una ex cuñada prostituta desde Manila. No puedo seguir con esta letanía del sufrir, del amargo sufrir, del dulce sufrir. Si lo único que yo necesito para estar contenta es *pan, amor y chachachá*. Pero... No puedo ser feliz. Tan fácil que parece.

CAPÍTULO CINCO

UN CUBANO EN NUEVA YORK

Ponte duro, cubano,
que tú estás en Nueva York.
A este país llegué yo,
cuando mi Cuba dejé,
y pronto me enamoré
de una joven que pasó.
Ella me dijo: I don't know
speak to you, cubano.

(De J. Aparicio y M. Sánchez.
Interpretada por el Trío Oriental.)

NUNCA MÁS LA VI, NI LE ESCRIBÍ SIQUIERA. Sé que tengo
una hija preciosa, pero con ínfulas de comuñanga. Soy
el padre de una bastarda roja que se avergüenza de mí
porque le han ido con el cuento de que soy un vendepatria. Así habrá sido la educación que le dio la madre,
porque de eso la culpa la debe de tener ella. Claro, ésa
es su venganza. ¿Venganza de qué, la pobre? Si ella
apenas me conoció. Ni siquiera le presenté a su suegra,

115

mi madre, que en paz descanse. *Porecita* la vieja, mira que me suplicó por carta que le confirmara la bola que se regaba en el barrio, de que yo había dejado a una muchacha embarazada. Mi respuesta siempre fue la misma: N'a, viejita, ésos son chismes de la gentuza del reparto, p'a quererme embarcar más, y p'a que usted se ponga nerviosa. Ella investigó, más que Holmes y Watson, Lestrade, Poirot, Jessica, Derrick, Colombo, El Viejo y Navarro juntos, pero por suerte nunca dio con la dirección en La Habana, porque la vieja se vio obligada a permutar para Matanzas. Claro, después de mi partida, hubo de cambiar de casa, de barrio, de provincia. Le hicieron la vida un yogur con lo de que su hijo era un vendepatria, y bla, bla, bla.

La vieja, mi santa madre, que en paz descanse, se me ñampeó el mismo día en que, supongo yo, mi hija cumplía los cinco años. Es decir, que no duró nada, lo que un merengue en la puerta de un colegio. No pudo aguantar mi ausencia. Cuentan algunos conocidos que vienen de allá —a cuentagotas porque todos son presos políticos y no los liberan así como así, tan regalados—, que sufrió horriblemente, que fue un martirio para ella separarse de mí. Yo, su único hijo, educado en escuelas privadas, pero, al fin y al cabo, un mala cabeza, un tarambana. Cuando papá ingresó en el hospital, yo sabía, por intuición, algo aquí, una amargura en el centro del pecho me decía, que de ahí él saldría directo al cementerio, y así ocurrió. Terminado lo del entierro me dije, ésta es la mía, abogado que sea su abuela, conmigo que no cuenten. Y dejé todo lo que había ganado papá con el sudor de su frente para asegurar mi futuro, que en realidad no era mucho, y me metí en todo lo contrario, pero en lo que a mí me gustaba: el pandillerismo primero, los negocios sucios, la mafia por último. Y así he sobrevivido, no me puedo quejar. Estoy contento de mí mismo. Puedo contarme entre los cubanos que han llegado y han triunfado. Aquí, en La Meca del triunfo. No ha sido de jamoneta, he tenido que trabajar como un salvaje, pero al cubano le gusta trabajar, siempre que le paguen, como es lógico. Eso de que el cubano no trabaja es ahora y allá, porque el cubano siempre ha estado ahí, pegado al esfuerzo. No hay que olvidar que Miami la hicimos nosotros, digo, perdón, el cubano abnegado y esforzado, porque eso era yerbazales n'a m'á, y doblando el lomo levantamos ese espejo pretencioso que es Miami, la capital del chisme, desdorando los presentes y los ausentes.

Poniendo un pie en este país, me conecté muy requetebién en seguida. Lógico, venía excelentemente recomendado por los antiguos socios del Capri. Además, el que era mi jefe allá, había logrado partir antes que yo. Es un viejo muy curioso, todavía vive, tiene más de mil años y una salud de hierro. Viejo terco como él sólo hay dos. Pero al otro, por suerte, lo tengo a noventa millas. Éste asegura que no se morirá hasta que yo no le devuelva el dichoso billetico. ¿Cómo se me ocurrió entregárselo a ella para que me lo guardara, cómo no lo traje conmigo? Estaba caga'o del miedo, si me cogían con un billete iban a sospechar aún más que si me sorprendían con una maleta de a cien. Y creí, como todos, que aquello no duraría, y que regresaría a ella, y al billete, por supuesto. Y este imbécil Viejo, remaldiciéndome la vida durante treinta y seis años, mortificándome con el maldito billete, chantajeándome hasta por los codos. Por causa de esta jodienda es que no he podido llegar más alto, pararme más en los negocios, tener más éxito del que tengo, por cuenta y culpa del hijo de puta del Viejo, que siempre pone mi lealtad en evidencia, delante de los demás socios del club, advirtiendo que no deben confiar en mí, porque hace treinta y seis años le perdí un dólar. Y por un dólar cabrón, tanta mariconá. Es verdad que, desde el momento en que lo colocó en mis manos, advirtió, rechupando un cabo de tabaco:

117

—*Cuídalo como oro. De él depende nuestro futuro.*
Aproximadamente la misma frase le repetí yo a ella, que lo cuidara como lo que era: oro, que de ahí dependía nuestro destino. Se lo entregué, porque me moría de ñao, de terror; si me trababan con un billete de a un dólar iban a creer que se trataba de una clave, de que estaba sacando alguna información militar, o económica, escrita en él. Fue ésa la razón por la que lo dejé en su poder, porque pensé que aquello no duraría mucho. Cuando desembarqué en este país, sin un quilo, el primero que me encontró —supe después que muchos me buscaban por culpa del billetico—, pues, el primerito que dio con mi paradero fue el Viejo. Nunca ha dejado de ser el mejor y el más completo, el veloz, el rápido de las siete y media. Y, claro, no me preguntó por mi salud, ni qué tal había hecho el viaje, ni si tenía hambre, sino que me soltó a boca de jarro:

—*¿Y el billete?*

Si hubiera sabido que mi respuesta le iría a caer tan mal, no hubiera dicho ni pío, o le habría inventado un cuento, que me lo habían decomisado en el aeropuerto, qué sé yo, cualquier respuesta de esas que por lo menos te aseguran diez segundos de rostro intacto:

—¿Qué billete? —En verdad, casi lo había olvidado a causa de lo accidentado del periplo.

¡Fuácata, fuácata! Su secretario me bajó dos galúas que me dejaron como dejan al gato Silvestre cuando quiere zamparse a Piolín, y la viejita cegata lo traba en el brinco, me pusieron los ojos bizcos y viendo angelotes. El interrogatorio de costumbre vino después, semanas enteras, hasta que se dieron por vencidos, pero nunca por convencidos, de que el billete sigue allá, en el Vedado, en casa de una antigua novia, o amante, o mujer. Mujer, sí, porque con ella tengo una hija. Mujer, sí, porque creo que ha sido la única con la cual he podido quedarme tranquilo, encerrado una semana, singando como bestias malheridas, como monos. No, singando como humanos, más bien como cubanos. Creo que la quise. Creo no, la quise. Claro que estuve enamorado como un perro. Y todavía no sé por qué la he amado tanto. Me moriré sin saber por qué quise tanto a esa mujer. Linda era, estaba ricachona, sabrosona. Me la comí la segunda vez que la vi. Es verdad que habían pasado ocho años, y ya no contaba aquellas dieciséis primaveras de la primera vez, pero era señorita, eso sí, nadie había pasado por ella. No estaba usada. El primero fui yo. Nunca me contó la razón por la cual no había entregado su virginidad a otro antes que a mí. Nunca me lo dijo, pero también es cierto que nunca se lo pregunté.

A pesar de que he explicado al estúpido Viejo, más de quinientas mil veces, quién guarda, y dónde, el billete, a él no le da la real gana de creerlo. Y sospecha que cualquiera otro le tomó la delantera, y que, bajando una velocidad más fuerte que las que él me baja, me arrebató el dólar, y me pagó una tremenda suma para que no confesara. Grande tenía que haber sido la cantidad para que yo aguantara tantos golpes, y chantajes, y mierda en mi vida privada.

En fin, que el Viejo me ha citado hoy para intercambiar impresiones, y de seguro es para remover el estiércol de su obsesión. Puedo cortarme la cabeza de un tajo, con una gillette, de que trataremos sobre nuestro tema de conversación favorito: el dólar.

Es habitual que nos demos cita en Central Park, junto a la estatua del medio, esa que encabeza a los próceres de América, la de José Martí. Es una estatua ecuestre, como otra cualquiera, pero no sé por qué carajo me emociona tanto sentarme junto a ella, en este muro gélido, con los pies colgando, y mis lágrimas cayendo sobre la soberbia piel de mis zapatos ingleses. Respiro profundo, y la peste a meados y a excrementos mezclada con oleadas de invierno destupe mis fosas nasales. Recuerdo el episodio de los marines americanos, profanando con su chorro de orine la estatua de Martí, en el parque Central, allá en La Habana, y todo el revuelo que se armó, y las protestas diplomáticas, y escándalo nacional e inter, por dos simples enmarihuanados marines que de seguro no sabían, a esa hora de su borrachera, quién coño era el *mister* de la estatua. Y aquí, las manchas en el mármol, y sobre todo la pestilencia a mojones y a meao, delatan que todo el que se detiene a sacudirse, no el polvo del camino, sino el pito, y no sólo los perros, levantan la pata y descargan sus chorros profanos, sus cagarrutas satánicas. Y no con ganas de mancillar nada, simplemente porque no existen urinarios públicos por todo esto. No es fácil pedirle permiso a un botones del Plaza para que permita entrar a nadie a hacer las necesidades fisiológicas en uno de sus baños de lujo. Y yo, aquí, con la vejiga como el globo de Matías Pérez, sentado esperando al maniático Viejo, siento tristeza por este Martí tan ecuestre, y tan cagado de gorriones, tan meado que no da más, tan seriecito él, tan poeta, tan heroico, tan digno con su frente ancha, y con su cara de hacerse el que no rompía un plato, y rompía la vajilla completa, que le encantaba la ginebra, era mujeriego como él solo, y hasta al hachís le metió mano y pulmones, que ese poema no lo escribió cortando caña, fíjense en el final, como dice: *¡Hachís de mi dolor, ven a mi boca!* Tanto lío, y miren al nieto de Martí, César Romero, fue actor de Hollywood. En el *Batman* antiguo hacía del Joker, y estoy seguro de que el apóstol habría estado orgullosísimo de él. Y el hijo, el Ismaelillo, que allá en La Habana cantaba en la ducha: *Papá, no debió de morir, ay, de morir.* Y nadie me discuta que el héroe nacional no se habría despatarrado de la risa con esta anécdota. Y es que los héroes, coño, primero que todo son hombres.

Hace un frío de iglú, y el Viejo insistiendo en darnos cita en este cabrón lugar, a la intemperie, argumentando que es el sitio conveniente, por razones de seguridad. Él se cree todavía en la mafia de los años cuarenta. En vez de invitarme al Víctor's Café, ¡camina con los codos, debe tener callos, peor que un banquero de Wall Street! Me tiene hasta el último pendejo. No llega, carajo, y me congelo, quedaré como el pobre Martí, tieso, pero sin caballo. Vendrán a mearme todos. *Pi, pi, pi, pi.* El celular. El Viejo ordenando insistente que devuelva la llamada, que *llame para atrás*, traducción literal del inglés. Marco el número, está en camino, demorará unos diez o quince minutos, porque acaba de conocer a una chiquita que es un dulcecito de leche. Otra bulímica, seguro. Es su mal, su perdición, las niñas bulímicas. Mi mujer, y mi hija, también son bulímicas. Ésa es la enfermedad femenina de moda, la *chic*, como antes lo fue la tuberculosis. ¿Imaginan a Margarita Gauthier bulímica, raro, no? Si eres mujer y no te metes a bulímica no pasas. No eres aceptada. Eso ocurre desde que a Jane Fonda se le ocurrió confesar que era bulímica, buena propaganda para CNN. En fin, que vivo con dos monstruos, dos esqueletos rumberos, que no paran de comer y de vomitar. Hice construir un baño aparte, con casetas y una especie de variante de lavamanos con hueco apropiado a la medida de la dimensión de los vómitos. Así evitaba las tupiciones; en la puerta instalé un cartelito que avisa: Vomitorium. Es decir, de uso exclusivo para vómitos. Si los vómitos fueran reciclables podría montar un restorán con capacidad para doscientas personas. Las amigas de mi mujer y de mi hija se pusieron moradas de envidia, y no hubo una que no construyera su vomitorium particular junto a las piscinas. Es la era de los vómitos. El que no vomite es un gordo inmundo y asqueroso, por lo tanto, prohibido soñar con el triunfo, mucho menos con Hollywood, hasta que no se pongan de moda las películas piadosas y los oscares a favor de la causa obesa, sin racismo de ninguna clase de manteca o de aceite —que ofenda marcas—. Aunque este país está lleno de obesos deformes, sin embargo, ninguno exige sus derechos, ni sus reveses. En fin, no creo que el tema sea para dedicarle ni un instante de mi vida. Lo que me preocupa es el grado de psicosis. Tanto mi mujer como mi hija sufren depresiones graves, sus divisas son poseer problemas serios de identidad, se los ha detectado el psicoanalista, después que yo, claro: ellas no quieren ser ellas. Ellas quieren ser cualquiera otra, menos ellas. No sé, Pamela Anderson, Sharon Stone, Madonna... Están locas por inscribirse en una secta, o la de los mormones, o en la de cientología, se la pasan leyendo prospectos instructivos, los cuales abrirán nuevos caminos al autoconocimiento y al éxito. Mi mujer también es cubana, pero eso nadie lo sabe. Ella se hace pasar por americana, nacida en los Estados Unidos. No quiere saber nada de allá. Nada, pero lo que se dice nada. Yo nunca la había visto antes, quiero decir en Cuba. Aunque hubiera podido ocurrir, porque conocí a su hermano.

Allá, en los últimos tiempos, su hermano había sido socio fuerte mío. Era un tipo mamey, de verdad, entero a todo, sin lío. Me lo presentaron una noche en el Montmatre; estaba desesperado, vuelto loco, vaya, porque tenía a un primo en la estación, detenido por armar resingueta política. Vino a verme, recomendado por otro amigo, al cual yo le debía un favor. Pidió ayuda urgente, necesitaba que le sacara al primo de la cárcel, antes de que se lo desaparecieran, y amaneciera tirado en una cuneta, ahogado con sus propios cojones. Él conocía mis contactos con la policía, debido a mi trabajo de relaciones públicas, entre comillas, del cabaret. Liberé al muchacho, habían destrozado su cara a puñetazos, y las uñas de las manos y de los pies se las devolvieron en un cartuchito. Lo saqué y no me arrepiento: decidí hacerlo porque el tipo me pareció sincero, y porque me cayó bien, chévere. Pero nunca perdí la perspectiva: aquel primito era uno de esos revolucionarios que se las daban de muy puros, y que a la larga eran también exquisita metralla, revoltosos que se hacían los interesantes, puede que hasta con buenas intenciones. Luis, el hermano de mi mujer —todavía no sabía yo que lo era— fue varias veces a verme, nos hicimos amigotes. Amigos de cabaret. De aquel asunto de estación, y de policías, no se habló más. Una noche volvió con la historia de que necesitaba esconder medicinas, por pocos días, hasta que hallara al que debía subirlas a la Sierra, y se las escondí en el apartamento de Caruca. Y, al tiempo, fue lo de los brazaletes, y también accedí. Y así continué ayudando a una causa que no me tocaba en lo más mínimo. O sí, me tocaba, porque perjudicaba a los que, como yo, vivían pendientes ciento por ciento del amor al dinero, pero seguí haciéndolo no sé por qué. Sí, sí sé, por amistad, porque si algo bueno tengo yo, es que soy fiel a mis amistades. Y también por olfato: en seguida sospeché que a ellos les fascinaba el *mónaco*, el *money*.

Una madrugada nos paseábamos Luis y yo por los portales de la Manzana de Gómez, salíamos de la posada de Tejadillo, donde acabábamos de dejar extenuadas a dos putas fabulosas con pinta de tibetanas, las cuales habíamos consumido a chupones y mordiscos limpio con apetitos lupinos. Perfumadas con patchuli y vainilla, encendían inciensos, iban vestidas con kimonos de seda china, lucían peinados asiáticos, daban masajes prostáticos paradisíacos, y unas demostraciones excelentes de increíbles cualidades de plurisexualismo. Se hacían llamar geishas, habían dejado el teatro Shanghai para iniciar su propio negocio, el cual mantenían con un profesionalismo insuperable. A la altura de la farmacia, que exhibía en una de sus vidrieras una gigantesca pecera, escuchamos el chirrido de las gomas de un auto al doblar a toda velocidad. Fue sumamente rápido; la máquina se detuvo a nuestro alcance, una mano armada con ametralladora disparó dos ráfagas. Al primer disparo me tiré al suelo, fingiendo que había caído muerto o malherido. Todas las balas fueron a dar al cuerpo de Luis, pues era el que iba de la parte de afuera de la acera. Su cerebro estalló y salpicó mis ojos, mis labios. La pecera voló en mil pedazos de otra ráfaga, el agua enjuagó mi piel de la sangre, los peces saltaron encima de mi cuerpo, intentaban nadar. Mi carne ardía, los vidrios habían venido a encajarse en la cara, en los brazos, en la espalda, en las piernas...

En consecuencia de lo complicado que siempre ha sido mi trabajo, tuve que desaparecer al minuto de lo ocurrido, y abandoné el cadáver de Luis. Pero eso no impidió que abriera mi encuesta. Evidentemente, no había sido asesinado por la policía, nada parecía indicar que la mafia hubiera puesto su garra, por lo cual nada tenía que ver conmigo. Nunca quedó claro quién perpetró el crimen. Su hermana —mi mujer— sospecha que fueron sus mismos amigotes, que, al verlo tan arrimado a mí, opinaron que ya no era confiable por su relación con la mafia, es decir, conmigo... No sé, no lo creo, pero es buen argumento para dejarme toda la vida con cargo de conciencia. En definitiva, es lo que ella persigue, porque su hermano muerto dejó de interesarle hace ya mucho rato. Sin embargo, cuando no tuve otra alternativa que escapar de allá, quien me ayudó a conseguir el uniforme de miliciano fue el primo al cual yo había salvado de las torturas. La vida es así de rocambolesca. Al parecer, él tampoco tenía nada claro quién había matado a Luis, o simplemente, no deseaba aclararlo, para no descojonarse y comprometerse doblemente.

He sido testigo de cientos de muertes tremendas, como si nada, a boca de jarro, pero justificadas. Todas han sido por sumas tan increíbles de dinero, las cuales no puedo ni repetírmelas a mí mismo. Para mí, viviendo como vivía, esos crímenes tenían su lógica. Pero a este asesinato de Luis nunca le vi ni pies ni cabeza. ¿Quién sabe si fue ésa la causa por la que me dio por poner bombas, por convertirme al terrorismo? Al fin y al cabo, volar o quemar un cine era un juego de niños. Un juego imbécil y peligroso. Nunca he abandonado la sospecha de que fueron ellos los que acribillaron a balazos a Luis. Ellos mismos.

A mi mujer la conocí poco tiempo después de que se instalara en Nueva York. A los dos meses ya se paseaba por la quinta avenida como si hubiera sido nacida y criada en ella. Pero ese remeneo de tetas y culamen, tanta masa como flanes callejeros, no era de por aquí, de por estos lares. Reparé en su presencia, entre cientos de personas como manada de ovejas locas, arrebatados e hipnotizados por cruzar la calle. Sucumbí a ese *ni p'a ti, ni p'a mí, ni p'a todos los que están aquí* que se arma cuando un nalgatorio y un par de tetas saben cómo bambolearse para calentar, a ritmo de rumba, el trauma edípico masculino. A la mente me vino, y casi me vine, la imagen de mi santa mamita encuera a la pelota bailando un mambo frente al espejo de la coqueta. ¡Y una mamá es una mamá! Y un culo cubano es un culo cubano dondequiera, aunque se empeñen en esconderlo los atropellamientos de la multitud provocados por cientos de semáforos, y de cartelitos lumínicos de *walk* o *don't walk*. Como aún chapurreaba el inglés, decidí lanzarme en español:

—Oye, tú eres cubana, no me digas que no —le solté en la misma entrada del Empire.

—*I don't know speak to you*, cubano.

Ripostó con odio transitorio en la mirada. Fue cuestión de identificarnos, y nos echamos a reír. Nos tropezamos muchas tardes más, la invitaba siempre a tomar helado en el Village. Era la época en que todavía nos reíamos, porque explicaba con lujo de detalles cómo la peluquera de las calles Veintitrés y Ocho, en el Vedado, le confeccionó un moño postizo, como de un metro de altura, para que ella pudiera sacar del país todas las joyas de la familia. Aún hablaba de su hermano como si estuviera vivo, y de su primo que había quedado en La Habana, con un buen cargo en el gobierno.

Cuando anunció, finalmente, la trágica muerte de su hermano, tuve la corazonada de que se refería a Luis. Y así mismo fue. Al punto quise casarme con ella, porque pensé que le debía algo a mi amigo, y que tomar en matrimonio a su hermana era una buena acción. Y que, por algún motivo misterioso, Dios había puesto a esta muchacha en mi camino. Además, ella me gustaba un mazo. Su camina'o de *yo no tumbo caña, que la tumbe el viento, que la tumbe Lola con su movimiento* me tiraba p'a la tonga, de terapia intensiva. No quiere decir, para nada, que había olvidado a Cuquita. Pero, entretanto, tres meses no, tres años habían transcurrido, y aquello, el nuevo proceso social comunista, de caerse, nada. En vista de la cochinada de los negocios, se me había aconsejado enviar correo lo menos posible al terruño. A mi madre, lo hacía cada vez con nombres y con direcciones diferentes, y con márgenes de demora muy amplios y desiguales. No estaba seguro de que Caruquita hubiera podido entender esa múltiple identidad. Además, siempre he sido de pocas palabras, y de menos cartas. Y no me gusta alimentar ilusiones. Lo que no pudo ser, no pudo ser, y ¡al carajo! No hay que estar hurgando en la llaga. Pero Cuca Martínez es una espina clavada, como también lo es esa hija desconocida y revencúa. No creo que me pueda curar tan fácil de esas heridas. Tampoco lo anhelo.

Y el Viejo sin dar señales de vida. ¿Y para qué necesito yo que las dé? Al contrario. Me caería tan bien como un whisky leer su nombre en la sección de necrológicas de la prensa mañanera, o en la pizarra de cualquier funeraria. Me voy a enfermar, no salgo de una gripe para entrar en otra. Cada vez que estoy convaleciente de una, el Viejo que llama y convoca a una reunión en el lugar de costumbre. Allá se acerca otra vez Madonna, acompañada de sus gorilas, dicen que singa con ellos. Bueno, nosotros tuvimos a nuestra madonna, la Martha Sánchez Abreu, que se echaba a los chimpancés de la «Quinta de los Monos». Ése sigue siendo el nombre, pues aún existe la quinta donde vivía. He sido avisado por un siciliano que quiere invertir en Cuba, y que fue a visitar la enorme casona para ver si podía servirle como futuro despacho, que la utilizan como *set* de locación cinematográfica, y la alquilan en dólares a televisoras españolas y francesas para hacer películas de época, de época equivocada, quiero decir, a lo *Terre indigo*, la cual filman en estos momentos, donde en plenos años veinte en Cuba aparecen indios, nada menos que hablando yoruba, y cada uno con un cotorrón de plástico engrifado en los hombros. Esas películas diz que ecológicas las exhiben en los vuelos internacionales con el objetivo de que, a la hora del despegue o del aterrizaje, la gente bostece y descompresione los oídos. Pues, Martha Sánchez Abreu sí que coleccionaba monos de verdad, y cuentan las malas lenguas que vivía con ellos. Por cierto, era la tía de Rosalía, la Lalita, la extranjera del poema de Saint-John Perse. No soy culto, soy informado. Es como la décima vuelta de Madonna, medio encuera, haciendo su gimnasia, con este frío que le ronca la malanga. Si le cuento a mi hija que me he topado con Madonna, me envenena por no habérsela comprado.

Por fin hace su aparición el descomunal limosín del Viejo. Pónganle música a la escena, no se rompan el coco, ya Coppola lo hizo mejor que nosotros. Pero insistan con lo del acompañamiento musical a lo *El padrino*:

Nosotros somos el milagro del amor, tralala,
lala, lalá...

No se imaginen ni por un momento que el Viejo saldrá de su auto y que se dirigirá a mi encuentro. No es su estilo. Soy yo quien está en la obligación —por cuestión de jerarquía— de partirse las piernas, cual dos témpanos, convertidas en dos columnas del palacio de Invierno, y debo correr, más veloz que Carl Lewis, no, Carl Lewis no, se comenta que es cherna, mejor Michael Johnson, posible medallista de Atlanta, pues me desplazo hacia la portezuela entreabierta. Me deslizo dentro, apenas rozo su mano flaca y arrugada con los labios, y ya el secretario está pasándole algodón con alcohol por donde se supone que yo he dejado las miasmas de mi asquerosa boca. Según su exagerado y escrupuloso punto de vista. Estiro las piernas, y sin querer, choco con la putica bulímica, la cual babea y vomita espuma morada y se estremece como un pollo al que le han retorcido el pescuezo con una pinza.

—No te preocupes, no es nada, nos equivocamos de nailito —señala el Viejo.

Nailito de coca, quiso decir. Y sin preámbulos explica con la velocidad gutural de una ametralladora:

—Todo está listo. Hemos estudiado el caso con sumo detenimiento. Es el momento. *Ellos* mismos han llamado, nos necesitan. Partes en el próximo vuelo. Éste es tu pasaporte. Tus papeles de autorización. Tus negocios están superlimpios. Con nosotros y con ellos.

—¿Quiénes ellos, adónde me mandan?

—A buscar el billete. *Ellos* son *ellos*. Los de *allá*. Te esperan, serás bien recibido. La condición es darles un porcentaje, pero de eso me ocupo yo. Con *ellos*.

—Y dale con lo mismo del dólar de mierda.

—No seas imbécil. Su serie es el número correspondiente a la mayor cuenta que poseemos en Suiza. No hemos podido tocarla en treinta y seis años, porque el billete contiene en su fabricación, nueve hilos de oro, y cada uno de quilates diferentes. Es la clave que nos exigen para poder tocar la cuenta. No tengo que explicar el porqué te hemos elegido a ti, democráticamente, para la misión. O vuelves con él, o consejo sano, mejor no vuelvas. A tu familia no le faltará nada... —rió sarcástico—, ya sabes que tumbas es lo que sobra. He hecho contactos importantísimos... *Ellos* te esperan.

—¿Quiénes *ellos?*

Entonces se vira hacia mí, loco de furia, no logro distinguir si me manotea, o el nerviosismo de sus manos sueltas al aire son producto de la rabia mal contenida que evidencia su mal de Parkinson:

—¡Casi cincuenta años en nuestra familia, y todavía no te has enterado de que hay unos *ellos* que nunca se mencionan por razones de seguridad! ¡Te voy a dar un pescozón, cacho de mojón sin cerebro! ¡Lo menos que podemos hacer es ser discretos, coño, si es que además queremos recuperar el dólar! ¡Que en realidad es lo que a mí me interesa! Nos hace falta plata para modernizarnos. No podemos seguir con esta facha de mafia años cuarenta. ¡O entramos en Internet, igual que el subcomandante Marcos, hasta él está en Internet y en CD-ROM, el propio Régis Debray donó de buena fe los equipos, o morimos de antiguallas, y para las redes de la información hace falta plata, carajo! Ah, ah, me duele el corazón, me estoy volviendo sentimental.

Un dolor en el pecho, para él, no constituye ni siquiera señal de que pudiera morir mañana de un infarto, ha borrado de su mente la posibilidad de la desaparición física. Si se siente mal, si le duele algo, es a causa de sus buenos sentimientos, de su alma generosa, pretexto para apretar el puño y volverse más hijo de puta. No, si cuando yo lo digo, Dios al lado de éste, peca de mortal. Pero ¿a quién carajo querrá hacer creer que la chochería le ha dado por la informática? Algo entre manos se trae. En todo caso, no tengo opciones. Mi familia ya está prevenida de que he debido partir en misión humanitaria urgente a Kenya. Con las nuevas técnicas de cirugía plástica, me transforman la cara en quince minutos. Cicatrizo en cinco. Los adelantos de la medicina me trastornan. Ponen un maletín sellado en mi equipaje. Viajo acompañado de un gorila hasta Miami. En las cuatro horas de viaje se dedica a enseñarme las mil maneras con las que el cubano actual ha rebautizado el dólar: drácula, fula, juanikiki. Cuatro horas de aprendizaje para poderme colar, treinta y pico años después, de nuevo, en los bajos fondos habaneros. Por suerte, autorizado. Nunca se sabe. El mismo energúmeno se encarga de subirme en el avión con destino a La Habana. Todavía no he tenido tiempo de reflexionar. Abro el maletín. Reviso los documentos. Por su contenido, regreso a Cuba de visita, quién sabe si a intentar echar a andar una fábrica de ron. Debo fingir que vuelvo arrepentido de haberme ido. Eso tal vez sea cierto. No veo nada claro. Tampoco nada vago. Pero confío en mi intuición. Y como toda la vida he llevado, más o menos, la carga sumisa del soldado, o en ocasiones peor, pues debo habituarme, en menos de lo que canta un gallo, a mi nueva orden. Respiro hondo, y acomodo mi cabeza en la toallita del respaldar del asiento. Pero, ¿y las bombas, y los sabotajes? ¿Lo habrán olvidado? Lo dudo. Una vez acomodado, debo incorporarme del asiento a toda carrera. Me corrijo, son los nervios, me estoy meando y cagando. No soporto hacer de cuerpo en los aviones. Sentado en el inodoro pienso en mi madre. Lo primero que haré será visitar su tumba. No me agrada cagar en los aviones, me da mala espina, además no tengo idea en qué país caerán mis heces fecales, en la cabeza de qué ciudadano, o sanaco, del mundo. Después iré a verlas a ellas: a mi mujer y a mi hija. ¡A ver si resuelvo, de una vez, lo del cabrón dólar! Digo: fula.

Capítulo seis

LAMENTO CUBANO

Oh, Cuba hermosa, primorosa,
por qué sufres hoy tanto quebranto.
Oh, patria mía, quién diría,
que tu cielo azul nublara el llanto.

(De Eliseo Grenet.
Interpretada por Guillermo Portabales.)

No soy la escritora de este libro. Ya lo anuncié al principio. Soy el cadáver. La que ha ido, e irá, dictando a esta viva lo que debe escribir. Nadie se acongoje. A ser espíritu jodedor me dedico. Tanto en vida, como ahora, con mayor razón, claro, siempre he sido una esqueleta rumbera. Por lo tanto, no hay por qué engorrionarse o partirse de tristeza. Sólo quería señalar este pequeño pero interesante detalle. La verdad me pertenece, la fantasía la pondrá quien transcribe mis sentimientos. Mientras que yo he querido contar hechos reales, ella no se baja de la estrecha y húmeda barbacoa que ha construi-

131

do en la luna. Por lo tanto, si no se ha entendido ni un comino, es culpa de la recepción que ha tenido mi dictado, y no de mi estilo. He puesto confianza en la elegida. Pero no toda, no estoy como para confiar demasiado en los vivos a estas alturas de mi muerte. Yo ya no poseo conciencia. Y ella, para colmo, tiene dos: la auténtica y la falsa. Veremos.

No, si cuando yo lo digo, me van a meter a escritora a la fuerza. La gente me cuenta historias, y no puedo quedarme tan tranquila, me entra un pica-pica, y no paro de rascarme hasta que me pongo a escribir. Sobre todo si el que contrata es un alma en pena, no puedo renunciar, porque quién asegura que si me niego, por las noches no me halará de las patas hacia el otro mundo. Que ya sabemos que no es mundo, ni nada, hasta el momento. Me secretea en el oído que todo sucedió, más o menos así, de la siguiente y cursi manera:

Una mujer soltera, habitante de una isla musical y pretenciosa, más sola que la una, y mil veces más pobre que Cenicienta, lo que necesita es un tronco de bolero para ponerse a soñar. A soñar con el príncipe azul, acompañado de su correspondiente bolsita repleta de monedas de oro. Perdón, Jane Austen, por la nueva versión. Y gracias, Guillermo Cabrera Infante, por haberme dado, en uno de sus libros, la pista de *Orgullo y prejuicio*, novela que debo buscar ahora mismitico como una despelotá, para no pecar de citar siendo ignorante. No pegaré un ojo hasta que no la lea.

Verdad es que no tengo ni idea de cómo ser fiel a la cabrona verdad, quizás lo mejor sea iniciar la dramaturgia, como hacían los ex soviéticos con los cuentos infantiles, no tenían ni pies ni cabeza, y al final siempre encontrabas una moraleja. Tal vez sea mejor asumir la historia como una película porno, donde no hace falta que los personajes tengan ideas, sólo rabos y totas, y la única moraleja es la de singar. Al fin y al cabo, este país es como un pellejo grabado, después de miles de generaciones de casetes, traído peligrosamente por un marino mercante griego de uno de sus largos periplos. Pellejo quiere decir, en habanero, una película porno borrosa de tanto uso. De cualquier manera, es lo mismo, los dos empiezan siempre igual: Érase que se era una mujer apasionadamente enamorada, una sufrida de las que ya no vienen, una desdichada de las que ya no se fabrican. Embelesada con el mar, las palmas, las calles, las sombras en los portales, el solecito permanente sin vacaciones, y toda esa seguidilla de la cubanidad, que tanto suena a enfermedad venérea: singando con fulanito cogí una *cubanidad* que no hay penicilina que acabe con ella. ¿Es o no?

Pues sí, cómo que no, eso, justamente eso, daba demasiada importancia al corazón, y demasiada oreja. Oír y querer de más, fue exactamente lo que le ocurrió, a la heroína... no, perdón, *heroína*, no, de ninguna manera, que ya de heroínas y de héroes estamos hasta la cocorocotina, hasta el último de los posibles pendejos. Protagonista. Eso es ella, la protagonista, aunque suene más a artículo gacetillero que a crítica estructuralista. Pero, caballero, el asunto es que la verdad aproximada es ésa y no otra. Porque donde hay que estar es aquí, y no en la cola del pan.

(Oye, no te me hagas la literaria, que en la cola del pan es en lo primero que hay que estar, deja las novelitas y los poemas p'al parque, que el papeleo intelectual no da de comer y lo único que trae es problemas...)

Problemas políticos.

(Eso lo dijiste tú, no vengas a perjudicarme. No, mira que soy tu conciencia, tu Pepita Grillete, y no tengo ningunas ganas de que me zumben p'al tanque, ¡qué va, mi corazón!, ¿quién me ve a mí raspando, con la edad que tengo, haciendo tortilla en Nuevo Amanecer? Sugerente

título para una cárcel de mujeres. Procura escribir correcto, que no quiero jodedera con los segurosos. Piensa que se te pueden cerrar todas las puertas, todas, absolutamente todas, hasta las del país.)
Ésas son las primeras. Sí, ya lo sé, pero nunca las del corazón.
(¡Ay, niña, pero eso suena a bolero, ponte p'a la concreta, *bájate de esa nube y ven aquí a la realidad*! No te hagas ilusiones, que el poder no cree en cancioncitas.)
Pero si precisamente de canciones se trata, madrina...
(¡Cállate, sonsa, no soy tu madrina, ya sabes que para todos soy tu conciencia revolucionaria, nada de madrina...! No me van a hacer creer que de un día para otro aceptaron a los santeros. Por muchos informes que tenga que escribirles. Porque me obligan a escribir un dichoso informito de todo el que viene a consultarse... No, si cuando yo lo digo, me van a meter a escritora a la fuerza.)
Esa frase es mía. Dame copyright.
(¿Y acaso tú no soy yo, tu conciencia? Mucho informe que piden y ni un mocho de lápiz me traen como presente, como obsequio, o en pago a mis desinteresados servicios... me darán cordel, y cordel, y cordel, y yo, escribe que te escribe informes sobre los pacientes, digo, clientes, digo, creyentes... Con ese mismo cordel me ahorcarán. A propósito, entérate de que hasta me dieron la autorización para cobrar en dólares el asunto este de tirar los caracoles, cosa de que pueda sacarles, también a los turistas, una fotocopia palabreada de sus itinerarios, con el interés de no perderles pie ni pisada. Dicen que algún día me darán una medalla... o una patada en el culo... ¿Quién les habrá dicho que las medallas se comen? Preferiría que me pincharan la solapa con un trozo de carne de puerco o una olla de frijoles negros. ¡Medalla ni medalla! Si la medalla de oro que heredé de mi padrino, que en gloria esté, se la fui a poner a la Virgen en su san-

tuario del Cobre, allí donde el viejo pescador americano ése, el Jemimbuey, ofrendó la medalla de su premio Nobel. Él sabía lo que hacía. Sí, el premio que le dieron por contar todo lo que vio por ahí, en París, en la guerra civil española, y en las pesquerías y burdeles. Oye, que si se enteran de todo lo que ha visto y oído la Fotocopiadora —nombretico prestado de la novela *Trastorno de clima* de Osvaldo Sánchez—, tienen que darle por lo menos mil nobeletes. ¡Y de todo lo que he sido yo testigo, que si me da por los libros, ni la Tellado! Pero yo, mira, schssss, punto en boca, porque en boca cerrada no entran moscas. Por eso mismo, te aconsejo que te pongas p'a la maldá.)

Pero si lo que trato de contar es una historia inocente, inocentísima, de esas simples, de diálogos durasianos, donde los personajes dan vueltas y más vueltas y no dicen nada, ni sucede nada, y el principio es igualito al final; como para poder hacer una película que no cueste mucha plata, y la poca que cueste se dilapide, porque tendrá sólo dos espectadores, yo y Rufo Caballero, el único crítico de cine que queda en toda la isla. Y ninguno de los dos pagaremos entradas porque tendremos credenciales de periodistas. Es una inocentada lo que me propongo.

(Brrrrr, casi me monta el santo, por nai'tíca me baja Eleguá, niña, ¿tú quieres de todas formas permutar p'al tanque? Ninguna historia es inocente, no te creas esa bobada.)

Yo te digo que sí, la mía lo es. Es la historia de una mujer...

(¡Ay, mi madre, y dale otra vez con otra mujer atrevida, oye, pero qué obstinadita eres, tú no escarmientas!)

Es una mujer pacífica, más tranquilita que san Tranquilino, una santa, vaya, que cada vez que escuchaba una canción se le trastornaba la vida. Vaya, su vida se la organizaban las canciones. Su destino dependía de la

135

radio, de los cantantes, de la televisión, de los cabareses, de...

(¡Qué espanto! ¿Y se puede saber qué clase de canciones escuchaba la desgraciada, pobre víctima del infortunio?)

Ella, en lugar de cantarlos, escuchaba boleros... en su gran mayoría.

(¡Desdichada! ¿Dónde la enterraron, queda espacio todavía en Colón? Porque me corto un dedo, me la juego al canelo, que se dio candela.)

No, para que tú veas, y te dé envidia, está vivita y coleando. Es la historia, como decía anteriormente, de la protagonista, y subrayo *protagonista*, con toda intención...

(No seas brutica, m'hija, claro que es la historia de la protagonista, de quién va a ser si no.)

Bueno, al grano, es el dramón de una mujer enamorada de un solo hombre, que no es lo mismo que de un hombre solo, ejem... Lo esperó toda su vida, pendiente, sin tan siquiera ella saberlo, de los boleros... También de guarachas, sones, fílines, en fin de la música bailable y romántica. Porque ella lo que escuchaba era música romanticona —aunque la bailaba también—, la tenía cogido con oír bolerones y sones perversos, y no otra cosa. Porque, vuelvo a repetir, que ella es una protagonista habanera. No es ni holandesa, ni finlandesa, ni sueca, ni danesa. Aunque aquí, en este país, en Cubita, la bella, o Cubota, la bellota, hay que hacerse el sueco para poder sobrevivir, que quiere decir, hacerte el comemierda, fingirte el muerto para ver el entierro que te hacen. Es por eso, *quizás, quizás, quizás*, que tengo un sueño recurrente. Siempre sueño que soy la inventora de una pastillita, la cual, cuando la tomas, abracadabra pata de cabra, te convierte en danesa, o en finlandesa, en fin, en habitante de uno de esos países en los que nadie llora cuando escucha boleros, y que más bien se alegra ante la perspectiva de vivir bien lejos del sitio indicado en la partida de nacimiento. Pero ésa es otra historia, que tiene más que ver con los *apocalípticos* e *integrados*, y que tal vez nunca escribiré, precisamente porque me paso la vida a moco tendido oyendo boleros. Igualita que la protagonista de este libro. Porque ésta, señoras y señores, sin complejo ninguno, es literatura para mayores de dieciocho, fronterizos, autistas, mongolianos, y amas de casa... No, *amas de casa* no, habrá que decir como los franceses al hablar de los sordos: *les mal-entendants*. Las amas de casa son las desempleadas por cuenta propia, las cuentapropistas del hogar, ¡qué fino me quedó, y qué solidario! En cualquier momento me mandan a un congreso de organizaciones no gubernamentales, si es que Talla Extra se conmueve y me da el permiso de salida del país. Como iba diciendo, éste es uno de esos dramones de colgarse de las cortinas, y de arrastrarse por las paredes, como en la *Lucía* de Humberto Solás, o mejor, como en la *Libia o senso* de Luchino Visconti. Es, ni más ni menos, lo que he dicho, y que repetiré en voz alta, paren las orejas, queridos radiolectores, conéctense, sintonícense, idiotícense...

(Todo lo que tú quieras, pero esta palabrería barata no es para evadirse, sino para descojonarse humillantemente, para hacerse gofio el alma, y para facilitarles el trabajo a los camaradas o chicharrones.)

Cállate, Pepita Grillete, que nadie te dio vela en este entierro, *¿qué sabes tú lo que es vivir ilusionada?* Es un novelón de arcadas y de vómitos. O por lo menos, algo por el estilo quisiera yo. La última palabra ya sabemos quién la tiene: el crítico.

(No, mi china, no vivas de ilusiones, la última palabra, la ultimita, la tiene el guardia de inmigración que no te dejará ni salir, ni entrar al país, depende en qué lado de la frontera tengas la pata.)

De cualquier manera, es un novelón, no he podido

137

evitarlo. Porque sí, porque sí, y porque sí, vaya, ¿qué te pasa? Por joder. Pero sobre todo, porque a mi mamá le encantan los novelones.

Cuca Martínez aguzó la oreja, últimamente estaba padeciendo de continuas crisis de sorderas, o por el contrario escuchaba lo que le convenía, es decir, convocaba apariciones sonoras, y borraba los ruidos reales, las conversaciones reales, los discursos reales. Pero en esta ocasión sí quería oír, introdujo el dedo meñique en su oído, hurgó, se rascó el tímpano. Sí, no había escuchado mal, era, una vez más, un bonito y triste bolero de María Teresa Vera:

> *Qué te importa que te ame*
> *si tú no me quieres ya,*
> *el amor que ya ha pasado*
> *no se puede recordar.*
> *Fui la ilusión de tu vida*
> *un día lejano ya,*
> *hoy represento el pasado,*
> *no me puedo conformar.*

Cuca Martínez escucha como se escuchan los boleros a su edad, como a cualquier edad, como la primera vez, mientras se dirige a realizar la actividad diaria que hace cada vez con mayor amor e interés económico: botar la basura. Para ella, botar la basura es como ir a una recepción en la embajada española. No, en la española no, que son muy tacaños y no reparten ni las gracias por haber asistido, y de paso, haber arriesgado la confiabilidad. Mejor, una recepción en la embajada francesa. Delante de la cual los catorce de julio se arman colas de veinte kilómetros de largo, para recibir de piscolabis, los *croissants* rellenos con jamón y queso, y festejar su congoja nacional, en ideal pleno de *liberté,*

fraternité, égalité, a la manera de aquella reina guilloti-
nada, la cual respondió cuando le informaron que el
pueblo no tenía pan: *¿Que el pueblo no tiene pan? ¡Que
coma brioche!* Pero lo mejor fue lo de su marido, más
despistado que Luis XVI hay que mandarlo a hacer, la
Bastilla en su apogeo, y la noche del catorce de julio
anotó en su diario: *Rien à signaler.*

Para Cuca Martínez, bajar a botar la basura es como
ganarse la lotería. Ella tira pura caca, y siempre regresa
con algo mejor. Gracias esto al sinnúmero de personas
que en el barrio pueden comprar en el mercado negro, o
tienen relaciones con extranjeros, y que se despojan res-
tos de lujo, laticas de colores, papelitos finos de bombones, cajitas de leche vacías que sirven para guardar ca-
rreteles de hilo. Ella no goza de esas holgadas posibilidades. Quiero decir, posibilidades de comprar más allá de
lo estipulado por la libreta. Vive jubilada con ochenta pesos al mes. El lugar donde puede conseguir baratijas, su
tienda abastecedora, vaya, es el latón de la basura. Su vecina: la Fotocopiadora, le llama al latón de desperdicios,
el *intercambio de regalos,* porque llegas con una mierda y
te vas con otra, a veces un poquito mejor. Hay barrios
donde los latones tienen mejor calidad que en otros, por
ejemplo, en Miramar, la zona de diplotiendas. Por esa razón, desde hace un mes se están armando colas alrededor de los latones de las calles Quinta y Cuarenta y Dos,
o de Setenta, porque la porquería tiene mejor contenido;
cuentan que viene hasta con etiquetas. El gobierno revolucionario, en previo acuerdo con el ministerio de Relaciones Exteriores, con los órganos de la Seguridad del
Estado, ay, déjenme respirar, y con el sindicato de los
trabajadores de Cayo Cruz (Cayo Cruz es el cementerio
de la mierda), decidieron, entonces, para evitar el desorden público, entregar a cada ciudadano, a través de sus
respectivos comités de defensa de la revolución, pretic-
kets y tickets, para que la gente no arme barullo en las

colas, y la mojonera toque igual para todo el mundo, ya que vivimos, no, perdón, pertenecemos, a una sociedad sin privilegios. Socialista, ¿comunista?, ¿no? Ah, bueno. Por suerte, en el barrio de Cuca no hay tanta matazón, pues en su manzana no existen diplotiendas. Pero siempre se le pega alguito. Hoy encontró un pedazo de elástico. Lo coge presurosa, antes que nadie se lo arrebate. Piensa en lo bien que le vendrá para su blúmer, el cual sostiene con alfileres de criandera de cuando su hija estaba recién nacida. Piensa, y luego exclama compungida:

—¡Y yo que lo tenía en un altar!

Un grupo de mujeres espías le caen encima con palos y piedras, obligándola a que desembuche a quién tenía en un altar, y que de buenas a primeras, sin informárselo a nadie, lo bajó, así como así.

—¿A quién tenías en un altar que ya no lo tienes?

—A *quien tú sabes...* a nadie... es un dicharacho.

—¡Ah, un dicharacho!, ¿no? Mira a ver, vieja delincuente, escoria, rata de cloaca, si te amarras bien esa lenguaza, si no quieres que te la muelan a palos.

Ella se hace la sueca, digo, la boba. Las otras la dejan en paz, viendo que se ha puesto a silbar las notas de *La Internacional*. Permiten, por fin, que bote sus excrementos. Que aquí hay que pedir permiso, y estar verificado positivamente, hasta para cagar. Y recupera su nailito Cubalse, destinado desde hace un año a envasar los desperdicios. Cada día después de botar la basura lo lava con esmero. En este país todo es recuperable, las tapitas, los pomos plásticos, los cartuchos, hasta los ataúdes... ¿Cuántas veces no había soñado con encontrarse uno de esos flamantes envases plásticos de detergente para guardar el agua hervida y colocarlo de adorno en el refrigerador, o en el centro de la mesa a la hora de las comidas? Pero cada vez que, desde lejos, avizoraba uno en el latón, alguien se le adelantaba y se lo apropiaba. Además, su hija se pasaba la puñetera vida aconsejándole que no bebiera agua envasada en esos pomos, podía ser peligroso para la salud, era altamente tóxico. La anciana cruza la calle, salvando torpemente los charcos de agua, cubiertos de una podrida nata verde olivo. A veces sus chancletas de palo castañean en el espeso líquido, y las resecas canillas se cuartean de fango. Indiferente, y todavía silbando las notas del mal entonado himno, gana la otra acera. En las ranuras del cemento han crecido yerbazales. El rugido del mar trae una ventolera de golpe, levantando nubes de grueso polvo. Toda la cochambre del siglo emerge del asfalto. Las mujerangas espías corren hacia las escaleras más cercanas, gritan, se cagan en la madre de Dios, en la madre del socialismo, también nacido, con fórceps, con forcejeo, en esta isla endiablada. Maldicen a Talla Extra, y a todos los santos y dioses del Olimpo y del O-sucio. Cuca Martínez ni se inmuta. A ella ya nada la coge de sorpresa. Su cuerpo se bambolea como papel de bagazo de caña, está cegata por la arena, el pelo grasiento como cartucho donde mariquitas o tostones hubieran escurrido la grasa. Ha perdido el nailito Cubalse, el viento lo arrancó de sus manos despellejadas, pero ella continúa su marchita, mirando fijo al frente, o hacia dentro de su recuerdo. Intenta acordarse de lo que comió ayer. No, no comió. Ingirió tajada de aire y fritura de viento. Hoy puede que se haga un bistecito de la frazada de piso vieja que adobó hace quince días. Puede que tampoco ingiera nada, ha perdido el apetito. A veces hasta sonríe. Claro, que le duelen las varices, los juanetes, los callos, las uñas enterradas, los golondrinos de debajo de los sobacos, y de un tiempo a esta parte la tiene loca, de tanta molestia, una bolita en una teta. O mejor dicho, una bola en la tetica. Puede que sea un cáncer, a ella le da lo mismo chicha que limoná. Que nadie se imagine ni por un segundo que a estas alturas de su ajetreada vida ella va a traumatizarse

141

por un cáncer. Cualquier día de éstos va al hospital Hermanos Ameijeiras y, en caso de que haya anestesia, le extirpan el tumor y adiós bolita. «Tengo una bolita que me sube y que me baja, ay, que me sube, ay, que me baja.» Igualita que en la canción. Cuca Martínez sabe que eso sí tiene la Revolución: hospitales para chantajear al pueblo; no habrá aspirinas, ni aerosoles para los asmáticos, ni bombillos, ni platos, ni sábanas, ni algodón, ni alcohol, pero lo que son hospitales, sobran. Hasta en cierta ocasión donaron uno a Vietnam. Cuentan que ellos, los compañeros vietnamitas, con los instrumentos de esterilizar procesaban la levadura. Construyeron una cervecera, vaya. Pero eso no es culpa de nadie, a no ser del imperialismo yanqui. Que siempre está a mano para echarle cualquier culpa. Sin embargo, pensándolo bien, en las clínicas de turismo médico, ahí sí que no falta nada, ¿qué va a faltar? Ahí es donde, de verdad, literalmente, el dólar alivia el dolor. Y es cuando aparece el nuevo síndrome: el dolor del dólar.

Es la esquina de M y Calzada, frente a la fantasmal oficina de intereses de Estados Unidos, el edificio más anodino, feo e inútil del universo, pero también el más vigilado por la policía y el más codiciado, y asediado, por los cubanos, pues obtener una entrevista consular es como ganarse la lotería, de hecho existe la lotería para obtener visas, y que den un *sí*, una autorización de viaje a la ÚRSULA SÁNCHEZ ABREU (nombretico para disimular telefónicamente) es *la gloria eres tú*. Tan difícil de conseguir como la libertad de Angela Davis, la que tanto reclamamos en los matutinos de la primaria. El mar retumba bravo, encabronadísimo. No me canso de pronosticar que Yemayá va a cobrar este año, otra vez, mucha sangre, entrará a lavarse sus partes pudibundas, a limpiarse en la tierra. Las olas se diluyen en el paisaje, son como velos cubriendo la pobretona luz. El salitre baña la ciudad, es culpa del viento que empuja y sopla furibundo,

142

como una auténtica fuerza del mal (de ojo). Se desploman persianas y hasta ventanas enteras, las antenas de televisores vuelan en el firmamento hiriendo a las nubes con sus pinchos oxidados. La parabólica, cual flor nacional fuera de moda, intenta resistir impertérrita, pero también se va a bolina, como aquella revolución del treinta, y la otra, o lo que se salve de ella. Si es que hay algo que salvar. Cuca Martínez, de repente, queda medio pasmada, pareciera que camina sobre una estera rodante, como en el bailecito de Michael Jackson hacia atrás. Cree que avanza, pero las piernas se mueven en el mismo sitio. El viento y ella entablan una polémica, un frente a frente, echan un pulso. La vieja no deja de persistir en la marcha, *persistiré, aunque el mundo me niegue toda la razón...* Y él, pérfido y perjuro viento, la detiene concentrando toda su furia e hijoeputá en el cuerpo frágil y encorvado. La anciana saca fuerzas de sus reservas vitamínicas de hace cuarenta años. A quien se alimentó bien de niño no le pueden venir con cuentos de llaves de yudocas o de golpes de kárate, ni de período especial. Un buen bisté y una compota Gerber es como haber obtenido la cinta negra de artes marciales en el primer año de vida. Algo viene volando hacia ella, ¿es una hoja de un árbol, una flor, una mariposa muerta, un simple papel higiénico cagado? El objeto —sofisticación bancaria del invento de Gutenberg— se le adhiere a la cara, justo en los párpados. Cuca Martínez pestañea, la cosa sigue pegada a las arrugas de sus pómulos. Ni siquiera puede levantar los flacos brazos para quitársela, el remolino casi le dobla los codos al revés. Cuca Martínez abre bien los ojos, como los de una gallina o un alien. El vendaval cesa de súbito, el mar se asemeja, en temperatura, a un plato, pero de sopa caliente. El sol brilla como una chapa de botella de cerveza Hatuey enterrada en el asfalto. Miren que a ese indio lo han quemado veces, cada vez que un borracho incrusta una chapa en el asfalto. Ella sigue con *Eso* como espejuelos. Cuca Martínez se da cuenta de que es un papel raro, y a trasluz logra leer en letras grandes y armoniosas, centradas y adornadas con otros signos que impiden comprender la palabra a la cual pertenece el idioma: ONE.

Claro, ella es vieja, aunque no tanto, pero se siente casi como Matusalén, pero no tiene ni un pelo de boba. Escudriña rápidamente hacia ambos lados, hacia atrás, y engancha a toda velocidad el billete verde de un dólar en el hueso que otrora fue el entreseno. ¡Un dólar! ¡Cristo! ¡Viejito Lázaro milagroso, ¿qué se comprará, qué se comprará?!

—¡Ah, ya sé, un chupa-chups, no, no, no, una coca-cola, qué va, qué va, qué diría XXL de mí, loca por el refresco del enemigo! A lo mejor, a lo mejor, va y me compro un paquetico de mantequilla. O tal vez, tal vez... Sí, ¿por qué no una cajita de polvo, un vánite? Hace tanto tiempo que no me maquillo la cara...

Las escaleras del edificio resultan interminables para su edad. Por ellas baja corriendo el Fax. El Fax es una joven de veinte años, no sale del hotel Nacional. No es jinetera. Sólo enloqueció a causa de dos muertes, una física y la otra mental, que explicaré más tarde, en otro capítulo. Y se taró todavía más, cuando le contaron que en los hoteles habían instalado maquinitas que comunicaban, en segundos, por carta, con el sitio más intrincado del mundo. Argumenta que no es ninguna proeza, que le robaron su idea, que ella sí es la campeona, la bárbara de las comunicaciones. Puede faxearse con cualquier espíritu, en un escupitajo. Disculpen, en un santiamén. Es portadora de mensajes de Lenin, Marx, Engels, Rosa Luxemburgo... Curiosamente todos sus fantasmas son comunistas. Culpa de los electrochoques que le aplicaron en la residencia de reposo destinado a los idos —no de marzo— sino de la realidad. Anda de hotel en hotel buscando un millonario que patentice su proyecto porque es de la opinión de que en un futuro, no muy lejano, cada ser viviente será un Fax Médium. Podremos cartearnos con Cristo, Cervantes, Sor Juana Inés de la Cruz, Napoleón, Pascal, Goethe, Nijinsky, Marilyn Monroe, JFK, Saint-John Perse y Lalita, el Che, James Dean, John Lennon, Marlene Dietrich... y todos esos mitos que nos han enriquecido o resignado la existencia. El Fax dice que el porvenir del mundo será un sistema social nuevecito de paquete, que no se llamará comunismo, claro, sino una mezcolanza, lo mejor del comu y lo más vola'o del capi, una suerte de capi-comu. Esto se lo han dictado Marxy y Rosita Lux, tal parecen dos marcas de jabones. Cuca Martínez apenas se detiene cuando saluda a la joven; sin embargo, la otra la agarra por el hombro y la besa en el colmo de la felicidad:

—Cuca, acabo de faxearme con Engels... ¡El capitalismo está al borde del abismo!

—¡Sí, mirando cómo se despetronca el museo del socialismo! —vocea desde el piso de encima la Fotocopiadora, el chisme parado en dos patas.

—¡A ésta le hicieron bilongo, la embrujaron, es la única chiquita de este sala'o país que habla de comunismo, aparte de Talla Extra, que ya sabemos que es un caso patológico, o putológico!

La Fotocopiadora se desliza por el pasamanos de la escalera, impregnándolo de un húmedo fo a pescado podrido; una raya de flujo blancuzco marca la huella del sudoroso y apestoso chocho. Además de ser chismosa nunca lleva blúmeres. Ella puede hacerlo, jamás tuvo reglas. De niña, entró en un hospital para que le extirparan las amígdalas, la enfermera equivocó el expediente, y le extirparon los ovarios. Y los blúmeres, como las íntimas, son, cada vez más, objetos anacrónicos o arqueológicos.

—Caruquita, vieja, no te dejes influenciar por el enemigo. No queda otra opción... que la cero. Opción cero en tiempo de paz. Pasaremos, próximamente, una larga etapa de capitalismo y, entonces, por fin, hallaremos el comunismo. Después nos aburriremos del comunismo y será, entonces, que confeccionaremos el capi-comu. Es la ley del ciclo. Por los ciclos de los ciclos, amén.

—¡Pero, habráse visto, ésta se cree que va a durar toda la eternidad! —exclama la Fotocopiadora en el colmo del paroxismo.

—No soy la única inmortal. ¡La Revo —*loción*— nos ha hecho eternos! —increpa requetesegura el Fax.

Entretanto, Cuca Martínez se siente entrampada entre ambas mujeres, su mirada viaja de una a otra, como una espectadora del Roland Garros, en plena partida entre Stefi Graff y Mónica Seles. Siempre los mismos discursos después de treinta y pico de años. Siempre las peleas obligatorias, las mezquindades. La gente no vivía su realidad. La gente sobrevivía en la inmortalidad. Incluso la Fotocopiadora, tan pesimista, hablaba con un tono trascendental, con máximas. ¡Qué ganas de decidir tenían todos! ¡Qué complejo de poder! A la larga, la aspiración máxima de cada cubano es ser como XXL. He ahí el origen de nuestras desgracias, la obsesión de ser como lo soñó Martí. Estamos jodidos por culpa de la fijación que tenemos con Talla Super Extra, por la influencia tan malévolamente hipnótica que aún ejerce sobre la población; es que nos levantamos y nos acostamos hablando de él.

—¡¿Tú estás oyendo lo mismo que yo, Cuquita, tú sabes lo que es aguantar tanto tiempo, toda una sal'á vida para caer en el comunismo otra vez?! ¡Coño, vieja, ojalá esa etapa de capitalismo que viene sea larguísima! ¡Que Dios nos coja el culo confesa'os si tengo que zumbarme otra vez el comunismo!

—Con el permiso de las presentes, la conversación es sumamente grata, pero *otras tierras del mundo reclaman el concurso de mis modestos esfuerzos...* —Cuca cita la que dice Talla Super Extra que fue la última carta del Che. Haciendo uso y gala de su doble moral, se abre paso con sus manos cubiertas de tendones y de lunares rojos. Sube pausadamente las escaleras, por fin se enfrenta a la puerta. La puerta que tanto ha abierto y cerrado en treinta y pico de años, mirándola bien, necesita una pinturita, una manito de aceite blanco. Saca la llave del ajustador, y de refilón acaricia el sólido papelito. La llave temblequea en la cerradura. Hasta sus oídos llega la voz de la Fotocopiadora:

—¡Pobre vieja, viene de botar la basura, por un tilín así no la hicieron picadillo de soja, por hablar mal de XXL, casi la matan... pero ella ni chistó! ¿No te fijaste, Fax, que tiene un bulto en el centro del pecho flaco ese que tiene? O el cáncer se la está comiendo, o lleva algo escondido en el ajustador asquerosísimo que no lava nunca porque es el único que le queda y no quiere desguasarlo, además no tiene ni para comprarse un jabón.

La puerta del apartamentico por fin cede, y la luz de la ventana enceguece a la vieja. A esa hora, todo el sol del universo se amontona en la estrecha sala. Cuca Martínez va, primero, a la cocina, abre el oxidado y depauperado refrigerador, el cual hace las veces de armario. Acostada en su cama-taza de café duerme Katrinka Tres-Escobas, la cucaracha rusa. Es rubia de ojos azules, el tremebundo calor del irreparable General Electric del año cincuenta y seis la ha conservado albina. La anciana recuerda con nostalgia los vasos de agua helada que podía beber años atrás. Y eso que puede darse con un canto en el esternón de que este aparato hubiera sobrevivido cuarenta y tantos años duros hasta que le dio el patatús, y cero frío. Porque el refrigerador soviético que Reglita trajera de regalo apenas funcionó cinco años, y después fue de cabeza, de terapia intensiva, al taller de reparaciones. La historia de la amistad de la vieja con el insecto es complicada, la prueba de que el odio puede transformarse en amor: a finales de los ochenta, La Habana fue atacada por una plaga de cucarachas voladoras. Cuca apagaba las luces, se acostaba, al rato le daba sed y cuando llegaba a la cocina y encendía la luz, la meceta y los frigos estaban cubiertos de un tapiz viviente de cucarachas. Cuca Martínez utilizó todo tipo de envenenamientos, batalló tecnológica, ideológica y hasta psicológicamente, pero siempre vencían ellas. Hasta que se convenció de que ellas eran más fuertes, de que estaban en el poder, y de que, ante la impotencia de aplastarlas y exterminarlas, sólo restaba amarlas. Llegaron los noventa y la plaga se extinguió, pero quedó una, atrapada en el recipiente de la mantequilla. La anciana la lavó cuidadosamente, y la bautizó con ese nombre tan sonoro y extravagante en homenaje a la primera cosmonauta que singó en el cosmos. Años después subió al más allá estrellado el primer latinoamericano, que tenía que ser ¡un cubano! Era un mulato aindia'o, por el aquello de tirarnos el peo más alto que el culo, hacer una revo más grande que Gulliver en Lilliput. Aguinaldo Tayuyo compartió la primera plana de *Granma*, el órgano oficial del partido (por el eje), junto a la vaca —de ninguna manera demente— Ubre Blanca, un fenómeno vacuno inventado por XXL, a la cual su dueño incestuoso, padre hiperenamorado de ella, le construyó un monumento. No así a Tayuyo, quien, cuentan los jodedores que bajó con las manos hinchadas del cosmos, porque cada vez que iba a apretar un botón el soviético Yuri Romanenko le daba un manotazo: «Caquita, no se toca.»

La nacionalidad rusa la escogió la propia Katrinka Tres-Escobas. En los noventa, invadieron los ratones, y sucedió lo mismo, Cuca estuvo a punto de un infarto, o de que le injertaran un marcapasos reciclado, por culpa de la agitación de estar correteando detrás de las ratas con un bate de béisbol. Sólo que, ¡intríngulis de las especies!, Katrinka Tres-Escobas se enamoró, perdidamente, de un ratón escuálido y negro, etíope, y fue correspondida con creces. A Cuca Martínez no le quedó más remedio que aceptar la petición de mano. El ratón fue bautizado, ese mismo día de iniciación del noviazgo, como Juan Pérez, para rendir homenaje a la memoria del antiguo y único amor de la tierna anfitriona. Se casaron, hicieron una boda por todo lo alto que, por supuesto, costeó la madrina Cuca. Katrinka Tres-Escobas fue inmediatamente al hospital González Coro —antiguo Sagrado Corazón— y se puso un anticonceptivo, la cosa no estaba como para parir tan pronto. Y es así como viven los tres muy felices. Aunque al principio no todo fue color de rosa. El comité de defensa de la revo y la federación papayocrácica cubana hicieron la guerra a Cuca por albergar extranjeros en su casa. A pesar de que se trataba de extranjeros permitidos, de nuestros hermanos soviéticos y etíopes, Cuca estuvo a un paso de ser torturada por la Seguridad del Estado, a un tilín del cuarto frío de Villamarista. Pero, en eso, se autorizó la tenencia de divisas, y las relaciones con turistas fue mejor vista. La cosa se puso tan mala que hasta las organizaciones de mazas (no es falta de ortografía, es a propósito lo de mazas por masas) hicieron la vista gorda. Y todo volvió a esa normalidad tan anormal a la cual estamos habituados.

—Katrinka Tres-Escobas, ¿estás ahí? Soy yo, Cuca, ¿y Pérez, salió?

—Fue a marcarme en la cola del puesto. Vino col. Yo estoy descansando, tengo las patas molidas de la cola de la pizzería. La pizza que queda es tuya, ya nosotros almorzamos. —Katrinka Tres-Escobas quita el disco rayado de Karel Got, e insiste—: No dejes de comer, Cuquita, mira que tienes una flaquencia que tal parece que padecieras de un tumor maligno.

Menos mal que el Ratón Pérez había ido a sonarse la cola, porque aunque ella tiene el sello del plan jaba que no es lo mismo que el plan jeba. Lo primero, es otro truco del gobierno revo para que las trabajadoras no hagan colas, a veces hay más colas en el plan jaba que en el plan de las compañeras desempleadas por cuenta propia, y la razón no es porque haya aumentado el número de trabajadoras, sino porque cualquiera resuelve un hago constar como que trabajas en tal o en mascual oficina, y sanseacabó. Lo segundo, el plan jeba, es ponerse a régimen de ligue, ligar niñas, o niños, jebitas o jebotes, en cantidades industriales.

Cuca no tiene hambre, últimamente está desganada. Va hacia la radio soviética de color rojo metálico, la enciende:

—*La pasión de Silvia Eugenia* —anuncia con voz de tenor, de cuarta categoría, el locutor de Radio *Enemiga*, la más escuchada a lo largo y ancho de la isla. Y ahí mismo se desata a llorar la actriz. El llanto dura, entre balbuceos y gritos, alrededor de cinco minutos. Cuca se solidariza, por inercia, y gimotea junto a la radio. La gente no sólo aplaude por inercia, sino que también hace todo lo demás, sobreviven por inercia. Sin dejar de jeremiquiar, introduce sus dedos nudosos en lo que antaño fue el entreseno, y que hoy es el entrehueso, y saca el billete. Un dólar, verdecito y todo. Auténtico.

—Creo que de verdad me compraré un vánite.

En el espejo cagado de moscas, refleja su rostro, surcado de gruesas lágrimas terracotas, empolvadas las cejas, las pestañas, el pelo, la ropa, con la arena que hace un momento había levantado la ventisca.

—¡Dios santo, qué vieja estoy; los lunares se me han vuelto verrugas rojas, y lo peor es que me he acostumbrado, ni me doy cuenta! Tengo los sesenta y dos años más acaba'os del mundo...

En la sala se amontonan muebles de disímiles estilos. Sillas art-decó con butacones de vinil años cincuenta. El espejo es art-nuvó (ay, tú, niña, no se escribe así). Me da la realísima gana de escribirlo como me sale de mis adentros. Sobre el aparador criollo reposa un búcaro de cristal azul en forma de pez, la boca es la abertura, de donde emerge un ramo de gigantescos girasoles plásticos. De la pared principal cuelga un espléndido altar dedicado a Obatalá, la Virgen de las Mercedes. Cuca se levanta del sillón y se desplaza como levitando hacia el santuario. Muy respetuosa, levanta el manto blanco perlado, y esconde el billete entre las piernas de la diosa. Al instante, se recompone el pelo. Repara en un cuadro colocado boca abajo en la esquina del aparador, lo toma escrupulosamente, limpia el cristal con el antebrazo. Es el retrato pulidor de mala conciencia, el filtro o colador de doble moral, para salvar las apariencias. Es un retrato, coloreado a mano, de los tiempos mozos de XXL, Talla Extra, *Quién tú sabes*, *Ruth*, la hermana mala de la telenovela brasileña, Chico Tiniebla, Esta niña, María Cristina, por la canción de Ñico Saquito y su:

María Cristina me quiere gobernar,
y yo le sigo, le sigo, la corriente,
porque no quiero que diga la gente,
que María Cristina me quiere gobernar...

En resumen, todos los apodos que nadie ignora y que no han podido tumbarlo. La anciana le habla bajito, tímidamente, sin embargo, reprendiéndole amenazadora con el dedo:

—No esperes que te voy perdonar, Hache Pe. Quiero que te quede bien claro, que si todavía te tengo enmarcado en dorado, es para evitar que las lengüilargas se ensañen conmigo. Hoy, por sepetecienta vez, no llegó el pan a la bodega. La leche se cortó en la transportación. El alita de pollo de dieta brilla por su ausencia... Así no te vamos a poder seguir haciendo una Revo más grande que nosotros mismos... Tsch, tsch, tsch... Te vuelvo a poner en el altar, para no ensuciarme el expediente. A ver si aprendes, viejo... No, tú no vas a aprender nunca, ¡hache pe! No, no te equivoques, no es *aché*, es hache pe. ¡Si de lo que me dan ganas es de escupirte, de castigarte boca abajo, de botarte a la basura! La vida es del carajo, porque el que pasará a la historia como el bueno serás tú. Yo, gran comemierda al fin, pasaré como la mala de la película, la tirana, como canta la Lupe, *cada cual en este mundo cuenta el cuento a su manera, y lo hace ver de otro modo en la mente de cualquiera...*

Cuca Martínez sonríe orgullosa de haber recordado, así, tan clarito, y con tanto cariño, a la Lupe, con su voz de rinkinkalla y diente de perro. Al segundo, una lágrima recorre su mejilla hasta empaparle el puchero, y rabiosa, escupe un gargajo en forma de compotica verde en el cristal del cuadro, en pleno rostro graciosito de XXL. Su cara se transforma en mueca de terror, toma la punta de un pañuelo, lo humedece con alcohol de bodega, y limpia la foto, con *estudiado simulacro*, fingiendo respeto. Como tema de fondo, en la radio, Silvia Eugenia se tendrá que casar con el hombre que no ama.

Segunda parte

LA SOLEDAD FEMENINA

Por fin llegó el tema principal de la película *La flor de mi secreto*, y también de la película que hubiera construido con las palabras de mi madre: la soledad.

PEDRO ALMODÓVAR

CAPÍTULO SIETE

UNA CITA DE AMOR

Qué lejos ha quedado aquella cita
que nos juntara por primera vez,
parece una violeta ya marchita
en el libro del recuerdo del ayer.

(De Gabriel Ruiz. Interpretada por la Freddy.)

—¡UN BONIATO, SEÑORES, de pensar nada más en un boniato se me hace la boca agua! ¿Qué rayos cocinaré hoy? A lo mejor, va, y me pongo de suerte, y salgo a forrajear para la calle, y me topo con Chicho, el viandero clandestino. ¡Si le quedara un platanito, o quién sabe, va y hasta consigo un boniato! Sería una divinidad su aparición, porque tengo una clase de debilidad. Las tripas no me dejan ni pensar... ¿Y p'a qué quiero yo pensar? Chicho tiene buenos precios, bueno, a veces a mí me rebaja, porque sabe que yo sí no puedo pagar esa exageración del mercado libre campesino. Una librita de puerco cuesta la mitad de mi jubilación. ¡P'allá, p'allá, solavaya! Saldré un rato a ver si consigo algo de jama, o por los menos, a ver si me entretengo por ahí, caminando, y se me olvida el hambre. Katrinka Tres-Escobas, la tierna y servicial cucaracha rusa que vive conmigo, y su marido, el etíope Ratón Pérez, duermen como benditos. Ya se sabe que a estos animalitos les dura la comida, tienen la digestión lenta, y además, ellos ingieren cualquier cosa, pero yo sí que no puedo, le tengo asco a todo lo que venden por la libreta, ¡ahggbb, ni muertecita! Pero debo alimentarme, y ahora sí que estoy, que veo doble, partía por la mitad. No sé qué ponerme de ropa, estoy tan flaca, cualquier vestido me queda mata'o. No me hallo, descolocá, los huesos flojos, no me hallo en mi cuerpo, me veo chambona, así, escorá como un bote.

En menos de un pestañazo, Cuca Martínez se tira un trapajo por encima, asea su cara y sus partes con una astilla de jabón de lavar, peina hacia atrás sus greñas canosas, unta detrás de las orejas, con una gota en cada una, agua de violetas. Recuerda que hacía mucho tiempo, una amiga la había alertado contra la colonia de violetas, advirtiéndole que alejaba a los hombres. Piensa que ella ya no puede tener más lejos a su hombre, ni a ningún otro. Toma la jaba de los mandados, de donde estaba enganchada, detrás del picaporte de la puerta. Antes de marcharse, escribe una nota a sus animales amigos. No quiere que se preocupen por ella, son tan nobles, tan buenazos, tan solidarios. Hace unos días, estaba decidiendo si les hacía un testamento a su favor, para el día que ella falleciera, heredaran el apartamentico, y que la reforma urbana no pudiera desalojarlos en un futuro. Total, ésa era su verdadera familia. ¡Ay, no, cómo iba a olvidar a Fala y Fana, digo, perdón, a la Mechu y la Puchu! Sus verdaderos paños de lágrimas. Bueno, y a la Niña.

El edificio parece abandonado, hay un silencio sepulcral, cosa rara donde las radios y los televisores son el primer e inminente síntoma de vida, incluso de explosión demográfica. Salva, en un dos por tres, la distancia de los pasillos, desciende las escaleras, y no percibe ni siquiera luces —de velas— encendidas en la casa de sus amigas. Expone su cuerpo cansado a la luz del mediodía, y el sol le parte la vista. El paisaje refulge con blanca intensidad. Va en busca de sombra, pero casi todos los portales están en ruinas, y el sol se cuela por la obturación hecha a causa de un inesperado derrumbe de columnas. Baja por la calle Línea, en dirección al mar, divisa una multitud que avanza desde el hotel Nacional hacia el muro del Malecón. No debe de ser la manifestación del primero de mayo, porque faltan todavía dos meses. La gente está cómicamente vestida, como en una película con *sets* de locación en la Riviera francesa, o para el festival de Cannes, con plumas, velos, sombreros de pajilla, turbantes, broches en los escotes, pelucas. Cuca restriega sus ojos, no está segura de si es el hambre lo que la obliga a ver disparates. Encima de césped falso, verde que te quiero verde, de tan plástico, han colocado mesas cubiertas con manteles blancos de encaje de papel, imitación del elaborado bordado de los de la ciudad de Brujas. Los platos resplandecen impolutos, como los camareros, disfrazados con esmóquines también impecablemente blancos. La blancura reina. Cuca espera la sangre. Porque siempre sucede que el derroche de pureza atrae la violencia. Pero no. Los ricos, porque de millonarios se trata, indudablemente, se jactan y se emborrachan como antiguos romanos. A Cuca se le ensalivan las comisuras de los labios, y sufre un leve vahído después de un concierto de tripas de su sistema digestivo, más vacío que un estadio con aguacero. Turistas ricos, y ricos partidistas, disfrutan gozosos con sus gorras de colorines, afocantes licras, guayaberas almidonadas, y las camisas de palmeras rosadas. Sentados en el muro del Malecón, se achicharran al ardiente sol del eterno verano, miles y miles de espectadores semejantes a Cuquita, medio desfallecidos a causa del hambre, de la sed y del calor. Nuestro calor, ese mismo que da la sensación de que los días son aquí más profundos, más intensos, más agotadores, sumamente tragicones. La mujer camina despacito, por temor a resbalar y a partirse la cadera. Ya, junto a otra señora embobecida con los manjares, pregunta:

—M'hija, ¿qué significa esto, o yo estoy viendo visiones?

—Visiones no, divisiones, eso mismo creí yo, mi vieja, que soñaba despierta. No. Es una carrera de lanchas rápidas, un campeonato del mundo, para gente de mucho dinero... Yo n'a m'á vine a ver cómo comían, a fijarme en la comida, para que no se me olvide.

La anciana camina cancaneando, sin embargo, coqueta, semejante a una Barbie patinadora en una publicidad. La avenida es un bullicio ricachón impresionante. Ni antes de nuestra era, que es la era que estuvo pariendo un corazón, había visto ella tanto millonario junto. La loma, en la cual está enclavado el hotel Nacional, sirve de tribuna con vista al Malecón. En ella, Talla Super Extra Larga, vestido de verde podrido, sonríe una y otra vez, haciendo con la boca muequitas de retrasado mental o de alguien a quien ya le patina el coco por la arteriosclerosis. Se le aprecia, o se le desprecia, en el colmo de la felicidad, a un paso del edén o del desdén, acompañado de empresarios extranjeros, y de los competidores de los Emiratos Árabes, quienes consiguen ser los galardonados. A Caruca le entra revoltura de estómago, y bizquera, de tantos muslos asaditos de pollo que distingue pasar de un lado a otro de la tribuna. De buenas a primeras, XXL sale disparado, aplaudido y aplaudiendo él mismo, se monta en su Mercedes, y recorre, lo que él llama, la *gloriosa área triunfante del Malecón*, donde, según sus roncas palabras, el pueblo, *nosotros*, habíamos dado, una vez más, la lección al imperialismo yanqui, ganamos la batalla al lumpen, a los quintacolumnistas (palabrita de los años sesenta que le robó a su hermanita Rosa, la

China) en los disturbios turbios del cinco de agosto del noventa y cuatro. Me da una roña ese *nosotros* tan proletarioso en boca de los políticos. Para abreviar, un millonario de esos de los que no puede templar con su querida antes de doblar a Julio Iglesias en un karaoke particular, enarbola una latica de coca-cola y brinda por el Comediante en Jefe, digo, por María Cristina, por Quien tú sabes. Los autógrafos vuelan de la mano de XXL hacia el público congregado. Un cheque de veinticinco mil dólares es donado para los niños cubanos. En caso de que los repartan, no tocaría ni a medio kilo partido por la mitad per cápita. Me encantan los millonarios, lo espléndidos que son, por eso justamente son millonarios, porque se la pasan extrañando la alcancía. Vivas e himnos mal memorizados son entonados en honor de la memoria del Che, del cual, se ve bien, que se acuerdan mal. Y al punto, alguien pide la canción limpia-conciencia de los macetúos, no esperen nada del otro mundo, ninguna ópera, ninguna sonata, ¿a que no lo adivinan?: *Aquí se queda la clara, la entrañable transparencia de tu querida presencia, comandante Che Guevara.* Soy alérgica a ese Carlos Puebla, por exceso de ingestión. Para finalizar, y como es de esperar, Talla Extra se dispone, y predispone al público, a hacer un discurso. Nadie es ajeno a su fama de orador y de orate. Al instante, toca su bolsillo derecho, simulando gesto amoroso, y miles de palomas blancas abren vuelo popular, entonces palpa su bolsillo izquierdo, pero nada sucede esta vez. Aprieta con mayor ímpetu, para activar el bolígrafo que debiera lanzar una frecuencia directa —audible sólo para palomas— al aparatico conectado a la pata de una de ellas, y que debiera atraerla a él, más por tecnología que por misterio, imponiéndole que se pose en su hombro. Artilugio que fue hecho a principios de la Revo, y que el mundo entero interpretó como señal del más allá, como indicio de que Talla Extra era el elegido, y que en realidad era un invento del mismo personaje que, años antes, había secuestrado a Fangio, el corredor de cuñas, por órdenes del movimiento veintiséis de julio. María Cristina, digo, XXL, maniobra con insistencia en su bolsillo y, en lugar de que la paloma venga en dirección a su hombro, lo que hace es pujar y echarle una clase de cagada en la cabeza que chorrea por la frente hasta la canosa barba. Ni una risa. Porque en donde único aquí el choteo no interviene es en nuestras interpretaciones mágico-históricas. Mal augurio, piensan cada uno de los cerebros, pero nadie chista. El silencio es absoluto, abrumador. Sólo su voz desgañitada e impotente —no sólo la voz— recorre las calles habaneras, de bocina en bocina, los gallos se le van con bastante frecuencia. Primero, cita todas las cifras económicas desde el primer año del triunfo hasta ese instante, *el glorioso período especial*, y hace énfasis en los sacrificios, en estos momentos de crisis y de reformas económicas, cuando el ex campo socialista y bla, bla, bla, a hablar mierda de los rusos de nuevo. Y que este pueblo glorioso resistirá, que incluso cuando no quede nadie, seguirá resistiendo, y que con los huesos de nuestros muertos haremos... Y se queda en blanco. *Con los huesos de nuestros muertos haremos...* Mira a todos lados buscando apoyo, no hay manera que se le ocurra lo que haremos con nuestros esqueletos. La multitud lo observa, pendiente de una cutícula, horrorizados ante la trágica perspectiva y el destino incierto de nuestros fémures, tibias, peronés, coxis o huesito de la alegría, cúbitos, radios, cráneos, columnas vertebrales, en fin, preocupados por nuestro futuro óseo. Por fin, claquea el dedo gordo con el del medio, señal de que halló la solución: *Con los huesos de nuestros muertos haremos una marimba gigante para entonar las notas de nuestro glorioso himno nacional.* Un suspiro colectivo de alivio silencia el ruido de las olas rompiendo contra el muro. Menos mal que seremos un instrumento musical, porque bien pudo habernos convertido en huesos internacionalistas, y donarnos a un museo de biología y ciencias naturales, tal vez vendernos como marugas a un zoológico europeo para entretener a leones recién nacidos, o convertirnos en aretes y exportarnos a cualquier feria mundial de innovadores. Enfatiza en que habrá que reanudar el trabajo ideológico, reforzar la conciencia revolucionaria, fortalecer el espíritu de lucha, para acabar con la corrupción, y el privilegio, para destruir las fauces sangrientas del enemigo imperialista yanqui, y que deberíamos estar muy orgullosos de vivir en período especial porque este acto heroico nos hace más revolucionarios, más libres, más fuertes... Los ricos no entienden ni carajo, y continúan brindando con Don Pérignon. *Somos más fuertes*, vuelve a repetir, y en eso se arma un barullo en la multitud, y un tipo pide socorro, socorro, que traigan una camilla, rápido, que se ha desmayado una vieja.

La Puchu y la Mechu, bañadas en sudor lechoso a causa de la cascarilla (no se puede perder la costumbre de espolvorearse cascarilla de huevo por todo el cuerpo, el mal de ojo está que hace ola y cola) con dos pencas de guano, una en cada mano derecha, miran hacia el burujón de gente que se apelunca alrededor de la vieja, a la cual le ha dado la sirimba. Junto a ellas también se tuestan el Fax y la Fotocopiadora. Esta última mastica un chiclet que había escupido un maceta desde la tribuna, y que ella había interceptado antes de que cayera al suelo. El Fax se siente extremadamente turulata. No entiende ni papa de lo que ocurre: nada de toda esta jerigonza y jirigay tiene que ver con el comunismo nuevo que le faxea, en ese instante, la mismísima momia de Vladimir Ilich. Entonces decide marcar, mentalmente, por telepatía, el número de fax de Nikita Kruchov, pero se equivoca de indicativo y cae de plano en la oficina purgatorial de JFK. El Kennedy, no el aeropuerto, sino el ex mandatario, que de bobo no tiene ni un pelo, pero sí la quijada, fíjense, igualita

161

a la de Clinton, le da sus opiniones e informaciones, y el Fax escucha serenamente, encantada de la vida, creyendo que está conectada con Nikita. Al despedirse, se entera de que con quien había estado hablando era con el sacrificado presidente de los Estados Unidos, le da un terepe, cae redonda en el piso, se muerde la lengua, a causa de un ataque epiléptico, y su cerebro gira una vuelta de ciento ochenta grados hacia el capitalismo. Ella y Cuca Martínez son conducidas con carácter urgente al hospital Hermanos Amejeiras. El agente de Seguridad del Estado (de putrefacción) que las acompaña, pide para ellas electrochoques en lugar de reanimación boca a boca, aspirinas, o un sencillo algodoncito de alcohol para colocar debajo de las fosas nasales. El doctor casi que accede al deseo del buen-a-gente, no por decisión profesional, sino porque lo único que puede ofrecer como medicamentos es precisamente electrochoques. Suerte que la Mechunga, la Puchunga y la Fotocopiadora están de testigos, y esperan a que el policía desaparezca, en dirección a la calle, con ansias de darle una patada al cigarro (quiere decir, fumar una cachada, aspirar humo de un tirón), y ruegan al médico que consiga un trozo de pan y un poco de agua con azúcar para la vieja, que ella lo que tiene es el estómago pegado al espinazo, más vacío que una piscina olímpica en invierno, y fuera de competiciones. Añaden que, de la joven, ellas se ocuparán. En cuanto el médico da la espalda en busca del pan duro y de la sopa de gallo, la Fotocopiadora se arremanga el vestido, subida encima de la camilla, y encarranchada encima de la nariz del Fax se tira un peo con el bollango. El fo a calamares podridos reaviva a la muchacha, quien invoca ahora por Rockefeller, Onassis, Miguel Boyer y Bernard Tapie en pleno proceso judicial. Cuando advierte la presencia horizontal de Cuca Martínez, estirada en la camilla, morada, no como una uva, sino como un cadáver de Stalin en la Siberia, grita desaforada:

162

—¡Asesinos, la mataron, abajo el comunismo!

La Fotocopiadora le taponea la boca con el tarugo de chiclet. Mientras, la Puchunguita y la Mechunguita aguantan a la joven por las manos y los pies. Aterrorizadas la aplacan, con voces a medio tono primero, después susurran en su oído:

—Coño, piensa p'a ti, y grita p'a los demás.

La joven abre los ojos desmesuradamente, cual esquizofrénica furibunda, vocifera con un sollozo trabado en las amígdalas:

—¡Viva Talla Extra, Socialismo o muerte!

Pan viejo no hay, pero el doctor regresa con un vaso plástico, veteado y mugriento, con agua con azúcar barrida en los centrales, que es la que venden al pueblo por la libreta. En camillas vecinas, otros enfermos en estado de coma, son interpelados por vendedores del mercado negro que ofrecen, clandestinamente, casi más que un Carrefour francés, o un Mol de Miami: pintas de helado de chocolate, papas rellenas con carne de gato o de rata, y cajas de falsos Cohibas o Montecristos. Una mujer recién operada chilla fuera de sí, llevándose las dos manos a la herida:

—¡Ay, un calmante, qué dolor, coño, traigan un calmante!

Otro paciente cuenta que a la adolorida señora le han extirpado un fibroma con un nuevo producto chino, el cual produce amnesia en lugar de la anestesia.

—¿Nadie tiene un calmante por ahí? —inquiere el avergonzado médico dirigiéndose a los visitantes y demás enfermos.

Cuca Martínez termina de beber el mejunje, ahora se siente más recuperada. Busca en la jaba y encuentra una dipirona que había comprado en los años ochenta. Estaba algo amarilla, pero de seguro sirve. La mujer traga la pastilla como si comulgara el cuerpo de Cristo, con huesos, tendones, glándulas, en fin, vivito y resucitando. El

163

Fax, la Fotocopiadora, Cuca, la Puchu y la Mechu, agradecen con varios alabaos sea el Señor, al doctor por sus excelentes primeros auxilios, y ya están decididas a retirarse, cuando chocan con el parabán constituido por la presencia del agentón de seguridad del estado. Una vez convencido de que ha logrado su objetivo, intimidarlas con su compostura de guaposo autorizado, sonríe cínico, se aparta rayando en lo elegante, y las deja pasar en dirección a la puerta de salida. Antes de dejarlas en paz, y sin prosperidad, aprovecha que la Fotocopiadora es la última, y como un diablo libidinoso le mete, por debajo de la saya, el dedo en la crica. No para aprovecharse de la hembra, sino para estar plenamente seguro de que ella no se ha robado ningún instrumento, o medicamento del hospital, camuflado en sus partes, para después revenderlo. La Fotocopiadora no dice ni esta boca es mía, porque sabe que le ha pegado tremenda sífilis en la yema del dedo, enfermedad erradicada aquí, según las estadísticas victoriosas.

Las cinco mosqueteras se hallan en la ahora desolada avenida. Los festejos terminados, la tribuna recogida, ni un alma se vislumbra por todo aquello, sólo las huellas de la comelata y el reguero de platos plásticos rutilantes, de copas y vasos de cartón, más que vacíos, raspados. Quieren cruzar al muro. Una vez allí, sentadas de espaldas a la ciudad, mirando el desteñido mar, aun así resplandeciente de enormidad y belleza, dedican un silencioso homenaje a sus desaparecidos. Porque en este país cada quien tiene un balsero. El Fax llora, desconsolada y desquiciada. Por vez primera en su vida expresa todo el trauma que lleva encerrado bajo candado en el alma. La gente va incorporándose al muro. Ya se sabe que nos encanta el chisme, y sin preverlo, se agrega un público interesado en la historia de la muchacha. Llegan, poco a poco, Hernia, la vecina de la planta baja, a la cual el mar, y otras desdichas, le han convertido la casa en una ruina con piso rocoso, igualito al suelo de la costa, con dientes de perros y estalagmitas; el techo, cual caverna posmoderna, luce brillantes estalactitas, las paredes vibran cubiertas de algas y musgo. Hernia se aproxima arrastrando la existencia tan post que la recondena. Al rato hacen aparición, atraídos por la angustia, Yocandra y sus dos maridos, que para nadie es secreto que esa intelectualoide de pacotilla tiempla como una mula, y vive con los dos, o por lo menos se los turna, pero yo digo que cada cual hace de su culo un tambor y se lo da a quien se lo toque mejor. Y así, buchito a buchito, se juntan los vecinos del edificio, los del barrio, los del municipio, los de la circunscripción, los de la provincia, y más tarde se suman los de las provincias aledañas, y luego, éstas convocan a las restantes, y si se viene a ver, toda la isla está reunida en el muro del Malecón, escuchando las tristes anécdotas del Fax.

Resulta ser que el Fax tenía un hermano y un novio. A los cuales, está de más que lo señale, ella adoraba con locura. Como era de esperar, a ese hermano y a ese novio, que habían decidido quedarse sin carreras universitarias, ante la alentadora perspectiva de matricular licenciatura en Construcción o magisterio en Veterinaria, los cogió el Semeó, es decir el SMO, el Servicio Militar Obligatorio. Decidieron dar el paso al frente, qué remedio no les quedaba, y una mañana salieron, con el pie izquierdo, y con los respectivos cepillos de dientes, toallas y jarros, como mismo exigía un acápite de las planillas militares, rumbo a la guerra de Angola. Que para ellos no era más que irse a la aventura, cambiar de ambiente, salirse un poco de la rutina isleña, porque no siempre en las islas la aventura es inmortal, a veces hay tronco de aburrimiento, tanto que pareciera que, cada día del año, fuese domingo. Para desgracia de ambos, no cayeron juntos en el mismo batallón, sino que por el contrario fueron a parar bastante lejos uno del otro. Una madru-

165

gada fría y severa, como todas las madrugadas del mundo, incluso como las de aquí, en el trópico, dieron la voz del de pie más temprano que de costumbre. Cantaron la lista de nombres de varios soldados, y vociferaron la orden de prepararse, sin excusa ni pretexto, para una larga expedición. Entre los citados estaba el hermano del Fax. Una vez formados y uniformados, sin explicación previa, fueron empujados dentro de un camión. Viajaron horas de horas fatigosas, enfangadas y fogosas —para nada a causa de asuntos eróticos, sino por culpa del calor de los bombardeos—. A los tres días, por fin arribaron a un campamento desvencijado, a punto del desplome, construido con piedra gris, y de pavimento cementado. Sólo entonces fue que el jefe reanudó las voces de mando, marcharon, los pusieron en ¡antejó!, y al rato, en su lugar, descansen. El jefe carraspeó una gargajera verde, la cual escupió por encima del hombro. Inició un discurso de bienvenida, y de informaciones generales que nadie entendió. Eso tienen nuestros discursos, son kilométricos, y mientras más largos más ininteligibles, menos sentido de existir poseen. Hablar por gastar saliva y a partir del mismo modelo. Finalmente, los soldados lograron sacar en claro, la razón por la cual los habían traído de tan lejos. Les notificarían dos comunicaciones de suma importancia. El oligofrénico capitán reveló la primera de la siguiente manera:

—¡Atenjó, que den un paso al frente todos los soldados que todavía tienen madre! Soldado Ramírez, ¡en su lugar, descanse!

Con lo cual pudieron adivinar que la madre de Ramírez había fallecido. La segunda noticia era más difícil de explicar. El capitán se lanzó en una disertación sobre la disciplina sexual de los soldados, y la represión del eros, y la relación autorizada con los animales, pero jamás con las personas, porque en ese caso era pornografía militar, penado por la ley. A las dos horas y media, decidió ir al grano, manifestó detalladamente que un soldado del campamento, en el cual se encontraban de visita, había violado a una angolana, y que el tribunal sentenciaba pena de muerte por fusilamiento. A todos les temblaron las canillas. Y casi se cagaron cuando anunciaron que la convocación dirigida a ellos, digamos, era, nada más y nada menos, porque constituirían el futuro pelotón de fusilamiento. El hermano del Fax se vino en diarreas cuando sacaron al acusado de prisión y mostraron su identidad: ¡el novio de su hermana! ¡No podía ser cierto, tendría que disparar a su amigo, a su futuro cuñado, que él mismo debería convertir en futuro cuñado cadáver! ¡No, ni muerto! Hasta ahí llegaba su sentido del deber, del ejército y de la obligación. Pidió permiso. No fue concedido. A pesar de los relinchos, más que insultos, del jefe, quien apenas le permitía articular palabra, logró a berrido pelado exigir una entrevista con sus superiores. Ante tal alboroto, los inferiores —de estatura, no de grados— porque de grados eran superiores, dieron las caretonas. Se justificaron argumentando que nada podían hacer a favor del condenado, esa orden venía de *allá*. Ese *allá* enigmático, y que está siempre en el mismo sitio, en cualquier trono u oficina desde donde ejecuta el poder. Finalmente, después de mucha batalla perdida, y cuerdas vocales a punto de cundirse de nódulos, concedieron al hermano una entrevista con el detenido, en presencia de un guardia. El encuentro fue simple, por la duración, pero sumamente duro e inolvidable, por el contenido. Quien inició la conversación fue el hermano del Fax:

—¿Es cierto que violaste a la angolana? No puedo creerlo, no puedo, es imposible... No tú. Tú no hiciste semejante cosa.

—No fui yo, coño, te lo juro por la vieja que no fui yo, fueron ellos, los angolanos, pero no van a admitirlo, no conviene... Coño, te lo juro que no fui yo. —Y el joven no paraba de llorar, de secarse las lágrimas y los mocos, más por nerviosismo que por pulcritud. Hablaba muy por lo bajo, y lloraba al mismo tiempo, sin energías, como quien las ha perdido todas en puro quejidos y súplicas—. Ay, ay, ay, Dios mío, qué miedo tengo, no quiero morir, no, que no me maten, sálvame, sálvame, explícales que están equivocados...

Finalizada la abrumadora entrevista, el joven soldado salió absolutamente convencido de que su amigo nada tenía que ver con aquel hecho. Era más que evidente, sus ojos no mentían, su sufrimiento y su terror, menos. Fue escuchado por los jefes, quienes silbaban con los ojos en blanco colocados en el nacimiento del cráneo, en realidad hicieron un derroche de paciencia, inhabitual en ellos, no estaban acostumbrados a estos sentimentalismos y majaderías. ¿Qué militar lo está? No aceptaron ni una sola de sus razones. El culpable era él y no otro. Y la pena era ésa y no otra. ¿Y el juicio, el abogado? Caso cerrado. El hermano del Fax sacó su pistola y apuntó a los cerebros. Antes enterraría a todos. Iba muy rápido, digamos que era sanguíneo, colérico. Sumaban demasiados en su contra, hubo lucha y por fin consiguieron desarmarlo. Amarrado, lo tiraron dentro del camión, con un diagnóstico de maniático peligroso escrito a máquina e introducido en el bolsillo de la camisa. El camión arrancó con torpeza, el camino no era bueno, a causa de los baches, los pedrugones y las emboscadas. A unos diez minutos de viaje, escuchó la andanada de fusiles, y un grito infantil y corto. El grito que lo volvió loco de verdad, sin cura. El alarido de muerte de su amigo inocente.

Fue trasladado de unidad en unidad, de hospital en hospital, de pueblo en pueblo, hasta que se olvidaron de los motivos de su presencia. Él no pronunciaba palabra, fingía haberse ido por completo de la realidad, y hasta de su mente, aunque había partido sólo a medias. Volvieron a diagnosticar un padecimiento distinto: amnesia total, y lo enviaron con carácter urgente para La Habana. Fue conducido a su casa en un Lada azul ministro con chapa blanca, entregaron el enfermo a la familia, lleno de galardones y de diplomas victoriosos, alabadores de la evidente actitud irreprochable del glorioso combatiente internacionalista. En cuanto partieron, el Fax, arrodillada delante de él, preguntó más convencida que interrogante:

—¿Lo mataron? —refiriéndose a su novio.

Él asintió, cerrando los párpados; cuando los abrió, mirando al techo, las lágrimas surcaron sus cachetes, y corrieron a todo lo largo de las enervadas venas del cuello. Ella se encerró una semana entera a llorar dentro de un armario. No probó bocado, ni siquiera hizo sus necesidades fisiológicas, ni chistó, fue un largo llanto silencioso, para sus adentros, mellándola interiormente. Su hermano nunca más trabajó. Al tiempo se metió a colero, en Centro (cuando aquello aún existía la famosa tienda de comestibles en pesos cubanos, para la cual había que hacer colas de semanas y meses). Vivía de rectificar turnos, luego los revendía, y con este negocio semiilegal ganaba más que cualquier trabajador estatal. Además resolvía el problema del insomnio, que no lo dejaba en paz con la memoria. Iba todo muy bien, hasta que una madrugada, la policía decidió cargar con los coleros, y llenaron a tope los carros jaulas. En camino al tanque, registraron a cada uno de los detenidos. Incautaron hasta los peines y los carnés de identidad. Pero, con tan mala pata, al hermano del Fax le descubrieron un billete diferente, un billete enemigo, manchado de sangre, no de la gloriosa vertida por los mártires a todo lo largo y ancho de la isla, sino de la menstrual de la putica que se lo cambió y que lo llevaba escondido entre los bembos púbicos. En fin, un dólar infectado de monilia y apestoso a regla. El primer billete comprado en bolsa negra por el joven.

En la época, adquirido por la módica suma de quince pesos. Y al hermano del Fax le echaron la módica cantidad de quince años de cárcel. Por buena conducta rebajaron su sentencia a cinco. No contaré con lujo de detalles, por hipersensibilidad al horror, las torturas y las humillaciones a las que fue sometido el muchacho. De su estancia en el tanque, guarda una cicatriz en plena mejilla, a lo Al Pacino en *Scarface*, además de ciento sesenta y cinco traumas como consecuencia de las repetidas violaciones. Pero la que fue a parar a un hospital de día fue el Fax. El remedio a su locura, a su falta de fe, a su crisis de identidad, y a su confusión ideológica, la solución que encontraron los psiquiatras fue contraatacar con electrochoques. Contracandela a toda hora, una buena tanda de corrientazos en el cerebro, o en el culo, y basta de melancolía capitalista. La muchacha salió de allí completamente trastornada, creyéndose un aparato, una invención tecnológica: un Fax comunista. Hasta el momento justo en que su cerebro se equivocó, y discó el número de JotaEfeKá, en lugar del de Kruchov, y su subconsciente sufrió una violenta transformación, para fax con tendencias librepensadoras, o de centro izquierda, o comoquiera que se denomine en la actualidad a lo siniestro y lo ambidiestro, ¡que ya ni Konsgtantino, el del manual, si resucita sabe!

Así, desfallecida, nuestro Fax termina de autopsicoanalizarse públicamente. El pueblo entero se lamenta, a sollozos limpios, apoyados en el muro del Malecón, el muro de las lamentaciones. En seguida vuelven a escuchar, a través de las bocinas de la avenida, la voz ronca y contundente de XXL, anunciando la reedición de los carnavales, prohibidos hasta ese momento. Nadie se extrañe, siempre tendrá que haber fusilamientos para que haya carnavales. Para entretener. En cuanto la gente se emborrache y olvide, suspenden de nuevo las carrozas y la arrolladera, porque no sé qué fragilidad tenemos en la materia gris que siempre diluimos la memoria en el ron casero, o en la cerveza a granel, nos bebemos hasta la última gota, y claro, al rato meamos, expulsamos la memoria incrustada en la piedra de un pasajero cólico nefrítico, y halamos la cadena —si hay agua—, si no vertemos un cubo. Es nuestro sino, nuestra cruz. En menos de lo que canta un gallo, el pueblo enjuga los lagrimones, y de las trágicas anécdotas sacan la letra de una conga, y la multitud se dispone a arrollar detrás de la carroza de la Construcción y de la comparsa del Alacrán.

Menos los vecinos del edificio, ya mencionados anteriormente, todos los demás forman coro, para borrar el efímero pasado y rumbear. La Fotocopiadora, la Mechu y la Puchu intentan enderezar la lengua del Fax, la cual sufre un violento ataque epiléptico. Anocheció y Cuca Martínez escucha un ruido raro en las alturas, como si a la luna le hubieran puesto un motor. Mira al cielo, las lucecitas de un avión dejan una estela blanca en la oscuridad nocturna. Y como cada vez que divisa un avión, es decir, casi nunca, se hace ilusiones con el añorado regreso de su amado. Él, su salvador o hundidor. Se puso coqueta, piensa en obtener, como sea, una dentadura postiza, en teñirse las canas con violeta genciana, con timerosal, o con toques de rojo aseptil para curar la amigdalitis, en comprar un vánite con el dólar escondido debajo del manto de la Virgen de las Mercedes. Sin embargo, al instante, borra esos falsos pensamientos. Extrae un pañuelito tejido a croché del entreseno, y seca el sudor de la frente del Fax Médium. Inspirada, canta con voz de contralto de Clara, la de Clara y Mario, el dúo famosísimo del programa televisivo *Juntos a las nueve* de Eva Rodríguez y Héctor Fraga, o en *Buenas tardes*, en los nostálgicos tiempos de Mirta y Raúl:

Y el mar, espejo de mi corazón,
las veces que me ha visto llorar
la perfidia de tu amor.

Observa la inmensidad del cielo, una nube ha devorado al avión. La bolita de la teta late como las indicaciones lumínicas de un semáforo descontrolado, piensa que probablemente sean señales de que lloverá, o de una buena, o mala noticia. Registra en su jaba, saca una canaquita de chispa'e tren fabricado en alambique, y se dispara dos buches seguidos. Invita a las otras, las cuales aceptan de buena gana. Un tipo se acerca y propone, como si nada, rayas, no el pescado, sino rayas de cocaína, en dólares. Como nadie le para bola, desaparece discretico, dentro de un Nissan blanco, repleto de jineteros de ambos sexos, y de progres italianos. Las amigas cruzan la avenida, en dirección a la Rampa, todavía la joven se estremece de escalofríos, y la quijada le tiembla con sonoro claqueteo de la dentadura de arriba con la de abajo, semejante a unas castañuelas. No bien han avanzado unas cuantas cuadras, a la altura del cine Yara, la Fotocopiadora es interpelada por un tipo de excéntricos crespos largos y decolorados con agua oxigenada, a lo Shirley Temple.

—¿Eres tú, Foto?, ¡qué flaca y qué desmejorada estás!

—¡Qué bolaíta, Buró con bucles! Tú sí que te ves regio, ¿cómo conseguiste el peróxido para decolorarte? ¡Ni se sabe los años que hace que no se me presenta un pomo de peróxido delante de mis ojos! Mira cómo tenemos la pasión —alborota la pasa planchá y con una raíz de cinco dedos de la jabá— en candela, las peluquerías cerraron. Ponme el contacto, Buró con bucles. —Es el nombrete del funcionario pepillo, burócrata moderno, al último grito de la moda, con argolla en la oreja, y amaneramiento incluido, y cuantos féferes hagan falta para completar el estalaje de tímpano tecnológicamente adelantado que escucha, y además responde. Definirlo como homosexual es insultar a los homosexuales. Es, simplemente, un *eso* incalificable.

—Nada, lo compré en la tienda de la unión de escritores y de artistas de cuba —escribo cuba con minúscula porque en realidad es más cuba que Cuba, a causa del mucho alcohol ingerido por sus miembros—, pero voló en un pestañazo, sacaron dos pomos de peróxido y de champú, tres tubos de desodorante de latica, un paquete de rolos, cinco cajas de talco, y diez cartas postales con la imagen del cuadro de Boina aparte, el del museo napoleónico. En este surtido tampoco vino papel, ni cintas de máquinas de escribir, bueno, hace siglos que no vienen, y máquinas, no las de coser, las de escribir, brillan por su ausencia. Pero, mi cielo, dime a qué te dedicas que no sea ilegal. Foto, cariño, ¿qué se cuenta? Preséntame a tus amistades. Encantado, soy el Buró con bucles. Trabajo en un INNSSTITTUTTO. —Pronuncia finísimo y en mayúsculas dándose caritate—. Conozco a la Fotocopiadora desde hace miles de milenios, de cuando trabajábamos en la Academia de Ciencias. Sí, ¿te acuerdas cuando nos concentrábamos en casar mosquitas negras con mosquitas rojas? Y las muy cabronas rojas no querían singarse a las negras, ¡eran más racistas que el carajo!

Cuca Martínez hace una arcada de asco, contiene la respiración, luego aspira hondo, y se esfuman los deseos de vomitar. La Mechunga y la Puchunga escuchan acomodadas en la escalinata que da al cine, acompañadas del Fax. Las dos mujeres no sueltan a la joven, por miedo a que se desmaye, y de paso la repellan su poquito, ya que se han puesto viejas, pero no impotentes. El Buró con bucles no para de gesticular muy fino, tal parece que espanta mosquitos en un palco de la Scala aplaudiendo a la ópera de Pekín, sin cesar de contar un chisme tras otro. Por fin, pregunta malicioso a quién obsequiarán su miserable tiempo en los próximos minutos.

—Regresamos a la casa, a ver la película del sábado, la de Omnivídeo —responde la Fotocopiadora.

—¡Niñas, qué va, qué aburrimiento, de eso nada, tienen que acompañarme, precisamente a casa de Omnivídeo, así le dicen a un chernita amigo mío que arma unos chous que ni Sabadazo de Carlos Otero! Las invito a una fiesta de locas, es lo último, ¡divina! Tienen que conocer La Bajeza, se van a divertir cantidad. Hay que pagar diez pesos de entrada, pero hoy pago yo. Es la sensación, fíjense que ya ningún turista va a Tropicana. Niñas, les digo que está demodé, esas mulatas celulíticas, con las medias llenas de unos huecazos de miedo, ¡ni soñar! Les hemos robado el público a los sitios más *chic* del momento. Tenemos hasta una pasarela de travestis, no se la pierdan. La policía nos semiautorizó, porque hay que vender una imagen positiva al exterior.

—¿Qué exterior? —pregunta Cuca pensando en el patio de la casa.

—Chica, al extranjero, afuera, en las yumas. Nos hemos propuesto ser como Sotomayor, poner el nombre de nuestro país altísimo, con o sin garrocha, sin rozar la marca estipulada, e imponiendo y autorrompiendo récores mundiales.

—¿Y lo de *semiautorizadas* qué quiere decir? ¿No será semiclandestinas?

—Ay, vieja, ¡qué preguntadera la suya! No sé, ni me interesa lo que quiere decir. Aquí lo que hay es que no morirse, aprovechar el filón, el momentazo.

Las cinco jinetas del Apocalipsis se niegan rotundamente, pero, ante tanta insistencia, aceptan de mala gana. En definitiva, para nada las tienta la pobre perspectiva de repetir lo mismo de cada sábado, masacrarse con el canal seis, veinticuatro por segundo cubos de sangre envasados en filmes de terror y de misterio. El Fax, a quien su antenita socialdemócrata le sopla nuevos proyectos, se entusiasma porque tal vez esa fiesta le inspire algo productivo, y de ahí salga directo a escribir su autobiografía por la cual posiblemente una editorial americana le pague una suma en cifra de seis ceros, o quién sabe, a lo mejor hasta funde una Paladar, que son los restoranes particularmente imposibles de sostener, por culpa de lo elevado de los impuestos. La cosa es ganar plata, a lo como sea, y ya está ideando una solución para trampear los impuestos. La Mechu y la Puchu son capaces de sacrificar el intestino grueso, el delgado y las trompas de Falopio por volver a su antigua vida, de novelas de cabareterías y de singuetas; hace meses que tienen el singuilín despierto. La Fotocopiadora necesita irse de finca, enfincarse, intentar, una vez más, constatar si su aparato reproductor femenino funciona o no, a pesar de la ausencia de ovarios y de reglas. Es necesario señalar que la Fotocopiadora sufre de un insignificante problemita, cada vez que ella abre las piernas, de la crica le sale, como un resorte de una caja de sorpresas, un payaso. Con lo cual, más de una vez le han dado un soplamoco por dar la impresión de que se burla de su pareja. Y si fuera solamente un soplamoco. Estuvo enamorada de un intelectual ensayista y seguroso de pinga chiquita, ella no se decidía a realizar el coito, a singar, vaya, porque sabía lo que vendría. Lo que vino fue tal y como ella había previsto: cuando abrió las patas, el clítoris saltó como un payaso, de dimensión mayor que el pene club del ensayista pinguicorto. Nadie sabe por qué esa misma tarde *el pueblo combatiente* la sacó de su casa a patadas por las tetas y a halones de pelo, la encerraron, junto con testigos de Jehová, delincuentes y homosexuales, en campos de trabajo forzado. Claro, eso sucedió hace ya algunos años, los de su juventud. Nadie quiere entender que no es culpa de ella, sino de la naturaleza, que le injertó un payaso por clítoris. El Buró con bucles promete y da esperanzas, argumentando que, incluso siendo una fiesta maricona, muchos heteros van a curiosear, y hasta, en ocasiones, se mezclan eufóricamente con la mal, e insensiblemente, llamada plebe. Cuca Martínez escudriña la bóveda celeste, y sus ojos vuelven a toparse con las lucecitas del avión, del mismo, o de otro, igual da. En cualquier caso, no es para nada normal, tantos aviones, tantas señales, y por tal de borrar la fantasmagoría aeronaval de su recuerdo, acepta la invitación a La Bajeza.

El naiteclú semiclandestino está situado frente por frente al cementerio de Colón. Eso no agrada mucho a Cuca Martínez, quien siempre ha sido muy respetuosa, por no decir ceremoniosa, con los muertos, y jamás deja de colocar flores blancas en un bucarito encima del escaparate, y vasos blancos de cristal transparente llenos de agua, para que los espíritus se mantengan tranquilos e iluminados, en paz y bien elevados, sin perturbar, ni hacerle la vida un yogur de soja a nadie. Omnivídeo, el dueño de la casa, es fabricante —sin licencia— de lápidas mortuorias, pero como el mármol se ha perdido, tiene una brigada de bandoleros a los cuales soborna, para que vayan a robarse las lápidas que ha confeccionado él mismo con anterioridad. En la noche, las vuelve a pulir, borra los nombres, y mañana será otro día, con otros muertos, y otras lápidas y jardineras.

La Bajeza ofrece un exótico espectáculo, donde un travesti chambonísimo, maquillado con mierda de gallina, betún de zapatos en las pestañas, uñas postizas confeccionadas con cepillos de dientes derretidos y pegados a los dedos con baje, pestañas igualmente postizas de pelo de escoba, injertadas de la misma manera, peluca revendida por un peluquero del instituto nacional de radio y televisión, la cual perteneció a Mirta Medina, cantante de *variétés*, hoy residente en Miami, gracias a que pudo cruzar el charco, desde México, como una espalda mojada; barba de un mes por falta de cuchilla, lo que le vale el nombrete de la mujer barbuda, vestido con un tutú que le ha cambiado a Alicia Alonso por un pernilito de puerco —él reside en San Tranquilino, en Pinar del

176

Río—, para la nochebuena clandestina. Sin más ni más, abre el recital con un repertorio de su propia inspiración, pero sobre todo, al final, interpretará la canción esperada por todos, la que desaguacata al público gay, y de donde él o *ello*, ha sustraído su nombre. Porque su verdadera gracia es Porfirio Esmenegildo Barranco, y podrán comprender que nadie con ese nombre puede ser considerado una *star system*, que no es lo mismo que estar en el sistema. La canción se titula *Paloma Pantera*, y ese mismitico es su nombre artístico. Sentados en el suelo, ante la sin par fealdad, y la sin par de tetas, porque lo que usa son dos rellenos de papel de periódico *Granma*, puesto que no ha conseguido algodón, en fin que, apelluncados entre una multitud que cuenta alrededor de cien personas, se extasían Argolla, Laca y Arete, miembros del comité de selección de películas del festival internacional del viejo cine latinoamericano, eliminé las mayúsculas, porque se riega una bola de que utilizadas en exceso pueden resultar cancerígenas. Las locas handicapés, Neuropatía óptica y Neuropatía periférica, ciega una e inválida la otra, por culpa de desnutrición histórica, y del ron de pipa. La Bruja Roja (una loca reivindicada, mezcla de Caperucita, el Lobo Feroz y la bruja de Blancanieves, antes había sido censora y oportunista, seducía sietepesos —reclutas— para tener trabajo: denunciar) y su esposa (ya que es una loca casada para tapar la letra), Leonarda Da Vence, hace gala de tal apodo porque si su marido no gana un premio, cualquier premio, un Coral, un Girasol, una Hoz y un martillo, o una perlana, es decir, una pinga envuelta en lana, le da unas manos de golpe de ingreso. Entre los invitados especiales, podemos gozar de la presencia, *además*, de El Ex-culo Nacional, sí, leyeron bien, no es el escudo nacional, es el ex-culo nacional, porque siempre fue el gran, el excelente, el divo culo lírico de la cinematografía latinoamericana, pero en la actualidad ya no quieren que lo sea, pues entretanto nacieron y se desarrollaron otros culos líricos. ¿Qué es un culo lírico? Muy simple, es un culo, como la palabra lo indica, muy rico, perfumado con lirios. Vean: lí-ri-c-o. Es una metáfora complicadita, no se crean, más hermética que un yale. Pues estos culos nuevos de la nueva sociedad, no han crecido, ni se han empinado, tan bien perfumados, ni alimentados, como el de ella, pero son consistentes a la hora del claquetazo. Y subrayo *además*, porque no puedo dejar de destacar la visita de Desequilibrio Crespo, realizador húngaro-venezolano-cubano, y de Francaspa, productor, surtidor del anticine imperfecto y mascador de chicle, con su esposa Lila Escuela Medieval, el Tamaño Abad, mano derecha e izquierda de todos los festivales internacionales de cine de las áreas verdes, es decir, ecológicos, Toti Lamarque y Tita Legrando, almas en pena y que dan pena, debido al derroche de inteligencia y de pañuelos al cuello, consejeras del director de los festivales de las áreas verdes, Legión de Honor Falsa, que es orillero y dentista empingaísimo de los intelectuales, el Contestador Automático, que confundió a Excelso Pianista con el ministro del Interior; Loreto el Magnífico, aparato reproductor de ideas preconcebidas, la Dama del Perrazo, esta señora nada tiene que ver con nada, sus méritos son haber desfalcado varios bancos estadounidenses, fachándose así las jubilaciones de los ancianos miamenses, innumerables museos, contando el de Bellas Artes, y hasta el momento está de incógnito, a su lado, el doble de Janet Jackson, la abogada Pélvica, y el presidente de la Egremonía, Memerto Remando. Betamax. La Egremonía es una casa discográfica que edita discos voladores, los que se preparan con pan viejo, queso de papa, y se tuestan al pelo, directo en la hornilla. En resumen, lo que sobra es retama de guayacol. Traducción para las lenguas muertas: lo peor de lo peor. Cayo Cruz —el benemérito basurero nacional— en persona. Valgan ciertas salvedades, que no todo es desechable y hay mucha gente valiosa también. Para tan exacta traducción, me he apoyado en la erudita colaboración del traductor, escritor, y periodista jubilado, el señor Paul Culón. Traductor al esperanto de Madonna Perón, Vil Ma Espónte, Talla Extra, Garbanchov y Rasa, Margot Tacho, Talco Menem, Polvo Escobar, Volcán Fujimori, y de la canción *A los héroes* de Sala Ciones; ha sido también actor de cine, por ejemplo, hizo un papel relevante junto a Marlon Brando y Maria Schneider en *El último tango en París*: hacía de la mantequilla. Es amigo personal de la imagen del Che, la que últimamente vuelve a aparecer en las camisetas europeas de verano. Sobran los embajadores y los agregados culturales de países amigos y enemigos, a la caza de jóvenes gansitos o disidentes, para que amenicen sus aburridas *soirées* achampañadas. El abanico es muy amplio, de tan amplio que es, no hay espacio para echarse fresco. Porque eso sí, hace un calor del carajo p'a arriba, que ni en la Casa de las Américas, donde entregan bianualmente y bianalmente, el Premio Sahara de Poesía, el que consecutivamente queda desierto.

Paloma Pantera finaliza el recital envuelta en aplausos y en llamas, uno de los tules del tutú cogió candela con la vela encendida a los santos y gracias al corte de luz. Logran extinguir los velos lanzándole varios jarros de agua. En lo que el palo va y viene, ponen la electricidad, el barrio exclama de alivio, y Paloma Pantera, que tiene sus representaciones cronometradas, la próxima de la noche la hará en la Unión Francesa, y la siguiente en la Paladar de la Literatura de Edy y Rey, corre a borrarse el horrible maquillaje que la convierte en una máscara mexicana. Al momento, Mimi Yoyó, escenógrafo de danzas folklóricas alemanas y brujeroantropólogo, enchufa la radiocasetera, compacto incluido, y pone un rap, que es la música que atrae a los pepillos constructivistas del barrio.

Asomada al balcón, está Cuca Martínez, meciéndose en un sillón de aluminio tejido con los tubitos plásticos de los sueros de hospital, fija la mirada en el cielo, espera la aparición de otro avión. Si el cielo cubano es bello de día, imagínenselo de noche, con tanta frescura, y la luna redonda, putona e inaccesible, con los aretes imaginarios del bolero de Vicentico Valdés que la inmortalizó una vez más: *Los aretes que le faltan a la luna, los tengo guardados, para hacerte un collar...* No es una noche tenebrosa; sin embargo, el fondo celestial es negro azabache. Gracias a la iluminación de los luceros, y a la de la imperturbable selene, la noche ha tomado una tonalidad azulosa en la superficie y negruzca en el más allá. Cuca Martínez restriega sus opacos ojos, allá arriba, sentado encima de la luna, lunera, cascabelera, la Tétrica Mofeta, disfrazado de conejo, revisa las galeradas de la traducción al francés de *El color del verano*. Las calles desoladas, sin peatones, sin vehículos, sin faroles, son como tramos de la maqueta de un laberinto. Es normal que haya poca vida por esta zona, y no sólo debido al cementerio, sino a la falta de transporte y a los violentos y seguidos cortes de electricidad. Los árboles tapan la visión de un primer laberinto formado por Colón —no el descubridor, sino el reparto Bocarriba— dentro de este segundo laberinto que habitamos los sobrevivientes. Apenas se divisan las cúpulas de las tumbas, como palacetes abandonados, o los modernos mausoleos dedicados a muertes heroicas. La anciana observa, desencajado el rostro, ese sitio al que está renuente a visitar por cuestiones de principio. Las tripas arman un nudo infernal, el hambre le roe la úlcera. Abstraída, piensa ahora en un plato de antaño, unas albondiguitas a la milanesa le vendrían de perilla, como anillo al dedo, y lo simple que es la receta, santísimo venerado, si sólo se necesitan dos libras de carne de res molida, media libra de carne de picadillo de puerco, un cuarto de libra de jamón molido, un cuarto de libra de queso Patagrás rallado, dos cucharadas de cebolla picadita en miniatura, un diente de ajo, un cuarto de cucharadita de pimienta, tres cuartos de taza de galleta molida, un cuarto de taza de leche, dos huevos, un cuarto de taza de harina, un tercio de taza de aceite. Primero se prepara la salsa con tomate, cebolla, sal, azúcar blanca, vino seco, laurel y pimienta. Amolde las albóndigas, se enharinan, fríalas en el aceite caliente hasta que se pongan doraditas, fría también la cebolla bien picada, añada la salsa. Mezcle todo en la cazuela, tápelo y cocínelo a fuego lento durante veinticinco minutos. Es una verdadera delicia. Un desorden de los sentidos, de las papilas gustativas.

—Mi viejuca, despierte... —Es el Buró con bucles sosteniendo una bandeja jedionda en las manos—. ¿No quiere probar las albondiguitas que soplé?

Ella espera que le dé un plato, no hay, ni siquiera de cartón. Él insiste en que extienda la palma de la mano, que estamos en familia. ¡Tanta es la debilidad! Muerde, no saben mal, están un poco duras, zocatas, vaya, pero algo es mejor que nada, y realmente es una casualidad que estuviera evocando la receta de las albóndigas, y así como así, la inviten a comer precisamente albóndigas, es que cayeron del cielo. La Mechu y la Puchu bailan rap con la boca repleta, el Fax se chupa los dedos e interroga animadamente a la Dama del Perrazo, más tiesa que un palo de trapear. La Fotocopiadora traga desaforada y toma notas de cada conversación, para después tener tema de chisme, pellejos que arrancar, en el barrio. Las albóndigas son aniquiladas en un dos por tres. A un invitado especial se le ocurre la sublime idea de preguntar al Buró con bucles, quien bebe un vaso de ron con cal, a falta de leche en polvo (pensar que a principios de este siglo, Nestlé nos había elegido para construir la primera fábrica latinoamericana de leche en polvo), sobre cómo había conseguido la materia prima para la receta.

181

—Facilísimo, tú verás: reuní todas las plantillas de mis zapatos, las herví en agua con sal, cuando estaban a punto de derretirse las saqué, esperé a que se enfriaran, las amoldé con cal y masa de oca, de ocasión, digo. Las emburujé así —imita cómo las había esculpido— y las amarré con unas liguitas que robé de la oficina. Oye, tú, porque no cogían forma de ninguna manera, abiertas como unos girasoles, pero una vez amarradas, ¡ya, fuera dolor! Eso sí, tuve que freírlas con aceite de bacalao, mira que me rompí el cerebrito buscando a ver quién podía prestarme unas gotas de aceite, hasta que pueda devolverlas, dentro de seis meses, cuando venga de nuevo a la bodega. ¿Quién te dice a ti que todos los que yo conozco son estreñidos? Ya no les quedaba ni el recuerdo. ¿Que cómo tuve éxito con el sabor a queso? Es la cicotera, cariño. No se quejen, que yo me lavo muy bien los pies, y voy al quiropedista de la calle Ánimas todos los lunes.

Nadie vomita, no pueden permitirse ese lujo. Caruca Martínez quiere arrojar, introduce el dedo hasta la campanilla, pero no lo consigue, se acuerda de la úlcera clamando por un bocado caliente, y siente compasión por su vieja compañera de perros dolores. Además, ya no tiene nada que devolver. La debilidad era tanta, que hace la digestión a una velocidad inimaginable. De súbito, se dobla de un retortijón de barriga. Junto a la puerta del baño, espera impaciente una larga cola de cagados, o por cagar.

Por suerte, la anciana lleva religiosamente un cartucho dentro de la jaba, por lo que se le pueda pegar, una croqueta, una pizza, una naranja, una sífilis, uno nunca sabe... No encuentra dónde colocarse para esconderse de las miradas indiscretas. Finalmente se abre camino entre los invitados, atraviesa el umbral de la puerta, baja las escaleras, cruza la calle, y llega sudando la gota gorda a la entrada neoclásica del camposanto.

—¡Alto, quién va! —pregunta el sereno, el guardián sin el trigal, de las tumbas.

—Soy yo, Cuca. —La voz sale temblorosa y con un raro acento de mexicana vapuleada por su marido, debido al espanto.

—Si es turista son cinco fulas la entrada, que aquí no vamos a estar enseñando a nuestros muertos gratuitamente, así como así, dejando que nos manoseen y nos sopeteen a nuestros gloriosos difuntos.

—Mire, señor, yo...

—Señor, no, compañero, que el treinta y uno de diciembre sancionaron al locutor del noticiero por desearles a las señoras, señoritas, y señores, felices navidades y próspero año nuevo. Quiero conservar el puesto. Que no se vayan a equivocar los señores imperialistas conmigo, que no les tenemos ningún miedo... ¿Decía?

—Decía que soy cubana, ayayay... —Y se va en diarreas.

—¿Y qué viene a buscar a esta hora en el reparto Bocarriba? —El guardián olfatea con mueca de disgusto.

—Vengo a rezarle a mi difunta madre.

—¡Ñooo, qué peste a mierda! Yo creo que el Tragachícharos volvió a escaparse de la tumba, y me apuesto un huevo a que cagó por aquí. Es un fantasma militante, de esos engallaítos que abundan, en vida sólo comió chícharos, pero nunca se empató con un pomo de kaoenterín, y ni muerto se le ha solucionado el problema de las descomposiciones de estómago; son ya crónicas. —Con la misma, olvida la presencia de la vieja, y sale con una navaja a convencer al Cásper del Trópico de que regrese a su hueco.

Toda atollada, caminando con los muslos pegados, busca una pila de agua, no bautismal, para lavarse de la cintura para abajo. Halla un grifo pegado a la yerba, junto a la iglesia, agachada lava sus partes y sus piernas, restriega el blúmer y la saya, piensa que le caerá tremenda gripe con esa ropa entripada. Antes de volver a vestirse, tiende la ropa en los gajos de un árbol, para dar tiempo a que por lo menos se aireen un poco. Acostada en la tierra mojada se dedica, ahora con mayor atención, a contemplar la belleza del cielo negro bañado de estrellas. De pronto, como saliendo de entre las callejuelas, se escucha un canto satón, salí'o del plato, vaya. Una voz de mujer enamorada, máster en agonías, canta un bolero de esos de tirarse por el balcón con la soga al cuello, echando candela y con las venas abiertas, las de las muñecas, no las de América Latina. Cuca no siente miedo, sino terror pánico, y de súbito, el ñao se diluye en una paz muy grande en su alma. Intenta mirar en dirección de donde se aproxima la voz acaramelada, pero no prefiere una callecita a otra en específico. Entonces descubre que la voz de ébano desciende de la ignota inmensidad, ¿o idealidad?, de allá arriba, no precisamente de los árboles, ni de un árbol en particular, sino de ese amor pacífico que los humanos nos hemos inventado en el cielo. La voz es la de ese cielo azul de tan negro, cuajado de estrellas, transformado ahora en mujer piano, en una regia negrona espeluznanta, que sonríe desde el allí poético de la falsa ilusión. Acostada como la anciana, bocarriba, o bocabajo, ocupa el espacio que antes ocupó la bóveda celeste, con sus masas cayéndole como salvavidas alrededor de la cintura y del bajo vièntre, y los rolletes de los muslos, moteados de maizena, semejantes a hermosas nubes a punto de aguacero. La obesa plastilina negra, como un piano de cola, pestañea romanticona y los luceros, seducidos, se prenden a sus párpados. Cuca se fija bien, y se percata de que la cantante está, en realidad, arrellanada sobre las páginas de un inmenso sofá de papel impreso, tal parece, que surge de las páginas de un libraco prohibido. Eso hace aún mucho más hermoso el espectáculo, y la voz trepa por las constelaciones con inigualable intensidad:

No hay nada más hermoso
que una cita de amor
alumbrarla de besos
a escondidas tú y yo...

Tan embebida se halla Cuca en la melodía y en la letra del bolero de la negra-cielo, que no se entera del ruido de pasos sobre la gravilla. Al rato, de un tajo, desaparece el encantamiento, un escándalo de gente, evidentemente fajadas entre ellas, y ruidos secos de puñetazos, rompen el hechizo. La vieja se yergue de un brinco, desliza la saya de poliéster por encima de la cabeza hasta la cintura, y guarda en la jabita el blúmer empapado de lana, made in Alaska.

...una cita en la noche,
una cita de amor
y alumbrarla de besos
a escondidas tú y yo.
Qué lejos ha quedado aquella cita
que nos juntara por primera vez.

Vuelve el sacrosanto silencio, acompañado de un exquisito olor a jazmines quemados, a madreselvas hervidas, y a todo tipo de flores dignas de un tango. De entre las sombras de matorrales y de lápidas emerge la silueta de un hombre. Es él. No cabe duda, el amor de su vida. No hace falta que haya luz para reconocerlo. Lo huele. Y en el mundo, sólo un hombre huele así, a muelita cariada mezclada con Guerlain y menta. ¿Pero cómo va a ser él? ¿Será una aparición, habrá muerto allá en Miami, y decidió venir a verla? Ay, pero ella no sabía que los espíritus se desplazan así, como si nada, burlando las fronteras y el bloqueo. Por si las moscas pregunta, y parece que fue ayer:

—¿Uan, eres tú?

185

En cinco segundos, el Uan tarjetea en su cerebro y encuentra la frase de un antiguo socio detective: *Las tres seguridades más importantes del mundo son las de USA, la de la antigua URSS, y la de la isla, gastan toda la plata en controlar.* Ni porque le habían estirado la cara podía pasar de incógnito. Había decidido entrar en el juego desde el principio. En el aeropuerto José Martí habían desenrollado ante sus soberbios zapatos ingleses, la alfombra roja destinada a los jefes de Estado. Los mismísimos Roba y N'á, Alardón Fumé, y el Mono Lazo, en persona, que París tendrá la Mona Lisa, pero nosotros tenemos al Mono Lazo, con sus secuaces y todo cuento le dieron el *welcome*. Esto facilitaba la entrada al país, incluso lo esperaban en el salón de protocolo, y su equipaje ni siquiera había sido revisado. Un chofer lo condujo, en una Mechy Benz, a una residencia modernísima del Laguito, con piscina, pero sin *jardines invisibles*. Hasta ahí, todo iba bien, sin saber si le daban la bienvenida a él, con su verdadera identidad, o a otro. En el pasaporte, en todo caso, está escrito Juan Pérez. Pero ya sabemos que de Juanes Pérez está cundío este país. Por lo pronto debe responder, y reacciona por corazonada:

—Encantado, mi vieja, espero que no sea un espíritu burlón —dijo extendiendo la diestra amistoso.

—No me digas que otra vez no me conoces. —Debo aclarar que la voz de Cuca Martínez se había desfigurado notablemente por culpa de la extracción en masa que llevó a cabo de su dentadura.

—Tanto como conocerla, no. Pero si usted me ha reconocido a la una de la madrugada en pleno cementerio oscuro, por lo menos tuvimos que haber jugado de niños a matarile, rile, ro.

La vieja extrae de la inseparable jaba una linterna china, alumbra el rostro del amado, y muerta de desconcierto y de pena consigo misma, murmura:

186

—Pero, Uan, mi vida, si estás como nuevo de paquete, envuelto en celofán y todo, te ves más joven.

—Digamos que acaban de hacerme un *lifting*.

Esa palabra suena como a listín de cola del pan de yuca, es decir, casabe, pero ella no le da mucha importancia y avanza hacia él.

—Présteme la linterna, ahora me toca a mí saber quién es usted. —Y alarga el brazo hacia la luz; ella la apaga vacilante.

—Estáte quieto, estoy más arrugá que la página de política internacional del *Granma* cuando uno va al servicio y la amolda para limpiarse con ella. Ni te ocupes, te lo digo yo. Estás, nada más y nada menos, que frente a la mujer de tu vida.

El Uan se pregunta cómo pudo haber envejecido en tan pocas horas Naomi Campbell. Ya lo decía él, he ahí una prueba más, la ciencia de hoy en día da asco.

—Soy Cuquita Martínez, degenerado. —Y esta última palabra la dice en una caricia irónica y aguardentosa, arrastrando la palabra, como mismo la hubiera pronunciado Mercedes García Ferrer, poetisa que vivía frente al hotel Capri, y que tiraba unas cartas de aprieta el culo y dale a los pedales. Con cariño, olvidada de la ausencia, que, como ven, no siempre quiere decir olvido, prosigue—: Ven a mí..., arrímate, bobito.

Los dos cuerpos se estrechan, más llenos de antiguos y pesados recuerdos que de amor. Ni siquiera se atreven a rozar sus bocas, sino que esconden las respectivas caras. La cabeza de ella reposa en la clavícula de él. Él descansa su barbilla en los cabellos descoloridos, unas gotas gruesas de sangre caen de su nariz al pelo grisáceo de ella. Hace un rato, los profanadores de tumbas le habían partido el tabique nasal. Metidos dentro del ataúd de su madre estaban estos ladrones, guardando en un saco repleto de joyas y de vestimentas, los dientes de oro de la difunta, hecha ceniza, polvo, más aburrido que enamorado. Al verse sorprendidos, intentaron darse a la fuga, pero él pudo agarrar a uno por las mangas de la camisa, y se dieron tremenda revolcá. Por fin, el otro consiguió huir, y por más que gritó, pidió auxilio y reclamó por un policía, nadie apareció. Bueno, nadie no, allí estaba ella.

—Uan, ¿qué has hecho de nuestro amor? —preguntó Cuca Martínez, semejante a la bandera de Bonifacio Byrne, *deshecha en menudos pedazos*.

—¿Y tú, Cuquita, qué hiciste del dólar?

Por supuesto, con las orejas apretuncadas debido al abrazo, y por culpa del empecinamiento que padecemos las mujeres de idealizar más allá de lo máximo a los tipos, ella entiende dolor en lugar de dólar.

CAPÍTULO OCHO

MIÉNTEME

...miénteme una eternidad
que me hace tu maldad feliz.
Y qué más da, la vida es una mentira,
miénteme más
que me hace tu maldad feliz.

(De Armando *Chamaco* Domínguez.
Interpretada por Olga Guillot.)

¡AY, TÚ NIÑO, ¿qué me va a doler a mí?, y ahora menos que nunca, así, acurrucadita contigo! ¡Qué va, tengo que cumplirle mañana mismo la promesa a san Lázaro! Iré de rodillas hasta la capilla del Rincón, con un bloque de cemento sobre la cabeza, aplastándome el cráneo, en agradecimiento por haberme concedido la dicha de volver a ver a mi adorado tormento antes de guindar el piojo. De ahí, me daré un brinco a la iglesia de la Virgencita de las Mercedes, a ponerle flores blancas, si es que las encuentro, y si no, pues cualquier ofrenda pura le llevaré a Obatalá. Y a la Virgencita del Cobre, mi santica satona adorada, tendré que festejarla como a ella le gusta,

189

con toque de tambores y violines, mucha miel, tortas en-
merengadas, plátanos, calabazas, girasoles, natillitas; no
sé de dónde carajo sacaré los ingredientes, pero si tengo
que negociar mi cuerpo con un turista en el Malecón, lo
haré. No es que mi cuerpo valga mucho, pero algún mexicano tarado, de los que no se le para ni el reloj, querrá
de mí. Después iré a purificarme a la playa de Cojímar, y
entregaré un gallo a Yemayá, virgencita de Regla adorada. ¡Bendita sea, si se me había olvidado María Regla,
por fin conocerá a su padre, y él a ella! No, si cuando yo
lo digo, la vida es una telenovela brasileña. *La vida es un
sueño y todo se va*, son palabras, no de Calderón esta vez,
sino de Arsenio Rodríguez, compositor cubano:

Hay que vivir el momento feliz,
hay que gozar lo que puedas gozar
porque sacando la cuenta en total
la vida es un sueño
y todo se va.

Pero no por estar gozando mi minuto de felicidad, voy
a menospreciar el futuro de mi hija, pobre chiquitica
mía, criada sin padre, por eso está tan traumatizada, tan
politizada... ¿Y qué será este líquido caliente que me rueda por la frente, me nubla el ojo derecho, y que ahora sa-
boreo, y es dulzón? Seguro es sudor, está sudando de
emoción. ¡Qué ternura siento, aquí en en el ombligo, a la
manera de un cosquilleo! Me preguntó por el dolor, el
dolor de todos estos años, aún no he respondido. Si le
cuento lo gris con pespuntes negros que la he pasado lo
voy a aburrir, le amargaría la noche. Y no es menos cierto que, mi dolor, lo congelé. Como mismo se congela a
una persona que se desea bien lejos de uno. La metes en
la tártara de hielo, y se enfría de inmediato la relación.
Sí, cuando quería enfriar mi amor, pues escribía mi
nombre y el del Uan, en un papel de cartucho y lo metía

en la gaveta del congelador. Si no hubiera reaccionado de esa manera, lo más probable es que hubiese muerto como la niña de Guatemala, *la que se murió de amor,* aunque algunos lenguaetrapo dicen que en realidad fue de un aborto. Debo responder lo más indiferente posible, tampoco voy a derretirme ni a rendirme tan fácilmente, acabada de reestrenarlo, después de treinta y pico de años, tengo que darme a mi lugar. ¿El dolor, querido, preguntas por mi dolor, oh, querido, qué graciosito eres, ja, ja, ja?

—Lo guardé en el refrigerador.

No sé por qué me separa casi brusco de su cuerpo, con las manos apretando mis hombros. Creo que me observa extrañado, no logro darme cuenta a causa de la oscuridad, pero sus manos, aferradas a mi piel cual dos garras, delatan lo que imagino la rudeza de sus ojos viriles. Porque eso sí, él fue siempre muy varonil, nada de detallones raritos.

—¡Ah, claro, para que nadie supiera de su existencia! Has actuado como una verdadera profesional.

—¡Uan, amor mío, sangras! —Cuca lo protege como Scarlett O'Hara a un herido de guerra en el genial plano general de *Lo que el viento se llevó,* donde se ve la inmensa estación llena de heridos.

—No es nada, sólo un hueso fragmentado. —Del bolsillo saca unas gotitas mágicas nasales que, al aplicárselas, le restauran el tabique en un pestañear—. Te felicito, Cuquita, de veras, muy profesional tu decisión de guardarlo en el refrigerador.

¿Profesional o comemierda? Bueno, si quiere llamarme así: profesional, ¿qué le vamos a hacer? Va y a lo mejor se usa en USA. De un segundo al otro, la noche se aclara como una clara de huevo, como si estuviéramos en San Petersburgo, en pleno mes de junio, con noches blancas, igualitico que en la novela de Dostoievski. Nada de nada, son reflectores, encendidos y dirigidos sobre nuestros rostros desde las copas de los árboles. El Uan me toma por el antebrazo, su manaza tiembla. Su cara está ahora cercana a la mía, repara en mi boca:

—¡Cuquita, se te cayeron los dientes!

—No, me los arranqué, en protesta porque tú no regresabas.

—¿Pero todos?

—¿Ves si me queda alguno? ¡Aaahhh! —Abro la bocaza como un pez limpiapecera.

—Deja, deja, por el momento tenemos que ocuparnos de estos cocuyos gigantes, pero mañana debemos ver a un dentista.

—No hay.

—¿El qué no hay, dentistas, no se llenan la boca para contar que graduaron médicos hasta para hacer dulce?

—Uan, m'hijo, pero qué despistado has venido del Norte revuelto y brutal, oye, yo que creía que allá la gente se espabilaba... Médicos es lo que sobra, mi cielito lindo, lo que está en falta es el material para confeccionar las planchas, quiero decir, las dentaduras postizas.

—Mañana lo arreglaremos... —Y con la misma se vira para los incógnitos que sostienen todavía los reflectores—. ¡Eh!, ¡¿quiénes son ustedes?! ¡¿Qué buscan?! ¡Bajen esas luces que me van a joder la operación de miopía que me costó ochenta mil dólares, carajo!

—¡Ay, Uan, qué bueno que te operaste, viejo, la falta que te hacía! Porque tú estabas más cegato que Osvaldo Rodríguez, el cantante de la marcha del pueblo combatiente, no veías ni un burro a dos pasos...

—Schhh, cállate, Caruquita, niña...

Después de tantos años, vuelve a llamarme *niña*; si continúa endulzándome, me desmorono como una tortica de Morón del siglo pasado. Bendito sea el viejito san Lázaro, si estoy tan nerviosa como cuando fuimos a la posada del Malecón, y no podía soportar el tembleque, las manos me chorreaban de sudor, las canillas no me respondían, no conseguía sostenerme en pie. No creo que haya vuelto a pasar por esa experiencia del peligro revuelto en otro sentimiento mezclado con amor. Aunque volví otras veces más, pero con Ivo, para nada fue tan emotivo como con el Uan. Después del triunfo de la Revo, a las posadas les cambiaron el nombre, las denominaron Albergues Init del Poder Popular, y la gente inventó una consigna: *A mamar y a singar con el poder popular*. Nadie supo el porqué, pero nunca más tuvieron agua corriente; a la entrada cuando pagabas, te entregaban un cubo enfangado con agua para el aseo, ni toallas, ni papel higiénico, y podías considerarte ganador de la lotería si tocaba la casualidad de que la sábana estuviera limpia y las paredes sin garabatear. A falta de viviendas y debido al crecimiento de las familias, las posadas se superpoblaron, las colas se intensificaron, y perdieron su carácter anónimo, cualquiera podía pasar y descubrir que su mujer lo tarreaba. Los escándalos eran de perseguidoras y todo cuento. Los patrulleros alumbraban la cola con sus focos delatores, y daban sirena a todo meter, con toda intención de despertar al vecindario y armar el choucito o chanchullo. La luz, ¡cómo nos han torturado con la luz! XXL electrificó las montañas, llevó la luz a los campesinos, y después se la quitó a todo el país. Resulta contradictorio, pero si nos portamos bien nos premian con apagones. En cuanto se arma la jodienda en Cayo Hueso, y la gente empieza a sonar calderos y a agredir a la policía tirando botellas desde los balcones, nos devuelven la luz. En los años setenta pusieron vallas que divulgaban las HORAS DE PICO ELÉCTRICO. Eran tantas que un amigo chileno me comentó que qué país más desinhibido y desarrollado sexualmente, publicaba su horario sexual, además el pico era eléctrico, qué adelanto. *Pico*, en chileno, es sinónimo de pinga, rabo, morronga, tolete, yuca, cabilla, digo, pene. En fin, continuemos con este instante de delirio, las linternas han bajado con dificultad de los árboles, cosa que indica que están siendo sostenidas por seres vivientes, porque los espíritus de seguro vuelan, y no me imagino un fantasma con una linterna china. Los supuestos extraterrestres avanzan hacia nosotros, enceguciéndonos; apenas podemos destacar las siluetas, pero en absoluto rostro alguno.

—Uan, ¿qué, nos vamos, o qué?

Los focos se detienen a sólo un metro, uno de ellos da dos pasos hacia delante, pero nadie apaga las malditas lámparas, por lo cual no podemos investigar quiénes son. Me escondo, más que temerosa, detrás del Uan, por suerte he hecho mis necesidades una hora antes, porque si no me hubiera ido en cagaleras.

—Buenas noches, *señor* —saluda la sombra luminaria; por el tono de la voz viene en son de paz—. ¿La *señora*, es conocida suya? —Más que autorizado, sobornado, subraya lo de señor y señora para hacerse el subordinado y distinguir falsas categorías.

—Desde hace varios años, es la persona que vengo a ver en este país. Bueno, entre otras cosas, porque yo estoy aquí para hacer negocios...

—Estamos al corriente. Sólo hemos aparecido para saber si se encuentra a gusto, si no le falta nada... Y ya sabe, si en algo podemos ayudar, aquí estamos a su servicio.

—Coño, ¿y por qué no aparecieron hace un rato, cuando unos delincuentes estaban profanando y robando tumbas, entre ellas la de mi madre? Carajo, me desgañité clamando por un policía.

—No somos policías ordinarios, señor, no se equivoque. No actuamos como tales. Además, los ladrones de tumbas están autorizados, son informantes del jefe de sector. Lo invitamos a que abandone el cementerio.

Jamás había visto yo, con estos ojos que se van a comer la tierra, esta mismita tierra que tengo debajo de mis pies planos y engarrotados, cinismo semejante. Mu-

194

cho *señor* p'aquí, mucho *señor* p'acá, pero lo que están es bajando tremenda velocidad para que nos esfumemos. Quedo boquiabierta, porque tan gallito que es el Uan, y su reacción es tomarme por la mano, dar las gracias a media voz, halarme detrás de él, dirigirnos al camino de salida, y durante todo el trayecto no dice ni esta boca es mía. A la salida hay un poco más de claridad, miro al balcón de Omnivídeo, y distingo que la fiesta continúa, en el interior se toquetean parejas y grupos mixtos bailando a media luz de velas. El Fax vomita una flema fosforescente, descolgada de la barandilla del balcón. Cruzo la calle de la mano de él. MI AMADO. No puedo realizar todavía que esté aquí, junto a mí, y yo reguindada de él, como si conmigo no fuera, haciéndome la dura, la indiferente, la cabronzona, la encantada de la vida. A decir verdad, desde hace unos minutos, ha empezado a entristecerme el hecho de que haya vuelto, así, tan fácil, sin avisar, para por lo menos que me diera tiempo de ir a la peluquería a hacerme un moñingo. Canoso, sí, pero un peinado presentable. ¿Será cierto que habrá venido a verme, a buscarme? No, Cuca, no te hagas falsas ilusiones, él explicó que tú eras una de las tantísimas razones, entre miles, por las cuales se encontraba en este país. Después de tantos años de silencio, de prohibición. Sí, porque antes era absolutamente prohibido cartearse con las familias residentes en Miami. Muchas familias dejaron de hablarse, y conozco casos de hijos peleados con sus padres, porque si no lo hacían perdían los trabajos, y hasta les manchaban con bajezas —para nada comparables a la fiesta— los expedientes laborales o estudiantiles. A finales de los setenta comenzaron los viajes de la comunidad, regresaban los padres, los hijos, los hermanos, repletos de regalos inverosímiles, disfrazados con miles de trapos, paquetes de café enganchados a los sombreros, a las faldas, dólares introducidos en jabones, en tubos de pasta dental, en cajas de talco, en tacones falsos de zapatos. Los gusanos convertidos en mariposas eran bien venidos a gastar su plata en las tiendas estatales, para alimentar, vestir y calzar a los comecandelas. Las visitas fueron reencuentros de amor, de dolor, pero de rencor, y de dólar también. A la semana, muchos de los de adentro desplumaban a los de afuera, y en sucesivas familias se extinguió pronto el entusiasmo, el cariño se iba a bolina. Pero, por lo visto, el Uan es un asunto diferente, ¿cómo puede venir a poner negocios aquí un indeseable del gobierno? ¡Y a mí qué carajo me importa! Nunca me interesó la política. Él está conmigo, pegado a mí, apretándome la cintura, y de eso se trata, de que quizás ha venido con ánimos de instalarse, y por fin podramos convivir en el apartamentico. Sí, porque el apartamentazo del Somellán lo perdió, por supuesto, ahí han inaugurado unas oficinas de la Sony. Lo sé, porque el otro día subí, movida por la nostalgia de ver la terraza donde había entregado lo más preciado de una mujer, la virginidad; y de súbito abrieron la puerta y salieron unos tipos cargando un tres en uno, un equipo de música, ¡qué casualidad, marca Virgin! Otros cuatro hombres sacaron un refrigerador muy bonito, de los modernos, con doble puerta, y compartimiento para extraer hielitos, un verdadero sueño. Pedí permiso y me dejaron entrar, y casi olvidé la terraza, mi pureza mancillada en una noche de ciclón, y al Uan más envarado que el asta de la bandera, porque dentro del departamentazo exhibían decenas de refrigeradores, televisores, vídeos, batidoras, secadoras de pelo, en fin, de todo lo que uno se imagina que puede haber por ahí, en el mundo, de todos tamaños y modelos.

—¿En qué piensas, Cuca? Estás lela.

—En refrigeradores.

—¡Ah, claro, en el escondite! Buena idea, no olvides lo más importante. Ejem, bueno, ya sé que no es lo más importante, pero casi, que no sólo de amor vive el hombre.

—Ni la mujer, con estos calores que se zumban aquí, lo más importante es un refrigidaire, aunque no haya nada que echarle. ¡A ver, un chiste! ¿A qué se parece un frigo cubano a un coco? —Hace gesto de que ni idea, y no le doy tiempo a reflexionar—. ¡A que los dos sólo guardan agua dentro! ¡Ah, bobo, te gané! El Uan me observa sumamente extrañado, como si me creyera una chiquilla loca arrebatada. Déjame controlarme. Dentro del auto es lo más parecido a un videoclip de Fundora. Una máquina como jamás había yo ni imaginado, con una pantalla llena de foquitos en colores, y relojes, y hasta una radiocasetera, en la cual él introduce un disco pequeñito, diminuto y plateado, al tiempo que pregunta si conozco los discos compactos. No, claro que no, respondo negando con la cabeza, ¡con el atraso que tengo! De lo único compacto que de verdad me llegan noticias, es del cerelac viejo y más compacto que un ladrillo, que venden por dieta a los ancianos mayores de sesenta. Explica no sé qué rayos de que si el disquito funciona, precisamente, con un rayo láser. En fin, un adelanto tecnológico increíble e inmetible. Pero a mí esas boberías no me llaman mucho la atención, salvo cuando son de primera necesidad, como los refrigeradores. La bolita de la teta reinicia su tanda de latidos, son los nervios. Si pudiera sacar mis valiums y mi petaquita con ron chispa'e'tren, y darme un cañangazo, pero no quiero dar la impresión de que soy una drogoalcohólica perdida. Lo fui, soy una redomada. Para ser sincera, no me queda pellejito de las uñas que no haya destripado con las encías. Encías que ya tienen ampollas, más que callos, de tanto morder en el vacío. Los dedos son cascos, en mi úlcera, encajadas, se pudren los mochos de uñas restantes. Elegantemente, casi con un movimiento de pelotero, de picher que lanza certero una curva, pone en marcha el motor, el auto echa a andar como una seda, sin un ruidito, pareciera que levitamos sobre una alfombra mágica. Pregunto si no le falta gasolina, y responde que para nada, que cómo va a faltar combustible, hasta exclama que qué pregunta la tuya, Cuquita. Pellizco mi antebrazo, no tengo la certeza de que estoy viva, vuelvo a pellizcarme con mayor alevosía. No queda ninguna duda, estoy vivita y babeando. No experimento nada, quisiera estar alegre, morirme de un infarto a causa de una sobredosis de alegría, pero evidentemente mi corazón es muy. fuerte, un cabrón roble. Me gustaría preguntar cosas con respecto a nuestras vidas, sin embargo temo ser indiscreta, meter la pata, pecar de ignorante, hacer un papelazo. En su interior el auto huele a perfume de puta de antaño, como a vainilla, aprieta otro botón, ¡tiene hasta aire acondicionado! Las voces de Elena y Malena Burque en el disco cerelac nos señalan que *nuestras vidas quisieron ser algo / pero no son nada / se han perdido como la mañana / se pierde en la tarde...*

La calle Veintitrés es una boca de lobo, ni un alma deambula por sus aceras, el único vehículo que la circula es el nuestro. De entre un bulto de sombras de árboles, surge la antigua casa particular, de exiliados, con paredes de cristales calobares, convertida en tienda para vender piezas de repuesto de autos Mitsubichi. Anuncios lumínicos navideños del pasado año han sido camuflados con banderas y murales. El Uan pone cara de extrañado y de estreñido. Aclaro que se trata de una diplotienda y parece entender. De Coppelia, la antigua catedral del helado, emana un vaho insoportable a meado de mala cerveza. El otro día me contaron que los españoles compraron el primer piso, y que por eso ahora Coppelia se llama: Guerra de dependencia. Por lo del grito negativo de: ¡arriba los españoles, abajo los mambises! El Uan hace gala de su memoria, preguntándome por sitios de los cuales ya no queda ni la sombra, por casas en ruinas, por personas muertas, o idas del país. Pasamos por el Moscú, digo Montmatre, y por primera vez veo lagrimo-

198

nes en sus ojos sin patas de gallinas, corriendo por sus lisas mejillas, cual puertas de cedro, goteándole por la barbilla hasta empapar la corbata de seda donde exhibe una reproducción de *Las señoritas de Avignon* de Picasso. ¡Ño, qué culta soy! Gracias a mis incursiones en las revistas de afuera, las proporcionadas por el marinovio griego de la Fotocopiadora. Invito al Uan al muro del Malecón para que se refresque un poco, y niega rotundamente, con rabieta mal disimulada. Más tarde vendrá, dice, ahora se siente excesivamente emocionado, necesitaría un buen baño, y descansar. Hago un puchero, porque intuyo despedidas. No, para nada, y acaricia mi rostro, las arrugas de mi frente, por fin, baja a mi cuello y sus dedos se traban en los poros dilatados de mi carne de gallina. Desea visitar el apartamentico, conocer a su hija. Le advierto que María Regla ya no vive conmigo, y su rostro se ensombrece. Además, debo conversar primero con ella, explicarle que su padre ha venido, si es que me da tiempo, porque la Niña no deja hablar a nadie. Lo menos que puedo hacer es prevenirla para evitar accidentes terribles, traumatismos psicológicos. Noto que se ha puesto nervioso, observa por el espejo retrovisor con insistencia y con otra preocupación, la cual ya dejó de llamarse María Regla.

—Nos sigue una máquina.

—Son ideas tuyas.

—Están parqueados media cuadra más abajo, y el chofer cometió el error de encender un cigarro.

—¡Ay, no vengas ahora a meterme miedo!

—No pasará nada, es normal, controlan mis movimientos. Hasta ahora todo está perfecto, Cuquita, vamos a nuestro nidito.

¿Nidito, ha dicho nidito? Yo ya no estoy para ese tipo de relajos, he pasado la menopausia, y además, me vaciaron cuando me operaron de fibroma. Lo que se llama sentir, no siento mucho, pero fingir puedo, con tal de que me quiera y no se me vuelva a escapar. ¿Nido? Sí, el apartamentico es más un nido de pollos que de amor. No solamente por los cuatro pollitos recién nacidos que me tocaron por la libreta, y que debo alimentar y engordar, para después, si sobreviven, retorcerles el pescuezo y hacer sopa, sino además a causa del reguero y de las condiciones de depauperación en que se encuentra el lugar, declarado vivienda inhabitable, apuntalado a más no poder, no le cabe un palo más, no un palo sexual, sino literal. Pero es lo que puedo ofrecer, y él lo sabe, que lo ofrezco con amor y pasión. Arranca el carro, y es cierto, en seguida los perseguidores se ponen en marcha a poca distancia de nosotros. Bajamos por la calle L, hasta Línea, otra boca de lobo, seguimos hasta Calzada, doblamos derecha y entramos en la calle M. El Uan recuerda nostálgico las palmeras enanas, explico que los ciclones y las entradas de mar arrasaron con la vegetación. Parquea junto a la acera, enfrente de la puerta del edificio, y el segundo carro también lo hace a una media cuadra. Antes de perdernos por la puerta, saludamos a Hernia, la solitaria vecina que duerme sobre una hamaca, al aire libre, porque la tormenta del siglo destruyó todas sus pertenencias y parte de la casa. Es en este instante, cuando subo tratando de distraerme en otra cosa, que reparo en las paredes descascaradas jamás repintadas desde que el edificio fue construido. Me doy cuenta de que las escaleras no dan más de lo pegajosas de churre, antes yo las limpiaba, pero desde que no tengo frazada de piso porque me la comí haciendo bistecitos, no hay quien se ocupe de la higiene comunal. Se robaron los bombillos del primer descansillo, y del tercero. Al fin, llegamos a nuestro piso. Abro la puerta en el colmo de la incertidumbre, a un tilín de la agonía. El televisor está encendido, con el patrón de pruebas, es decir, con XXL haciendo un discurso. Finaliza y la pantalla hace rayas, termina la programación, Katrinka Tres-Escobas ha quedado rendida sentada en su silloncito de mimbre. Inesperadamente, el Uan entra como una fiera, con uno de sus zapatos en la mano, directo a aplastar a mi amiga Katrinka.

—¡Cuca, quítate del medio, voy a hacerla mierda!

—¡Cuidadito con lo que haces, Uan Pérez! —Al escuchar su nombre aparece el marido de Katrinka, el ratón etíope, somnoliento, abrochándose el pijama. De un salto, Katrinka, asustadísima, se ha pegado contra la pared, Perfecto Ratón, nombrete amoroso por el cual chiqueamos Katrinka, y yo a veces, a su marido, inmediatamente se da cuenta de la situación y corre a proteger a su señora esposa.

—¡Táte quieto!... Son mis mejores amigos. Muchachos, les presento al hombre de mi vida, al padre de mi niña, Uan Pérez. Cariño, te presento a la cucaracha rusa Katrinka Tres-Escobas y al etíope roedor Juan Pérez. Se llama igual que tú, en tu honor...

Él se tira en el sillón, a punto del soponcio, demudado el rostro, apenado y desconcertado, sin saber qué palabras murmurar. Entonces, el ratón extiende amistoso una pata, y después de mucho vacilar y cavilar, él decide estrechársela. Katrinka, de atrevida, sube por el filo del pantalón, seguidamente se le encarama por la abotonadura de la camisa, llega hasta su cuello, enfila a la mejilla izquierda, y le planta un sonoro beso. Después se descuelga por donde mismo montó y se sienta en la diminuta comadrita de mimbre. Déjenme ir a hacer un café, porque no hay quien aguante estos silencios tan largos. Es Katrinka quien rompe el hielo, y pregunta, sin percatarse del daño que puede ocasionar, por la familia del recién llegado, si es que la tiene. En la cocina, quedo paralizada, con la cafetera en la mano, y el juego de taza a la derecha de la meseta.

—Tengo mujer e hija, las dejé más o menos bien, gracias —responde, y de un codazo involuntario tumbo el juego de seis tazas y platicos al suelo.

Él viene a ayudarme, raudo, veloz como Ramoncito, el hijo del cantante de música campesina, que ya murió, que en paz descanse. No es nada, coño, que no es nada, qué más da que se rompan unas tazas, si nos vamos a romper nosotros algún día. ¡Qué negativa y vengativa me pongo! Claro, ¿cómo no se me había ocurrido que podía haberse casado, y haber sentado cabeza y hogar? Pero qué idiota soy.

—Cuquita, tengo sed de agua fría, con bastante hielito picado, ¿dónde está el refrigerador?

—¿El refrigerador? En el consolidado, hace más de cinco años que se paró el motor, y como es ruso, ya no hay piezas de repuesto. Están esperando a que vuelva a salir electo un comunista para que nos manden la dichosa piececita. El General Electric ni siquiera tuvo la oportunidad de ir a un taller, culpa del bloqueo, dicen. ¡Así que te casaste!

—¿Y tú no?

Él sabe que yo no. Lo tiene transparente de tan claro, pero ellos necesitan humillar, aplastarnos matrimonialmente. Aunque ésa es mi fuerza moral, mi arma invencible: la fidelidad. La espera inquebrantable.

—Nunca me he vuelto a casar —digo con tono de Madre Teresa.

—¿Y esa bobería por qué?

¡Ahí está! ¡Le zumba! ¡Treinta y pico de años esperándolo no es una prueba de amor, ni siquiera una hazaña, constituye una bobería! Toda una vida sacrificada, muerta de ausencia, despepitada por besarlo, por escucharlo, por declararle mi batalla cotidiana contra el engaño, la traición, para que su conclusión sea de que mi estoicismo ha sido una bobería.

—N'a, no se me ocurrió. Estaba inmersa en otras tareas...

—¿Cuáles?

—Las de la revolución. —Me oigo y creo haber escuchado a María Regla, mi pobre niña esquizofrénica.

No sé de qué carajo se ríe. Katrinka y Perfecto Ratón se dan cuenta de que están de más, y muy cariñosos y bien educados nos dicen hasta luego, tomándose de las patas desaparecen por la rendija de la puerta. Sospecho que se mudarán transitoriamente a la casa del vendedor de turrones de maní, quien ha fundado un hostal de cucarachas. Las hendijas alquiladas deben ser pagadas en divisas, pues él las ha acondicionado muy moderno, de acuerdo a las necesidades de los insectos: azúcar, calor del tórrido, basurita y podredumbre por dondequiera. El Uan continúa destoletado de la carcajada.

—¡No me cuentes que no te echaste ni un solo marido!

—*Nozing.* —Respondo que nada en inglés, para hacerme la instruida en varios idiomas.

—¡Carajo, debes de tener el hoyo tupido, habrá que dar guizopo para sacarte la morralla!

—No seas vulgar. He sufrido mucho por tu culpa, desde aquel día que te fuiste dando tal portazo que tuve que restituir las bisagras... y que no me dejaste nada, sólo una barriga.

Su rostro vuelve a ponerse fatalmente serio, como si estuviera en el velorio de su madre, que en gloria esté. Para no volver a complicar la situación, abro de par en par cada ventana, la que da a la calle, la que da al hueco del patio, la que da a la cocina, la que da al mar. Tengo la sensación de que con mi última frase he derrumbado su universo romántico novelesco policial, creo que he metido la pata hasta el más posible de los más imposibles más allá.

—¿Qué quieres decir con que no te dejé nada?

Su voz es interrumpida por cantos de pájaros, aleteos de colibríes y de gorriones, zureos de palomas blancas. La frescura de la madrugada inunda el recinto. Luego, el vientecillo se convierte en ventolera, voy y trabo con ganchos las hojas de las ventanas. Siento una rara pesadez en mi cuerpo. Del cuerpo del Uan también emana una especie de espesa energía grisácea, pasmante. A través de las ventanas comienzan a entrar papeles, hojas de árboles, gajos, antenas de televisores, periódicos, pañales y toallas todavía prendidos a las tendederas, banderas, puertas, cristales, murales de comité, cintas, vestidos de verano, pelos, polvo, dentaduras postizas —por cierto, él agarra una al vuelo, y triunfador me la muestra—. Lo humano y lo divino se introducen por los agujeros abiertos, los objetos de metal se adhieren a nuestros cuerpos imantados. Esa atmósfera enrarecida dura cerca de cuarenta y cinco minutos. El mismo vendaval limpia la habitación de un tirón, todo lo que trajo se lo vuelve a llevar, incluso desaparecen más objetos de la cuenta: la radio Selena, mi bucarito con los girasoles plásticos, los tapeticos y otras cosillas sin valor. Los altares quedan intactos. La foto de Talla Extra cae y el cristal se rompe, mal augurio. Pero las vírgenes siguen en sus posiciones divinas, ¡cabroncitas que son!, con sus caras pálidas de gaticas de maria-ramos. De pronto, el cuerpo del Uan vibra en dirección al mío, y el mío también vibra, agitándose despergollado hacia él. Nos atraemos como dos imanes y quedamos pegados, uno al otro, sin ningún tipo de ganas de apretujarnos, pellizcarnos y toquetearnos. Más bien como dos fragmentos de minerales. Igualmente fríos e insípidos. Cesa la ventolera, y un son de sexteto, de voces aguardentosas y al mismo tiempo atabacadas, se deja escuchar desde el apartamento del manisero, suplantando la furia de Eolo por melaza melódica.

Tanta lujuria por un medio e'maní,
por un medio e'maní, por un medio e'maní...

Y cada núcleo familiar se pone en acción de templadera, no de templanza, porque los ciclones a nosotros nos revuelven las hormonas. Por el hueco del pasillo, adonde dan todas las ventanas abiertas de par en par, escalan hacia nuestros tímpanos los sucesos sexuales de cada inquilino, en inesperada sinfonía de gritos, voces y quejidos, que eso de templar mudos es muy propio de edificios parisienses, donde molesta hasta que el vecino hale la cadena o traquetee el interruptor de la luz, esto lo leí hace poco en una *Elle*. ¿O fue en la *Hola*? Creo que fue en la primera, que es mucho más seriecita que la segunda, y no se dedica a arrancar las tiras del pellejo de ningún artista, pero así y todo la *Hola* me encanta, es como único recibo noticias de mis cantantes favoritos. Esas revistas son las que me rejuvenecen, ya dije antes que me las presta la Fotocopiadora, a ella se las trae el marinero y marinovio griego que, por cierto, está ahora varado en la bahía, porque al barco le acaban de robar el motor, y nadie vio ni oyó nada. Lo que oímos el Uan y yo en este mismo instante es el vozarrón del manisero dirigiéndose a su mujer, quien sufre de un pequeño vicio auditivo, tiempla oyendo los mensajes enviados por los familiares miamenses a través de Puente Familiar, emisión de Radio Enemiga. El vozarrón de su marido se va por encima de la radio:

—Ay, chini, te voy a dar una cogía de culo que vas a ver el sistema solar completico, como si te tragaras la luna, Marte, Venus, las estrellas...

A lo que la chini responde cantando un bolero que hizo famoso Pedro Vargas:

Que se quede el infinito sin estrellas,
y que pierda el ancho mar su inmensidad...
Ojos negros, piel canela, que me llegan a desesperar.
Me importas tú, y tú, y tú, y solamente tú...

El turronero de maní se vuelve como loco, y exige lo suyo a brazo, y a tolete partido.

205

—¡Chini, dame tu lechita, dámela, dámela, DÁMELA!
De una cama ajena, en otra habitación de otro apartamento, se desgañita un obrero de avanzada:
—¡Acábasela de dar, chini, a ver si nos deja dormir que mañana se trabaja, y no somos de piedra!
El manisero suelta por fin un alarido espeluznante tipo *deseoso es aquel que se aleja de su madre* como en el poema de Lamama Mima.
En seguida se inicia el contrapunteo del tabaco y el azúcar en el número doce del segundo piso. La voz masculina que pide:
—Abre las patas, mi corazón. —Ella suelta un suspiro cansado, fatigoso, harto más bien.
—Mamá, ¿el corazón tiene patas? —pregunta una somnolienta vocecita infantil. Silencio obligado.
Al lado, Fala y Fana, digo, la Mechunga y la Puchunga, retozan jubilosas con Memerto Remando Betamax, a quien obligan a hacer un estriptise, mientras ellas se encueran y se acuestan en posición de bacilar —sin vacilar— la flaquencia del director de la Egremonía. Memerto aguza sus fosas nasales, olfatea intrigado, todavía con los calzoncillos por las rodillas inquiere:
—¿Cuál de las dos es la de la peste a papaya podrida?
—Déjate de gracia, no embarajes, que el que acaba de tirarse un tremendo caldo de chícharo caliente, fuiste tú. ¡Oye, que a nosotras nos persiguen los pedorros! —contesta aguerrida la Mechu, mientras la Puchu, de todas maneras, se introduce el dedo en la vagina y huele discretamente. Esto lo adivino por el sonido del manotazo de la Mechu.
—¡Chica, no seas boba, no te huelas! ¡¿Le vas a hacer caso tú al impotente éste?!
La Puchunga pone el disco rayado de Olga Guillot a toda mecha en el viejo tocadiscos RCA Victor, para que el vecindario no se entere de lo que ocurre en sus predios:

¿Sabes de qué tengo ganas?
De dormir desde este viernes
y despertarme en domingo.
¿Sabes de qué tengo ganas?
De que el sol salga de noche,
del amor hacer derroche,
hasta hacerte enloquecer...

—No me niegues lo que pido... —susurra el Uan continuando la letra del corrido mexicano.

Mi viejo cuerpo, sin embargo, no resiste más, se ha puesto caliente, si me pongo el termómetro lo exploto, pero no siento nada aguado allá abajo, mi sexo sigue frío, arrugado, desprestigiado. Mi cuerpo ama con ternura, pero no con deseo. ¿Cómo confesártelo, mi curucucuchu de mamey, cómo explicarte que has llegado demasiado tarde y que ya no soy más que una pobre vieja menopáusica con el corazón hirviente latiendo lento y suave? Un corazón abultado de tanto amor prisionero, de tanta pasión contenida. Por supuesto, que no voy a declarar que mis aventuras tuve, a modo de sesiones fisiológicas y terapéuticas, pero ésas no cuentan. Lo que cuenta es el amor. El gran amor. ¿Y si mi gran amor no era él? ¿Si me confundí, y por estar esperando por este sanaco, dejé pasar a mi auténtico gran amor? La verdad que la ausencia es mala consejera, y una maldita Celestina estimuladora, pero ya no queda tiempo. Y le tengo que echar mano a éste, que no hay probabilidades de que aparezca otro. ¡Pero, qué digo, hablar así, con tanta frialdad y frivolidad, del padre de mi hija! ¿Qué está pasando por tu cabeza, Cuca Martínez?

—No pienso negarte nada, Uan, pide por esa boca. Lo que tú quieras, la vida, si es necesario.

—Cuquita, niña, si yo no pido tanto, lo único que yo quiero, que necesito, vaya, es el dólar.

¿Y a éste qué le pasa, caballero? ¿Se cree que después de vieja y de tanta sufridera voy a andar metiéndome con chulos churrupieros? ¡Ay, Cristo, qué dolor en el pecho, de que me da me da, el infartico, pero no puedo creer que este hombre venga de la mismísima mata de los dólares, a quitarme a mí, tú comprendes, el único dolarito que he visto yo en mi vida, y que además me encontré en la calle, de puro azar. Hacerme la sueca es lo mejor, lo más recomendable por el momento. ¡Pero éste fumó marihuana y no invitó!

—Mi cielo lindo, ¿a qué dólar te refieres? —suspiro ensoñadora.

—No me digas, Caruquita, que tú tampoco te acuerdas... —Y se echa a llorar sin consuelo, como un magdaleno, perdido en la solitaria llanura, o en la estepa helada—. Mi vida no vale nada...

—Eso lo canta Pablo Milanés. Menos vale la mía, ni un fula. Yo que creía que habías venido por nuestra hija, por nuestro amor, por los buenos tiempos. Chico, no te pongas así, no me vayas a decir a mí, que tú no tienes otros dólares en la billetera, qué más da uno si en la chequera hay cientos... No vengas con tacañerías, mira que tú siempre fuiste muy espléndido. No te me vayas ahora a dechavar, nunca me gustaron los tipos que pierden la chaveta, que se amarillan. ¡No seas fulastrero!

Sin embargo, continúa en plena perreta, a punto de darse cabezazos contra la pared, pero nuestra posición impide que atente contra su cráneo, porque nuestros cuerpos siguen pegados cual dos perrísimos y empecinados imanes. Levanto una mano y acaricio sus cabellos; es increíble, no ha perdido ni un pelo, aunque se tiñe de caoba. Le recomiendo que cambie de tinte, que ese color no le asienta, y se lamenta con mayor intensidad, a alarido limpio. Entre sollozo y sollozo cuenta una historia que es lo más parecido a un guión de película de Humphrey Bogart. Mientras no halle el billete, su hija y su mujer corren tremendo peligro, porque el dólar contiene en su serie la cifra secreta de la mayor cuenta bancaria en Suiza de su otra familia, la mafiosa. ¡Y yo que creía que *la otra* éramos nosotras! Él ha sido enviado en combinación con los de aquí para rescatar la fortuna, y si no lo logra, pues le han advertido que ni se aparezca por allá, que mejor se dé un tiro, se corte las venas, o se lance del faro del Morro contra las rocas. Prefiero el último estilo de suicidio, me erizo de pensar nada más en tanta sangre a limpiar, sin bayeta de piso, sin agua. Además de las jodiendas que tendré con la policía. Reacciono, vuelvo a mis cabales. ¿A esto se ha reducido mi amor? Al precio de un chupa-chups, de un vánite, de una coca-cola. Ni eso, porque tanto las coca-colas como los vánites subieron de precio. Vuelvo a acariciarlo, esta vez palpo su lisa cara cubierta de líquido salado. Lo miro de frente. Sus ojos vacíos me intimidan, perdidos en el ideal, en la utopía, de un manoseado papel verde. Tomo su cabeza entre mis manos, obligándolo a que busque mis apagados y achacosos ojos. Mírame, Uan, mírame, te he amado tanto... Estoy aquí, estamos juntos. Soy yo, tu niña vieja que te ama. Te quiero y te adoro y te compro un loro. Nunca he dejado de quererte, ni un segundo de mi vida. Uan, ¿sabes lo que significa *toda una vida*? La que yo pensé que iba a estarme contigo. Mírame, por favor. Bésame. Pego mis labios resecos y pellejudos a los suyos inyectados con silicona, abro su boca con mi rugosa y áspera lengua. Huele como siempre, a pesar de su sonrisa fabricada con dientes de porcelana, a carie, a plaquita de la garganta, a Guerlain, a menta. Éste es mi hombre. El que me perjudicó sexual y políticamente. Éste es mi beso. El esperado. Él hurga en mi boca con los ojos abiertos, hundida su mirada glacial en la mía. Dejo caer los párpados. Su lengua comienza a registrar mis encías. ¡Lo que diera yo por tener dientes! Pero las locuras juveniles son así, se pagan caro al final de la puñetera vida. Su lengua arde ahora y sus manos recorren mi espalda, quiero decir, mi osamenta. Reabro los ojos. Él los ha cerrado firmemente, pronuncia dentro de mis labios la frase de la cual he estado pendiente como una araña de su hilo. Erizada, en una cutícula, siento más que oigo, las palabras mágicas:

—Te amo, niña, te amo. —Y me hago batido de mango enamorado.

Nuestros cuerpos ya no son dos imanes rígidos, fundidos en el bravío remolino del temporal. Su cuerpo transita por el mío. El mío deambula por el de él. Somos dos que en semivigilia sentimos ser uno. Lamemos nuestro viejo sudor, y reconocemos nuestros antiguos olores, los perfumes naturales de la piel, sus accidentes. Separados ahora, nos analizamos con detenimiento, estudiamos con desenvoltura los estragos que ha ido tatuando, burilando el tiempo, dejando hondas cicatrices. La melancolía nos invade, porque sabemos que ambos hemos mentido sin compasión, calamitosamente, para poder seguir sobreviviendo en nuestros respectivos mundos, plenos, ellos también, de absurdas, descomunales, desgarradoras mentiras. Me pongo tan sentimental que a pasos tambaleantes me dirijo hacia el altar de las Mercedes, introduzco mi mano debajo del manto bordado en finos hilos plateados, extraigo mi tesoro de entre sus piernas: el dólar. Al Uan le brillan las pupilas de una manera muy golosa, incluso se le llenan de espuma las comisuras de los labios. Me lo arrebata. Lo revisa a trasluz. Del bolsillo de su chaqueta saca un aparato detector de oro, metales, piedras preciosas, y, por supuesto, dólares muy especiales. Se derrumba en el sofá desguatado, y parte las cuatro patas del mismo. Adiós sofá, a ver qué carpintero con madera disponible encuentro para que lo arregle. No, si cuando el mal es de cagar, no valen guayabas verdes.

—No es ése —asegura jeremiqueando.

—¿Cómo que no?

—No es el billete que te di cuando nos despedimos —afirma al borde del abismo.

¿Eh? ¿Que cuando él se fue me dio un dólar? Éste está borracho o delira. ¿Qué billete ni billete? Recuerdo que especificó bien que no tenía ni dónde caerse muerto, ni un quilo prieto partido por la mitad. Tocan a la puerta. Lenta, pero segura, llego al picaporte, el cual giro con dificultad, deberé engrasarlo. Dos hombres enguayaberados, muy circunspectos, interrogan con los ojos bizcos. Sus rostros irregulares, picados de sarampión, me dicen algo, creo conocerlos de antes, y yo en cuestiones de identificar delincuentes no me equivoco nunca, soy excelente fisonomista.

—Buenas noches, señora, necesitamos conversar con su *amante*.

Y tan sólo la palabra *amante*, pronunciada así, tan atrevidamente, me los dibujó en la memoria. Eran aquellos tipejos que habían venido averiguando por el Uan, justo el mismo día que él se había marchado para siempre, o casi. Por intuición, respondo que no está, que no sé de qué me hablan, y me parapeto en el filo que he dejado entre la puerta y su marco.

—Déjalos pasar, Caruquita, son conocidos.

Y allá voy yo a obedecer, como una auténtica autómata abro camino, los invito a tomar asiento. Hasta les brindo la última cucharadita de café que queda en el pomo. Hago una colada, flojita, pero sabrosa. Está de más señalar que, una vez servidas las tazas, me pierdo discreta por la puerta del cuarto de dormir. Sin embargo, desde mi situación estratégica, puedo escuchar la conversación:

—Tú sabes que estamos aquí, no para saldar viejas cuentas, sino para que nos entregues lo que es nuestro. Tienes de plazo hasta mañana, estás invitado a la recepción en homenaje a Nitiza Villainterpol, la que ha mantenido al pueblo alimentado, enérgico y viril, durante más de treinta años.

—En todo caso, los que tendrán que rendir viejas cuentas serán ustedes. Aún nadie me ha revelado quién mató a Luis. Los motivos fueron más que encubiertos, enterrados en el lodazal de la historia. Y en cuanto a lo que ustedes afirman que les pertenece, aún no lo he hallado, pero en cuanto aparezca irá a manos de mi jefe. Para eso estoy aquí, cumplo órdenes.

—No te hagas el chivo loco, aquí sólo hay un jefe. No olvides que estás otra vez en la isla. Esperamos por ti.

—Mientras habla se limpia los dientes con la lengua, ¡qué maleducado!

—Esperen sentados. —¡Qué coraje, qué cojones!

Los tipos se levantan rabiosos, casi bufando, y se largan sin siquiera despedirse, dejando la puerta abierta. Durante el transcurso de la conversación fue que me acordé de la existencia de aquel billete dobladito, con fecha de 1935, que el Uan había colocado en mi mano izquierda, la del corazón, la de la melodía, antes de partir. ¿Dónde pude haberlo puesto, santo cielo, dónde? ¡Qué cabeza tan loca la mía! Rin, rin, rin, rin. Suena, alarmante, el antiguo Kellog negro. A estas horas no tengo la menor idea de quién podrá ser. ¿Oigo? ¡Ay, m'hija, eres tú, qué alegría! Llamas en un buen momento, hoy es el día más feliz de mi existencia.

—Mamá, no me dieron el espacio en el noticiero. Estoy en baja, seré toda una vida una periodista frustrada. No puedes imaginarte lo jodida que estoy, si tuviera veinte pastillas me las tragaba de un puñado, no tengo ni fósforos ni alcohol para prenderme candela.

—¡Ay, niña, no seas tan tragicona! Mira, tú sabes, tengo una buena noticia que darte. Al menos, creo te alegrará un poquito, vaya, es difícil para mí hablarte de esto, pero, entiéndeme, que es necesario que tú y yo nos comuniquemos, y nunca, tú sabes, que yo jamás te he engañado.

—Mamá, acaba de desembuchar de una vez. Si es para ponerme al tanto de lo de la bolita en la teta, ya lo sé. La Fotocopiadora vino a recondenarme la semana con el asunto de la enfermedad maligna. El lunes que viene te llevo al hospital. Ya sé que con eso no se juega. Perdóname, San Lachy.

—¡Me cachimbo en diez, oigan, caballero, que la gente no puede mantener la boca cerrada ni un minuto! No, Reglita, olvídate de todo lo malo, de enfermedades y todo lo demás. No se trata de cataclismos baratos. Hija, es que... no creas que minimizo tu desdicha. Pero debo darte una hermosa sorpresa. Ya sé que detestas lo imprevisto. Pero a veces un susto es necesario, tú sabes, el cardiólogo me estuvo explicando que, contrario a lo que piensa la mayoría de los mortales, los sustos, los ramalazos, vaya, endurecen ese músculo que es el corazón y lo ponen vigoroso, fortísimo, como Terminator. A ti misma, ahora, te haría falta un asombro estupendo, de los de caerse de nalgas y romperse la rabadilla, de los que nos marcan como a reses, con hierro candente. —Se me hace un nudo en la garganta, no logro emitir sonido.

—Mamá, ¿estás ahí? ¿Colgaste?

No puedo. El Uan me arrebata el auricular. Yo se lo arrebato a él. No va a venir ahora, después de un cojonal de años, a robarme el chou a mí. Yo, quien he sido la madre y el padre de esa criatura. Mi hija. Bueno, la nuestra. La noticia la doy yo, o nadie. Y así, al pan, pan, y al vino, vino, disparo: Reglita, mi niña, te paso a tu papá. Él toma el pesado aparato negro y carraspeando saluda:

—¿Quiay, m'hija, cómo va eso? Claro que soy tu papá de verdad. He venido a verlas, me moría de ganas de verte. Sí, así es, después de tanto tiempo. ¿No me guardas rencor, verdad? Claro, han pasado tantas barbaridades en nuestras vidas, pero dejemos los odios a un lado. ¿Nos vemos mañana? ¿Ahora mismo? ¿Dónde? ¿Te voy a buscar? En seguida bajo.

De un tirón suelta el teléfono, y como un endemoniado escapa hacia la madrugada. Desmadejada caigo en el sofá destinado a los terepes, hundo mi cara en un cojín oloroso a Perfecto Ratón, porque es el sitio donde él duerme las siestas. Por fin lloro desconsolada, el alma como una pomarrosa, hinchada, aleteante. Lloro como jamás había llorado en todo este tiempo, mis lagrimales abiertos como una pila sin zapatilla, como si se me fuera a acabar el mundo de tanta felicidad inmerecida, presagiando alguna maldición, porque no puedo admitir tanta bonanza de golpe, tanta facilidad en los hechos, tanta verdad... diluida, claro, en su buena dosis de mentira. ¡Qué rápido olvida una lo malo y se acostumbra a lo bueno! No sé cuánto tiempo ha transcurrido desde que el Uan se fue, antes no, hace un rato. No he parado de sollozar a moco tendido. Abajo, el claxon suena insistente. Asomada a la ventana, descubro el mayor y más emocionante espectáculo de mi vida: María Regla y su padre descienden del auto, entrelazados cruzan la calle hacia el muro del Malecón, una vez en la acera de enfrente hacen señas para que me les una. Antes de retirarme de la ventana, quedo petrificada, hipnotizada por esa Habana de tarjeta postal: los edificios que bordean la bahía parecen barcos anclados, la atmósfera reverbera bañada por velos salitrosos. En los huecos de las rocas los jóvenes han construido sus piscinas contaminadas, las playas de pobres. Del corazón calcinado de la ciudad emergen sus habitantes, sombras de la canícula, para liberarse del bullicio urbano tomando como guía la frescura marítima, el tufo a pescado podrido, las manchas de musgo en el muro, la brea destupidora de las fosas nasales. Una inesperada picazón denuncia la intrepidez, el deseo de los muchachos de partir, aplacado por el faro controlador de fronteras. La frontera, un océano de líquido repelente, veneno contra mosquitos. La Habana de mi juventud se la tragó el oleaje. La Habana está en carne viva, como un grano reventado, o un rasponazo en la rodilla. E incluso así, dolorosa, espumosa en su pus, sigue siendo bella. Con la hermosura de una adolescente abofeteada por su padrastro. Con la seducción de un tajo en la piel, que la sangre adorna confundiendo la herida profunda con los labios abiertos de un sexo femenino. No sé por qué se me ha ocurrido todo esto de golpe, si tuviera un lápiz a mano lo escribiría, para dejar constancia de que un día pensé bonito. Hay tantas palabras lindas que se esconden en el pensamiento, después escapan, no podemos atraparlas, y nunca más regresan. Abajo me esperan mi hija, mi hombre, mi ciudad. ¿Qué más puedo pedir? Con el chorrito de orine en la puntica, muriéndome toda de desazón, corro escaleras abajo. Ya están acaramelados en el muro, ella con la cabeza descansando en su hombro. Él, derretido de cariño, rodea el talle de su hija. Al intentar cruzar la avenida por nada un camión me hace puré de vieja. Finalmente estoy junto a ellos, mis dos amores renegadores de mí. Los tres nos extraviamos en el abrazo, besándonos sin contención. Pero alertas, desconfiados, como los gatos. En espera del zarpazo, de la separación, de la traición. Sentados, de espaldas al océano, enfrentados a la ciudad, la contemplamos desperezarse, dorada y húmeda, como nueva de paquete, como un enfermo que ha estado en coma mucho tiempo, largos e inválidos años, y de buenas a primeras reacciona pestañeando, confesando que la luz hiere sus pupilas. Mientras el día monta, cual merengue batido, nuestros antiguos tragos amargos comienzan también a subírsenos, a atorársenos en la garganta.

CAPÍTULO NUEVE

CON MIL DESENGAÑOS

Con mil desengaños,
no podrías pagar el desengaño mío.
Con mil sufrimientos,
no podrías sufrir lo que he sufrido yo.
(De René Touzet. Interpretada por La Lupe.)

HOY POR HOY, entre los pocos palacios sobrevivientes, y los tantos inventados de La Habana, se pueden contar tres importantes: el de la Salsa, el de la Revo —*loción*—, y el de los Capitanes Generales. En ese orden estratégico. A las seis de la mañana, al Uan le da un ataquito de conocer palacios, su hija explica que el primero y el último podrán visitarlos, pero aconseja que el del medio es imposible. El Uan sonríe socarronamente, para él nada es imposible. Nada ni nadie podrán privarlo de sus deseos. Reglita recomienda que oiga consejos, que el que no oye consejos no llega a viejo. Él riposta altanero que jamás en su vida se ha detenido ante ningún consejero o consejal, a escucharle ni la respiración, y que mejor de

217

salud no puede estar. Habaneciendo, que en otros sitios del planeta se amanece, pero aquí se habanece, porque al alba tal pareciera que la ciudad resurge del fondo del mar, o desciende de las nubes, así toda terca y mojada; pues habaneciendo se disponen a pasear por la ciudad. Resulta obvio explicar que durante la anterior noche, tan estremecedora desde todos los puntos de vista: familiares emocionales, sociales perjudiciales, y económicos mortales —por culpa del dólar reclamado—, Cuca Martínez, María Regla y el Uan no pegaron un ojo, ni siquiera echaron un cabezazo. Sin embargo, no están fatigados; al contrario, con más energías que las habituales, saltan del muro del Malecón a zapatear las calles habaneras, o a rodarlas, porque unas veces caminan y otras se desplazan en la Mechy Benz adjudicada oficialmente al Uan durante su beneplácita y benemérita estancia en el país. A dondequiera que van, siempre detrás de ellos están sus perseguidores o guardaespaldas, pisándoles los talones. Lo primero que hace el Uan es invitar a su antigua mujer y a su hija a desayunar en el hotel Nacional. Al pasar por delante del hotel Capri, y del cabaret Salón Rojo, al hombre se le remueve todo su mundo machista y mafioso resistente al recuerdo, y gimotea ante el paisaje hotelero, que ahora constituye un paisaje hostilero. Ahí, delante de sus ojos que se tragarán la tierra, agoniza lo que había constituido en su juventud su campo de entrenamiento y de acción esenciales.

En otros tiempos, María Regla no hubiera aceptado entrar a un sitio para turistas, ni siquiera habría condescendido a reconocer a su padre como tal. Pero los golpes morales otorgados durante un inmenso cúmulo de años, en prueba y en pago a su fanatismo político, la conducen cada vez más a la conclusión de que vida hay una sola, y de que la consigna letal de patria o muerte lo único que consigue es borrar del mapa toda una cultura, todo un pueblo, en resumen, a la isla entera. Además, hace años

218

luz que no puede desayunar, pues no se había presentado la oportunidad, hasta ha perdido la costumbre. No bien transgreden la entrada del lujoso hotel, se convierten en blanco de las agresivas miradas, unas de vigilancia, otras de envidia, insoportablemente perturbadoras. Cuca y María Regla palpan sus resguardos para activarlos contra el mal de ojo.

Ninguno de los presentes les desclava la vista, indistintamente, según los intereses, ya sean jineteras, policías proxenetas (no es que me haya faltado la coma entre *policías proxenetas*), extranjeros auténticos de mochilas a las espaldas, y extranjeros falsos de pistolas a la cintura, botones (no los de coser, sino los que cobran diez dólares por arrastrar las maletas desde la carpeta hasta la puerta del ascensor, y ahí te las dejan en la uña), camareros y carpeteras de excelente inglés, que aquí hay una inesperada facilidad para los idiomas, porque hasta ayer casi todo el mundo hablaba ruso, pero en cuanto dieron luz verde hasta el gato sacó su diploma de graduado de la Lincoln en lengua inglesa. Después de minuciosa investigación, los curiosos aburridos renuncian, una vez que certifican que no hay mucho que explotar en ellos, no de explosión, sino lo del hombre por el hombre, en el capitalismo. Porque el capitalismo es la explotación del hombre por el hombre. ¿Y el socialismo? A la inversa. Total que borran *la fijeza* y *el enemigo rumor* de las macabras pupilas, debido a la marcada diferencia entre la pobre indumentaria de la grisácea anciana, el sudoroso y veteado rostro de la muchacha vestida con un jean gastadísimo, más blanco que azul por lo desteñido, y el extravagante tinte caoba del Uan, quien para colmo extrae del bolsillo un miniteléfono celular, y se dedica, haciéndose el *dador*, a hablar con medio Manhattan a voz en cuello. Los acomodan en las mesitas del patio, desde donde se puede observar (y ser observado) la deliciosa vegetación como umbral de un mar azulísimo pegado a las nubes, casi en levitación, justo encima de las copas de los árboles. El invitado especial ordena muy desenvuelto, al filo de lo autoritario, jugo de naranja, bocadito de jamón y queso, y café con leche caliente para tres personas. Las tripas de las mujeres inician un sublime concierto a lo *Obertura 1812*, y las manos y las canillas traquetean rígidas a causa de la tensión mal disimulada. El párpado derecho de Caruca tiembla desasosegadamente, en tic inevitable; a la Niña Regla es el labio superior el que se le dispara en un nerviosismo ominoso. Corre un airecito cálido que invita al sueño, incluso en lo que el hombre marca números neoyorquinos y reanuda telefónicamente sus actividades empresariales, madre e hija echan sus pestañazos, pescan que da gusto, hasta se babean las blusas. Finalmente el Uan decide interrumpir su despacho a noventa millas del norte revuelto y brutal, y despierta a las mujeres sacudiéndolas por las rodillas. Los tres sonríen apocados y se contemplan extrañados, otra vez tímidos. Agotados los *te quiero* y las caricias de las primeras horas del inicio, no pueden dar crédito a sus ojos de que estén juntos, sentados a una picúa mesita de hierro y cristal, en el hotel Nacional cinco estrellas, uno de los más bellos y caros del mundo. Voy a tener que cobrarle comisión a Havanatour, qué sería de ellos sin mí, estoy llenándole los aviones. Les cuesta iniciar el diálogo, no sienten desaforados deseos de contarse mutuamente los respectivos pasados. Mejor no batuquear la mierda. Pero Cuca Martínez necesita, eso sí, con ganas salvajes, confesar su agonía pasional de treinta y pico de años de sucesiva semifidelidad y amor.

(A mí me parece, creo yo, vaya, es un decir, una opinión que puedes tomar o rechazar, que ella debe callarse.)

No creo que sea buen momento, Pepita Grillete, para que reaparezcas en la historia, cuanto y más el capítulo siguiente te pertenece casi ciento por ciento. En él podrás hacer y deshacer, se desvelará tu estrellato, tus magníficas dotes histriónicas. Así que, a otra cosa, mariposa.

(Enjuágate la boca antes de hablar conmigo, so cochina, y trata de dejar bien parados a mis personajes preferidos, porque si no te voy a dar una echá p'alante, que entonces sí, que de ésta no escapas, ponte p'a la maldá porque estoy viendo en mi bola de cristal que tus próximas vacaciones serán en el tanque, en Nuevo Amanecer o en Manto Negro. Ya, no te alteres, ya me voy, pero sólo digo hasta luego, no te liberarás de mí tan fácilmente.)

¡Óyeme, qué pesada! Menos mal que hasta aquí he logrado enmudecerla bastante, y he podido sentar mis bases de respeto y consideración a mi labor de transcriptora. Porque, no olvidar, que yo sólo transcribo el dictado de un cadáver. No es fácil cargar a toda hora y momento con la mochila repleta de conciencia revolucionaria. En fin, al grano que nos ocupa y preocupa, que Cuca, su hija y su ex marido se zampan los desayunos en un dos por tres. Las mujeres por nada se desmayan a causa de un choc proteínico. Cuquita comenta que le da tremenda lástima con los compañeros hostigadores que los persiguen o cuidan; no han probado bocado en tan largo horario de insensato trabajo; podía distinguir cómo se les hacía agua la boca constantemente al verlos comer. Ante tal reflexión, su hija le mete un codazo, que por nada la bolita de la teta le sale por la boca, sin necesidad de operación quirúrgica. Con los dientes apretados y simulando una sonrisa excepcional, ruega convulsa que sea lo más discreta posible, que no mencione para nada a esos tipos si quiere seguir disfrutando de la presencia de su gran amor, y si quiere que a su *big love* no lo conviertan en *big bang*. El Uan se divierte de lo lindo, sorprendido ante la ingenuidad de su familia habanera. Sin embargo, de improviso le viene a la mente su familia americana, y la cara de Cuca se transforma en billete, en el dólar a recuperar. Todavía limpiándose los dientes, la *smile perfect*, con un palillo, vuelve a insistir en el dichosito dólar. Por fin, ¿no había logrado acordarse dónde lo había guardado? Suplicó, con las manos juntas sobre el pecho, que por favor hiciera un esfuerzo, que registrara en su vasto recuerdo. Ella no tiene cabeza, ni memoria, se le fueron al otro mundo. Queda embobecida gozando los gestos de su adorado tormento. Con él siempre era igual, siempre ocupándose de las cosas más triviales. Bueno, triviales no, porque si no regresaba con el dólar en la billetera probablemente encontraría a su otra mujer y otra hija envueltas en bolsitas de plástico, congeladas y hechas picadillo en el frigo. Un horror digno de *Tanda del domingo* o de *La quinta dimensión*. Ella hurga, hurga, en su ida memoria, en su cerebro de sinsonte. Ningún resultado, ni la más mínima pista así de chirriquitica.

—Uan, amor mío, lo único que me viene al recuerdo son mis sufrimientos, mis desengaños, lo mucho que te he querido. *Hoy que analizo el pasado, / estoy tan cansada, / y no quiero odiarte más. / Te puedo jurar, / que ya te he perdonado, / que hoy sólo me duele, / mi amor maltratado.*

¡San Lázaro grandioso, qué alivio de poder vomitar el corazón, el alma, los sentimientos de un golpe! No, y que le ha quedado finísima esa declaración, y menos mal que volvió a asistirla La Lupe con uno de sus boleros tremendones, porque en momentos como éstos, tan críticos, la mente de Cuquita se transforma en una especie de pecera donde flotan las neuronas en vacaciones permanentes. Tan inertes como chícharos de la bodega.

—¿No será mejor caminar un poco? —sugiere la Niña para distender la situación y porque ha registrado con el rabillo del ojo izquierdo a unos tipos de trajes azules, porras, botas y revólveres a las cinturas, es decir, irreparables policías pidiendo carné de identidad o pasaporte hasta a las madres que los parieron si se les ponen por delante. Aquel que no posea identificación deberá pagar, por lo bajito, con un cartón de cigarros Marlboro si quiere salir indemne y dormir en su camita, y no en una celda de la primera unidad, donde cuentan que te duermen a patadas y te despiertan igual. Los tres sujetos, situados ya en el área código de los agentes, intentan retirarse a las buenas del sitio. Uno de los policías, observándolos partir tan serenos como en ralentí, sospecha y se aproxima, presto al ataque. Al instante es detectado por los perseguidores buen-a-gentes, y de un estrallón queda inválido sobre el piso de mármol rosado. El Uan piensa que, al menos, para algo han servido, para evitar contratiempos, y sobre todo pérdida de tiempo, por culpa de documentos que de tan verdaderos podrían resultar dudosos y, por ende, falsos.

Afuera hace un sol del carajo. Ni las gafas Ray Ban del Uan impiden que sus pupilas absorban el fragor del día en todo su esplendor y blancura, propios del filo de un cuchillo descansando sobre un charco de leche. Va a abrir la puerta del auto y se quema las manos con la manigueta recalentada. Dentro, es semejante a una olla de presión en trance de ablandar frijoles colorados, los cuerpos pueden ser hervidos. A tal punto achicharra el cuero de los asientos que, una vez que María Regla pretende acomodarse, los ovarios se dilatan, ovula, y cae con su segundo nombre, quiero decir, con la regla. En todo el territorio nacional no venden íntimas en farmacia alguna, los cotes tocan diez por libreta, al año, y se ignora en qué mes serán distribuidas; por supuesto, solamente tienen derecho las mujeres en edad de menstruar. La solución es ir a una diplotienda, allí sí encontrarán, es verdad que son carísimas, el paquete de a diez cuesta nueve dólares cincuenta centavos. María Regla está de lo más embullada con la idea de entrar a una diplo, porque mira que a los comunistas les encanta pacotillar. Su madre se altera, le sube la presión, tiene que ponerse la pastillita debajo de la lengua, pero tampoco tiene pastilla. Ella sí que no irá a la diplotodo. Se muere de vergüenza de que sea el Uan quien tenga que dilapidar dinero en íntimas y en pastillas. Todavía es, y ella le debe un dólar, que por más que se rompa el coco no recuerda dónde carajo lo escondió. Las orejas enrojecen, tiene las pupilas dilatadas a punto de brincarle de las cuencas, echa espuma por la boca. No queda más remedio, hay que correr con ella a un hospital. En el Calixto García está en falta la dichosa pastillita de colocarse bajo la lengua. Los médicos son muy gentiles y brindan los primeros auxilios. Con la misma, y percatándose de que el Uan es semiextranjero, de ese país que abre las puertas del corazón y de la curiosidad de cualquier cubano, de Extranjia, los envían al Camilo Cienfuegos, hospital en Fulas donde operan la retinosis pigmentaria. Más de un ojo ha saltado por la ventana entre el ínfimo segundo en que cortan la luz y encienden la planta remedia-apagones.

Allí matan dos pájaros de un tiro: pueden comprar la cápsula salvadora y las íntimas ultra plus. Entre tanto esperar, la sangre de la Niña Reglita ha traspasado el pitusa zarrapastroso hasta el cuero del asiento de la Mechy Benz. Enloquecido, y medio arrepentido de haber regresado a Cubita la bella, el Uan frota el asiento con alcohol, dejándolo un poco empañado, pero sin coágulos. A Regla habrá que agenciarle una muda de ropa. Incluso, de todas formas, el Uan ha decidido ir a una diplotienda para conseguir vestimenta adecuada y zapatos de salir, ya que tanto Cuca Martínez como su hija lo acompañarán esa noche al Palé —de Palais— de la Revo, donde se celebrará la ceremonia y recepción dedicadas a la entrega del carné del pececé a Nitiza Villainterpol, la gran dama de la cocina cochina cubana. Por ese carné otorgado, han devuelto los suyos mil seiscientos militontos, ahora son milibichos. El Uan sabe que visitará Palacio, porque hace un rato han deslizado una invitación en el bolsillo de su saco de lino. Abrió el bolsillo, miró de reojo y pudo leer el contenido de la cartulina blanca escrita en letras doradas a relieve.

Toman el auto, María Regla coloca debajo de ella un cartón que antes contuvo huevos para evitar volver a joder el asiento. A toda velocidad, lívidos de calor, llegan a La Maison en las calles Catorce y Séptima de Miramar. Nada más cruzar el umbral es como haber obtenido un pasaporte con destino a la eternidad. Hasta hay un señor, de lo más decente él, almidonado de pies a cabeza que abre y cierra la puerta principal. Sonríe humilde al Uan, esboza una mueca de sonrisa a Cuca Martínez y a María Regla, quien ha entrado con un séquito de moscas alrededor de sus caderas, le revira los ojos y exige identificación. El padre responde solícito que no es necesario, que ella no tiene por qué molestarse en enseñar nada, pues es su hija. Y el mayordomo dominante asiente no muy convencido, pensando que estos extranjeros tienen unos hijos más puercos y más jipies, que si por él fuera los mandaba a todos a cortar caña. O tal vez no sea su hija y sea su amante. Y queda en esas elucubraciones tan importantes para lograr que el país salga del subdesarrollo.

María Regla avizora a su derecha unos vestidos maravillosos —más bien sosos por lo extravagantes— de tules y tejidos inimaginables, una percha repleta de carteras de cuero, doradas y plateadas, zapatos de noche, y arrebatada corre hacia el recinto no sin antes hacerse la poca cosa, la mosquita muerta obediente, y echar una mirada interrogativa de carnera degollada a su padre. Con un guiño él aprueba, e incluso sugiere que se tome su tiempo y escoja lo que necesite. Cuca Martínez, entumecida de pudor, encoge su cuerpo hasta engurruñarlo como una ciruela pasa; colocada detrás de las espaldas del Uan ruega a su hija, también por medio de la mímica, que no vaya a atreverse a gastar en nada, salvo en lo que de veras necesita para cambiar su pantalón manchado de sangre y ahora mosqueado. De un empujoncito, él la obliga a atravesar el umbral. La conduce directo a un perchero que exhibe un vestido de lamé negro bordado en lentejuelas azules, lo coloca por delante de Cuca, pide que se lo pruebe. Ella piensa que ni loca se pondrá esa ridiculez. Y lo expresa:

—Ni aunque me paguen para que me lo pruebe me disfrazo yo con ese trapajo tan escandaloso.

—Es evidente, tus gustos han cambiado bastante, yo te conocí con un modelito muy parecido.

Cuca registra en el recuerdo. Es verdad. Un vestidito muy mono, por cierto, pero que le quedaba holgadito de busto y de caderas, pues pertenecía a una de sus dos amigas, a la Mechu o a la Puchu. Ha logrado conmoverla y acepta el vestido, pero no quiere probárselo, se lo pondrá esa noche, será una sorpresa. Su amado tormento ríe putón a mandíbula batiente. Ella también, tanto que se le ven las encías moradas llenas de minúsculas venitas y la campanilla. De súbito, él recuerda algo, y se golpea la frente con la palma de la mano izquierda, mientras que con la derecha busca en el interior del bolsillo del pantalón. En seguida exhibe orgulloso una dentadura, la misma que en la madrugada entró a través de la ventana durante el vendaval, y que él había logrado atrapar al vuelo.

—Toma, Cuquita, niña, es para ti. Póntela. No sólo he vuelto, sino que te devuelvo la dentadura.

—Ni loca, ni aunque me pongan un bisté palomilla delante y no pueda masticar de lo fibroso que esté. Tú no ves que nadie sabe a qué muerto perteneció.

—A ningún muerto, Caruca. Seguro es de alguien que dormía con la ventana abierta, el huracán se la voló de adentro del vaso con agua en la mesita de noche.

—Peor, entonces tendré cargo de conciencia, de que por mi culpa otra persona quedó desdentada.

—Por culpa del ciclón, querrás decir. Póntela, mientras tanto, y si alguien viene a reclamar, la devuelves y sanseacabó.

La anciana cavila, analiza la dentadura, opina que está bien fabricada, no luce mal. El Uan tiene razón, la tomará prestada, y si vienen preguntando por una plancha así, así y asa'o, la devolverá sin vacilaciones. Se dirige a un espejo, se coloca su nueva sonrisa, es otra persona. Se ha quitado veinte años de encima, mil sufrimientos de menos. Sumergida la imagen en otro espejo, cual Alicia embutida de maravillas, y con el mosquero como aro de hula-hula, María Regla va, en pruebas, por el vestido número treinta y uno. En resumen, el Uan acapara perfumes, aretes de fantasía, carteras de todo tipo, un par de zapatos de charol para Cuquita y trece pares de diversos modelos y colores a su hija, una muda de ropa de vestir y otra de andar para la anciana, y quince vestidos, entre tailleures, minifaldas, maxifaldas, pitusas y cuanto trapo se le antoja a la Niña. Cuca Martínez se muere de vergüenza. Tan sencillita que parecía Reglita de niña, y ahora de adulta se había vuelto una cañampúa interesada y coqueta. El Uan va a pagar con carta de crédito dorada, claro está que las dos mujeres se muerden los labios, sospechando que algún lío se armará de un momento a otro.

—Reglita, devuelve todo eso. Toma también lo mío, Uan. Nosotras no necesitamos nada, no te preocupes. Si llego a saber que estás tan fastidiado de dinero que hasta con bonos tienes que pagar, no te hubiera permitido ni entrar —pronunció Cuca Martínez profundamente preocupada, obligando a la muchacha a devolver los modelos.

—No tienes que ponerte así. No seas bobita, esto es una tarjeta de banco, tengo derecho a usarla, está respaldada con dinero. —Detuvo a la acongojada joven que se disponía a reponer los productos.

227

La dependienta, entretenida en cerrar otras cuentas, no se percata de la carta. Al verla, le da un yeyo, que es como un ataquito de nervios yeyé:

—Muchachitas, miren cómo este amigo viene a complicarme la existencia —dijo virada hacia las demás compañeras de departamento—. Mi amorcito, vas a tener que esperar tu poco. En toda la isla hay solamente tres maquinitas comprobadoras de cartas de crédito. Tengo que localizar por teléfono en qué establecimiento se encuentra para mandarla a buscar. ¡No si cuando yo lo digo, estos turistas son tacaños como ellos solos, en vez de andar con dinero arriba, y pagar como se debe!

Los tres soportan patitiesos, sin pronunciar ni esta boca es mía, rígidos, con menos cero grado de temperatura.

—¡¿Usted no habla español?! —vocifera la tendera, con esa tendencia que hay en Cuba de confundir, a los no cubanoparlantes, con sordos.

—Sí, sí, pero no me esperaba esto —balbucea él.

—Prepárate para las sorpresitas, mi viejo. ¿Y de dónde tú eres, si se puede saber? —pregunta satona.

—De aquí. —Su voz es un hilo de poliéster de coser capas de agua.

—¿De aquí, y todavía no te has acostumbrado? —desafía desconfiada.

—Se fue desde el inicio, hace treinta y seis años que no venía, es por eso que... —se apresura a responder Cuquita para evitar equívocos, pero es interrumpida por la otra.

—Te salvaste, ¡qué claro estuviste, viejito! ¡Chuchín, llámame a la centralita a ver si me reportan el tragatarjetas reparado! Sí, porque ésa es otra tragedia, cada vez que pongo una tarjetica en la dichosa maquinita, como que está averiada pues me la muerde, y tengo que cortarla con la tijera para poder recuperarla.

Las gotas de sudor llenan de graciosas y frágiles ampollas el rostro cenizo del Uan. Pide permiso y, a punto de caerle a trompadas a la dependienta, intentando sedarse, pregunta dónde queda el baño. Tras un *pregunta por allá fuera, mi vida, ése no es mi trabajo*, el Uan va en busca de un refugio seguro y discreto para poder operar. Una vez dentro de los servicios —no secretos sino de excrementos— abre los botones de su camisa de hilo. Busca la hebilla de un cinturón ancho interior, pegado a su piel, pellizcándole los pelos del pecho. Del cinto cuelgan varias bolsas hinchadas, de una de ellas extrae dos mil *dólares*, toletones, vaya. Regresa al mostrador de cristal:

—Olvídese de la tarjeta, pagaré en efectivo.

—Óyeme, mi cielo, acaba de poner el huevo. Porque fíjate que ya di la orden de interceptar al tragatarjetas. ¿Qué me hago si está en camino? No, no, guárdate el dinero, ahora tenemos que esperar. ¡Pero, ¿tú pensabas pagar con billetes de a cien?! ¡Qué va, monada!, ¿tú te imaginas el tiempo que tengo que invertir copiando los números de series de los billetes, y al lado el número de pasaporte, con tu nombre y dirección? ¿Porque quién me asegura a mí que no me estás pagando con billetes falsos?

El Uan ruega a las mujeres que lo acompañan que esperen afuera, junto al carro. Deposita calmado, lento, las compras en el mostrador, vigila que la mayoría de los presentes hayan salido o estén distraídos, y que las demás tenderas desaparezcan por la puerta del almacén con cualquier pretexto. Intenso, clava sus ojos como dos dagas en los temerosos de la muchacha, quien al segundo desvía la vista hacia el bloc de facturas. Nerviosa busca, según ella, una goma de borrar con sabor a fresa en el gavetero. El Uan levanta delicado la mano, y sin pestañear espanta tremendo galletazo seco en la mejilla de la tendera. Al segundo coloca un billete de a cien en la palma de su mano, la cual besa a la manera de los lores ingleses:

229

—Es para ti. Un souvenir. Me vas a cobrar ahora mismo, si no quieres que me queje a tu jefe contándole que me has estafado cien dólares. Es facilito de comprobar, cada billete lleva mi nombre en una esquinita. Nada, mariconerías mías. Así que me cobras lo más pronto posible, o te parto por la mitad. Ah, y no vas a anotar serie alguna, ni verás mi pasaporte, ni jamás te empatarás con mi nombre y mi dirección. ¿Qué te parece?

—Entendido, señor. Tiene usted razón —responde la otra blanca en canas.

Sí, del miedo, en cinco minutos le han salido más canas y más arrugas que a Robert Redford.

—Pídeme perdón, descarada —exige meloso el mafioso.

—Mil veces perdón, señor —murmura.

—¿Para qué tantas? Una sola. Y alto, que se oiga.

—Perdón, señor —estropeando sus cuerdas vocales.

—¿Ves cómo todo tiene solución? Adiós, cabronzona sabrosa. —Y de un pellizco en el cachete exprime a la atemorizada dependienta un grano maduro; la semilla de pus cae sobre el cristal del mostrador.

Cargado de jabas Cubalse, el Uan reaparece por la puerta de la mansión pintada con lechada. Cuca Martínez suspira reconfortada porque no ha sucedido un percance más grave con patrulleros, prisiones y el diablo colora'o. María Regla se apodera de una bolsa que contiene un pitusa, entra de nuevo a la tienda, busca el baño, se asea encarranchada en el lavamanos, seca sus partes con un trozo de periódico *Tribuna* y se ajusta su jeans nuevo. No bota el que acaba de quitarse, pues piensa confeccionarse un chor de flequitos.

Van rumbo a La Habana Vieja. Sentada en la Mechy Benz, Cuca extraña al Chevrolet de Ivo. Recuerda al hombre con cariño, siente como si lo traicionara con el Uan. Aunque Ivo, harto de esperar porque ella decidiera casarse, se juntó con una pelúa del Cerro, y transcurrían meses de meses sin que viniera por la casa. ¡Qué importa, a su izquierda va sentado, manejando un monstruo de la tecnología avanzada, el tipo que le rompe el coco! Cuca Martínez agradece una vez más este milagro a todos los santos que la protegen. Días antes, no habría podido imaginar que volvería a ver a su gran amor, ni que iba a estar paseándose así, toda reina, en tronco de maquinón, y agarrando una tonga de jabas Cubalses repletas de buenos regalos. En verdad, hubiera preferido comprar comida, pero tampoco iba a estar de ridícula, escogiendo esto y lo otro y lo de más allá. Este auto corre como ninguno, en diez minutos ruedan por la avenida del Malecón. El sol rutila en el oleaje. El mar se balancea dorado, y cuando las olas rompen contra el muro, la ciudad se cubre de espuma ardiente, radiante. A contraluz, niños esqueléticos y semidesnudos corretean sobre el muro, muchachas ojerosas, demasiado pintadas para la hora, lucen licras fluorescentes y se discuten los autos con chapa turista. Los pingueros, nueva clave para denominar a los prostitutos, cazan o pescan mujer, hombre o cosa. En el semáforo de Prado y Malecón, están obligados a detenerse, y Cuquita escucha la conversación desatinada de un pinguero con una argentina. El pinguero, de alrededor de quince a dieciséis años, acosa a la argentina, de unos cincuenta años:

—¡Anda, linda, si son veinte fulas n'a má por una noche inolvidable!

—Mirá, che, que cho (por yo) cada vez que pago veinte dólares, no lo olvido jamás —contesta evasiva la gaucha de *gauche*.

—Anda, china, te chupo la perilla por una comida —insiste el mozo.

—¿No te da pena hacer eso, siendo hijo de una Revolución tan grande, no te avergüenzas de mancichar (por mancillar) la memoria del Che? —inquiere oportunista la turista ideológica.

231

—Tengo que comer. ¡Muérete, vieja roja! —grita el joven lanzándose al medio de la calle; casi lo pisan con el auto.

La anciana limpia disimuladamente sus lágrimas, jamás hubiera pensado ella que esas cosas sucederían en este país. María Regla ha virado el rostro hacia la otra acera, allí donde las olas continúan ofreciendo el espectáculo más bello que ojos humanos han visto. En otro momento hubiera salido en defensa del honor de la Revo, pero ese momento está ya muy lejos de ella. De su deseo de cambiar el mundo ha pasado a querer cambiarse a sí misma. No sólo de ropa, de mentalidad también.

El Uan parquea la Mechy Benz junto a la boutique de ejércitos y militares en miniaturas, e inician el paseo turístico de costumbre y costumbrista: plaza de Armas, palacio del Segundo Cabo, en éste no logran subir porque en su interior pretende existir una editorial de libros que no publica hace más de mil años. Se echan el museo del palacio de los Capitanes Generales de cabo a rabo, allí el Uan hace una foto de María Regla apoyada en el cetro fálico de la estatua de Fernando Séptimo. Toman por Oficios hacia la Fuente de los Leones, junto al convento de San Francisco de Paula, donde comienza La Habana Vieja de los horrores, solares yermos, palacetes en ruinas, huecos como caries gigantescas a principio o a mitad de cuadras, ni polvo ni rastro queda de los edificios que antes fueron viviendas, oficinas, imprentas, cafés, restoranes, gabinetes. Lo terrible es pensar qué se hicieron sus habitantes. Cuca Martínez traga en seco, no sé por qué tiene un mal presentimiento, de pronto se ha puesto muy triste viendo su ciudad convertida en polvo y piedra. La Habana deshabitada. Deshabanada.

—Ni con quinientos millones de dólares se reconstruye esta ciudad —analiza pasmado el Uan.

Desde el interior de los solares emana un vapor grasiento, mohoso, polvoriento. Por fin hallan sobrevivientes de la catástrofe, o cagástrofe, del autobombardeo simulado. No hizo falta que los americanos nos invadieran, nos autoinvadimos. Los palos de apuntalamiento inundan la arquitectura, las barbacoas vibran a punto del desplome, por cada una de ellas habitan entre diez o quince personas, cuentan que se turnan para dormir. No es justo. María Regla se baja de la nube y viene aquí, a la espesa realidad.

—Estoy pensando que sería bueno proponer un reportaje sobre las condiciones infrahumanas en que vive esta gente —suelta sin respirar encaramada otra vez en la nube; al instante mira a todos lados.

—Allá tú. No creo que te dejarán, ni que lo publicarán —suspira dolorosa la madre.

—Lo haría para mí —increpa la joven.

Silencio rotundo. De una antigua casona colonial en semirruinas, aún con guardacantones para el paso de los antiguos quitrines y calesas, surge una tropa de niños descalzos detrás de un hombre de rostro joven, bigote y cabellos grises, casi blancos.

—¡Escritor, escritor, tírame una foto, escribe sobre mí! ¿Qué estás buscando, a tu familia?, mira, puedo ser primo tuyo, o hermano, ¡o lo que tú quieras!

El visitante regala bolígrafos, bombones, acaricia cabezas y mejillas infantiles; abatido, dobla presuroso por la primera bocacalle enjugándose una lágrima. Los niños eufóricos comentan:

—¡Dijo que es francés! ¡Escribe libros! ¡Dijo que su familia vivió en este solar!

A Cuquita Martínez le viene a la memoria la imagen de Edith Piaf, tan hermosa a pesar de sus manitas reumáticas y de su físico, con tanto talento, y aquella voz de aventura eterna, de lujuria inacabable e inabarcable. Quiere caerle detrás al escritor francés para preguntar qué se había hecho de la gorriona parisina, en qué había parado su historia, pero no se atreve. Del patio bordado de helechos y de matas parásitas trepadoras, sale una mujer mostrando orgullosa el autógrafo del escritor, había firmado: *De ton cousin, Erik Orsenna.*

Atraviesan apesadumbrados la plaza Vieja, bajan por San Ignacio hasta la iglesia del Espíritu Santo, el Uan hace fotos de la placita, de la calle Acosta donde vivía Mercedes, la amiga de su abuela, una santera de ojos transparentes. Siguen rumbo a la parroquia de La Merced, de ahí al puerto. Regresan subiendo por la calle Cuba, en la plaza del convento de Santa Clara detienen sus pasos, ¡cuántas veces no había jugado pelota allí con sus socios de la escuela! Respiran hondo a la altura de Muralla, inútil emocionarse al ciento por ciento, a la calle le han borrado su aroma de anís. María Regla se contagia con la nostalgia de sus progenitores, descubre su ciudad. Su padre le muestra un viejo y clausurado banco en la calle Amargura, llegan a Obispo y cuando entran en la farmacia Sarrá da grima ver cómo han desaparecido los pomos de antaño, los instrumentos científicos que eran verdaderas reliquias, es que ni medicinas hay, ¿cómo pedir que haya lo demás? Vuelven a La Habana restaurada, la que ofrecen a los turistas y a los ignorantes. En la plaza de la Catedral pululan los mexicanos zambos en chores Lacoste, los italianos recios y reacios a aceptar la realidad de un socialismo decadente, los canadienses olorosos a Coppertone, es decir, bronceador, aunque siguen más blancos que los Nela, quesitos cremas exiliados de nuestros paladares, los franceses tras las huellas de Sartre, Simone y Gérard Philipe. Algunos búlgaros y húngaros se solazan en el museo viviente de su pasado, pero tropical.

La familia decide almorzar en La Bodeguita. No pueden entrar, no han reservado, y, además, se les da prioridad a los oriundos de Extranjia. Intentan en El Patio, tampoco hay mesa disponible. Rendidos van en busca del carro. Almuerzan en la Paladar del 1830, no el restorán de los segurosos, sino la paladar desgajada del mismo, porque todo viene de allí, desde el cocinero hasta los alimentos. Es una mesa sueca casera, con impuestos altísimos. A Cuca le da pena ir tantas veces a servirse, pero viendo que todos lo hacen, aunque tímida, se dirige en busca de una buena sopa de cualquier cosa, de pescado, tomate o pollo, siempre que no sea solianka. El Uan queda solitario en la mesa de una esquina escondida. Uno de los acosadores, o guardaespaldas, aprovecha la ausencia de las mujeres, hala una silla y sentándose frente a él interpela:

—Le noto demasiado sentimental. ¿Consiguió el dólar?

El Uan vigila en dirección a donde han ido Cuca y María Regla, y niega con la cabeza; después aclara firme:

—No conseguí nada, pero en caso de que lo consiga, ya dije que lo entregaré a mi jefe, en Nueva York. Por lo tanto, evitemos pugnas idiotas, sin comentarios.

—Ya veremos. Por cierto. No tiene usted derecho a invitar a su familia a la casa de protocolo. A la recepción, por supuesto, nos conviene la presencia de ellas, para no levantar sospechas. Para todos es usted un emigrado que regresa con la intención de rehacer sus lazos familiares, y de donar plata para echar a andar una fabriquita de ron. No vive en USA, sino en Santo Domingo. ¿Correcto? No quiera hacerse el cabrón, porque de ningún cabrón se ha escrito nada. Su jefe tuvo que haberle informado que estuvimos de acuerdo con que entrara al país a buscar el dólar, con la condición de que nos lo devolviera. Después nos arreglaremos con él. Durante años hemos espiado a la vieja desgraciada ésta, hemos revisado su casa más de mil veces, levantado losa por losa. Nada. Procure que sea cierto que ella lo tiene o le costará caro.

—Olvidó dónde lo guardó. ¿Y si no lo recuerda nunca más, y si lo perdió? —justifica.

—Problema suyo, Uan. ¿Usted no es el Uan? Demuéstrelo. Creo que esa vieja sabe más de cuatro cosas. Esta noche, entrega el dólar o va de cabeza a Villamarista, directo al cuarto de los animalitos. Piense en el sufrimiento que provocaría a sus familias, porque usted es responsable de dos familias, ¿no? ¿O quiere a la vieja y la niña de damas de compañía en el tanque? ¿Rico, no?

El espía dice adiós satisfecho, y desaparece entre las columnas y los cristales que dan a la piscina de la residencia. El almuerzo transcurre en silencio, interrumpido solamente por banales comentarios acerca de lo estelar que está la ensalada de aguacate y tomates con aceitico de oliva, y el dulce de coco, ¡es increíble, pero el dueño de esto debe de estar robando a las dos manos!, hace bien, qué carajo, si aquí el primer ladrón es el Estado, ¿no beldad, eta niña? y después se llenan la boca para tratar mal a los trabajadores decentes, les cuelgan el cartelito, despectivamente, de cuentapropistas, ¡no joda, hace treinta y pico de años que los únicos cuentapropistas son ellos! Cambiando el tema, continúan ensalzando la amabilidad de haberlas invitado a este regio lugar, y de cuánto agradecen la fabulosa comida, y de que la vida, después de todo, volvía a ser bella, grata, por haberlos vuelto a reunir. El Uan apenas prueba bocado. Cuca, ahora sumamente inquieta, interroga con la mirada al hombre.

—No es nada, o sí, es algo muy importante. Lo del dólar, creo que debes hacer un esfuerzo. De aquí a las ocho de la noche debo tenerlo en mi poder. Si no, estaré perdido.

Ella, confiada en extremo, pensando que más se perdió en la guerra, aprieta su mano entre las suyas, y asegura que aparecerá, que no se remuerda la existencia, que todo tiene solución menos la muerte. Y, arrepentida de la frase, en seguida se muerde los labios, ahora se los puede realmente morder porque cuenta con dientes para ello, se percata de que ha metido la delicada pata, que precisamente de eso se trata, de un asunto de dólar o muerte.

—Regresa tranquilo a tu mansión protocolar. Yo me ocupo. Ven por nosotras a la hora que sea. Estaremos esperando más bellas y valientes que de costumbre, queriéndote como jamás. Lo que buscas lo tendremos en la mano.

Él las acompaña hasta la puerta del edificio. En el momento que arranca el motor, a Cuca la inunda un mal presagio, tal vez no vuelva a verlo nunca más, y enloquecida maniobra la manigueta y vuelve a introducirse en el auto.

—¿De veras me quisiste? —pregunta, y por nada la dentadura cae en el cenicero.

—Como a nadie. —Sus labios resecos se juntan. El Uan experimenta un amargor digno de su mala conducta, de su reprochable conciencia.

La anciana saborea la halitosis, a carie, chicle, plaquita, y se pierde en el lujurioso deleite. María Regla los separa, reclamando ella también su cuota de ternura. Finalmente, el coche del Uan desaparece por la calle Calzada, hacia el Malecón, en dirección al Laguito. Madre e hija suben despelotadas las escaleras, en el primer descansillo se encuentran con la Fotocopiadora, quien revisa de arriba abajo a sus amigas, pero evidentemente está muy apurada por averiguar los resultados de la bolita, no los de la bolita de la teta de Cuca, sino los del loto ilegal, y aunque anota en su libreta de chismes que llevan misteriosamente tres jabonas, mejor sacos, de diplotienda, ni siquiera se detiene para saludarlas. Está muy atareada en lo de la lotería clandestina, pero sobre todo en adquirir invitaciones para ella, el Fax, la Mechu y la Puchu. Por nada de la vida se perderán la recepción de Nitiza Villainterpol, se merece que le den el carné del partido, por hijaeputa, con un programa de televisión donde hacía recetas de frituras de esponjitas de fregar. Ya se ha enterado de que Cuca y su hija asistirán con el padre de la niña, quien cuentan que es un millonario que vino a hacer negocios. Tiempo tendrá de enterarse esta noche de todos los pormenores. En el segundo descansillo Yocandra está trabada con la bicicleta china, de un empujón la destraban y puede avanzar hacia el piso siguiente donde la esperan y desesperan el Nihilista y el Traidor. En el tercer descansillo está el Fax queriendo comunicarse con Jacquie Onassis para ver si puede resolver el problema de Hernia, sin cama, sin muebles; había leído en una revista del corazón que proximamente subastarán sus pertenencias, y antes de que suceda, debía preguntarle si por lo menos podía ceder un colchón sencillito a la pobre Hernia. En el apartamento esperan Katrinka, la Mechu y la Puchu; muertas de envidia y de felicidad abrazan a sus amigas, emocionadas por el retorno del Jedi, digo, del Uan. Cuca, al borde de un ataque cardíaco, tira el jaberío a un lado, en el suelo, y pidiendo ayuda pone manos a la obra e inicia la operación Corporación Gaviota: búsqueda de dólar. María Regla, cayéndose de sueño, absolutamente indiferente, queda rendida en el sofá de los desmayos. El apartamento es virado al revés, revuelven el armario, la coqueta, sacuden ropajes, desgarran costuras y dobladillos, revisan una por una cada prenda del altar, descascaran paredes, rompen el falso techo. Finalmente, Cuca anuda la pata de una silla con una tira roja, san Dullo devuelve lo que no es tuyo, pone sus ojos fervientes en lo alto, arrodillada, juntas las manos piadosas, reza una oración a san Antonio en tono de lamento *negro spiritual*, y la voz le sale a lo Ella Fitzgerald. De inmediato, interrumpe el rezo, restriega sus ojos, observa concretamente en el techo, en lo último de las vigas convertidas en verdes ramales descendiendo de la maceta de la mata de malanga.

—¡Katrinka, súbete! ¿Cómo no me acordé antes? ¡Si lo sembré en la mata el mismo día que me lo dio, el día que se fue!

Como en efecto, Katrinka y Perfecto Ratón, que deprimido acaba de llegar de una citación de las milicias de tropas territoriales, trepan ligeros, y una vez arriba escarban en la tierra. El ratón etíope construye una vía hacia el fondo de la maceta. En lo hondo, atrapado por las raíces, húmedo, casi podrido, se destaca el dólar. Descienden victoriosos, el roedor lo trae entre sus dientecillos, hace solemne entrega a Cuca. Cuando puede apretar el billete en su mano siente como un bálsamo divino que la recorre de la cabeza a los pies. Otra promesa a cumplir. Otro sufrimiento a enfrentar. Sabe que ha encontrado la única razón que la alejará de nuevo e irremediablemente de su amado. Llorosa, tirada en la cama a lo Garbo, con el puño cerrado, saborea su maldición, vencida por el frenesí y por el cansancio. Se duerme y sueña que baila muy pegada al Uan en el Montmatre. Es un bolero, doloroso, lento, trágico, interpretado por la Yiyiyi, la Lupe, que era mucha Lupe:

¿Qué te pedí, que no fuera leal comprensión?
¿Qué no te di, que pudiera en tus manos poner?
Que aunque quise robarme la luz para ti,
no pudo ser.
Hoy me pides tú las estrellas y el sol,
no soy un dios.
Pides lo que yo puedo darte,
no me importa entregarme a ti sin condición,
ay, ay, ay.
Pero ¿qué te pedí?
Tú le puedes al mundo decir
que no hay otro amor como mi amor.

En la noche, vestidas cual reinas de carnaval, parten en sus respectivas carrozas: Cuca Martínez y María Regla Pérez Martínez (habían decidido incluir el apellido paterno), junto al Uan, en la Mechy Benz; la Fotocopia-

239

dora, el Fax, Hernia, Yocandra y sus dos maridos, la Mechu y la Puchu, van, como siempre, conducidas por Ivo, en el viejo Chevrolet; es sabido que en estos carros caben entre diez y catorce personas apretadas. El viaje es accidentado, a causa de los apagones y de las verificaciones, menos mal que ninguna invitación es falsa, y que al parecer todos están en correcto estado, sin peligrosidad, sin graves antecedentes policiales, es decir, políticos.

Dentro del auto, sumamente discreta, Cuca Martínez entrega lo más preciado que posee, no su virginidad ni su amor como tantos años atrás, sino el dólar. Visiblemente agradecido, el Uan aprieta en su mano la mano de ella, atrayéndola a sus labios, besa la piel cubierta de lunares rojizos y abultados, y de venas azules. Suavemente extrae el dólar de la palma arrugada y reseca de Cuca. Fingiendo calma, pero al filo del arrebato, comprueba con ayuda de su sofisticado aparato detector de tesoros, que por fin ha encontrado lo que buscaba. Observa gozoso al frente, sonriéndole a la monótona oscuridad de la noche, alterada solamente por los conos lumínicos del auto.

El Palé de la Revo es requetefeísimo, con un inmenso parqueo delantero, y unas escalinatas dignas del César. Al César lo que es del César. Y unas columnatas que dan mareo de lo grandes y prepotentes que son. Al atravesar el vestíbulo, deben entregar las carteras, y cualquier objeto raro, entiéndase desde una cámara fotográfica hasta un lapicero marca Pilot. Cuca saca de la cartera a Katrinka Tres-Escobas y a Perfecto Ratón Pérez y se los guarda en el entrehueso que antes fue el entreseno, había querido traer a sus amiguitos porque no va a discriminarlos así como así, en momentos jubilosos. Para ella la amistad es cosa de apoyarse en las malas, pero en las buenas también. La mayoría de los invitados *llegaron ya*, igualito a los marcianos del chachachá de la orquesta Aragón: *los marcianos llegaron ya, / y llegaron bailando el chachachá, / rico chá, rico chá, rico chá...* Los rostros son los mismos de La Bajeza (salvo Paloma Pantera, que se sintió defraudada porque no le pidieron que cantara, y el Ex-culo Nacional que la mandaron de viaje), y otros añadidos, como, por ejemplo, Jabuco Cochino, diseñadora de la alta costura asiática, en espera de que le autoricen un desfile de modas en la pasarela de La Maison, imitación de la Gran Muralla China; el gran poeta cucalambeano Xavier Zan Jón Perse-guido, la viceministra de agri-cultura y planes agro-ideológicos hacia el exterior Candelona Atiende los Mares, abanderada de la derrota de las avionetas en aguas semiterritoriales, el ministro (perdón, el *boss*) de Acupuntura y Apicultura Baba Dar Jávalos, más conocido para los socitos del barrio como Tramando Dar Rábanos; Roba Y N'á, Alardón Fumé, Paul Enroque 007, piloto aguerrido, Oficial Disidente, para embarajar y no dar crédito al asunto de los derechos humanos, entre otros. La Bruja Roja confiesa al Buró con bucles que se muere de envidia por el vestido escotado y de vuelos de tul de María Regla. Su mari-mujer, Leonarda Da Vence pincha con un alfiler al muñequito de trapo que representa al gran poeta Zan Jón Perse-guido. Argolla, Laca y Arete chismean entre ellos, sobre la remota posibilidad de ganarse la salida del país en la lotería de la oficina de interes-heces fecales, sin hacerle mal a nadie, pero cagados del miedo, no vaya a ser que vuelva la recogida de maricones, y los metan de cabeza en el tanque. Las locas handicapés, Neuropatía Óptica y Neuropatía Periférica, no sienten ni padecen, pero también están muy esperanzadas con lo de las veinte mil visas para la Úrsula Sánchez Abreu. Loreto el Magnífico dialoga o *parla* —galicismo a propósito— con las Tres Gracias Francesas y sus respectivas Ayas Uno, Dos y Tres, disgustado porque la Dama del Perrazo se ha ido del brazo del Fax. Desequilibrio Crespo conversa animadamente con Excelso Pianista, Abad Tamaño, y Legión de Honor Falsa, sobre el filme que dirigirá con María de Medeiros en el rol principal. Juanete Alrevés (quien ha tenido un solo orgasmo en su vida y fue en los años sesenta, aquí, con un barbudo oportunista que nunca había estado ni en los alrededores de la Sierra, pero que no podía afeitarse porque sufría micosis de la barbilla, y alardeando con que pertenecía a los barbudos se singó a mazamba) es realizadora de la televisión gala, pagada para tener ideas, que no es lo mismo que *por tener ideas*, nos visita por la millonésima vez para ver si por fin puede entrevistar a XXL. Yo que ella desisto y pruebo con raspar una tarjeta del loto, a lo mejor si se presenta en el Millionaire de TF1 tiene más suerte. Toti Lamarque y Tita Legrando, junto a Rumana Engaña, están preparando la lista de los participantes de la gira de la maleta, no para dar un viaje, sino para dar la vuelta de la cuadra en el próximo treinta y uno de diciembre, y poder agenciarse, por lo menos, la suerte de viajar, así sea a Guanabacoa. En fin, que está reunida la crema y la nata, con mucho de retama de guayacol también. Deben esperar unas dos horas en el hall de piso de granito. Los salones imitan con sus helechos gigantescos las montañas de la Sierra Madrastra. Ahora entiendo por qué les encanta a ciertos periodistas venir aquí, es como ir a la montaña, ya que ella no va a ellos. De paso entrevistan a XXL, escriben un libro de tonos montañosos claros, titulado, más o menos, *Cuba rosada*, y andan por el mundo de héroes revo-*locionarios*. Al cabo de dos horas, los parabanes son abiertos, atraviesan un largo pasillo, y en un allá lejano se va formando una cola. No si cuando yo lo digo, las colas persiguen a Cuca Martínez. La pobre, tan muerta de pánico como está, tan acalambrada, tan a punto del infarto.

La pared de hierro, plateada, imitando la debilidad del aluminio, cede automáticamente; es una puerta de corredera sumamente ligera, semejante a una cortina de baño. Sus dimensiones son como las de una nave espacial. Del interior, o Interior, es lo mismo, surgen (no los trekis de *Star trek*) sino Talla Super Extra en carne y hueso, trajeado, sonrosadito, espolvoreado como cualquiera de los *louises* franceses (los reyes, no la moneda), avanza hacia la cabeza de la cola a pasos agigantados. ¿Ven cómo aquí hasta el lenguaje no tiene sentido, quién ha oído antes lo de *la cabeza de la cola*? Retrasado unos centímetros, creyéndose elegante, pero más picúo que nunca, con su jipijapa, y su dril cien, lo secunda engreído, orgulloso que no le cabe un alpiste en el culo: el Viejo. Sí, el mismo que viste y calza como mafioso neoyorkino. Al Uan le da un vahído, pero se recupera muy profesional, es decir, muy pronto y como si con él no fuera. Déjenlo que siga guarachando, su gran malestar, el yeyo de altura le entrará en el capítulo siguiente. Los matorrales selváticos apenas permiten movilidad, sin embargo, XXL da la bienvenida uno por uno, a cada persona, al mismo tiempo que elogia un vestido, una peluca, un collar de perlas, una medalla, o un mojón, estrecha la mano de la elogiada o del elogiado. Justo en ese instante se disparará el flachazo, como prueba inequívoca, impuesta a la fuerza, preparando el patíbulo, la condena en los tribunales futuros. Cosa de embarrar a todo el mundo. Suficiente mierda hay. No se preocupen, que aquí al que no lo cagan con un flachazo, se caga solo. Hasta del cielo puede caer el tibor.

243

Capítulo diez

PERDÓNAME, CONCIENCIA

Perdóname, conciencia,
querida amiga mía,
fue duro tu reproche
pero sé que esa noche
yo me lo merecía.

(De Piloto y Vera.
Interpretada por Moraima Secada.)

Una vez que la gran cantidad de personalidades pintorescas ha finalizado el comprometido y comprometedor besamanos, se pasa hacia un salón todavía más inmenso, alumbrado con larguísimos tubos de luz fría. En el centro del salonzón vemos una mesa de dos kilómetros de largo exhibiendo manjares y bebidas exquisitos. Cuca Martínez se cree en una película, y no sin temor se pregunta si no será ésta la última cena.

(No juegues con candela, te vas a quemar, te lo vengo advirtiendo desde hace rato, deja las ironías y los chistecitos p'al parque. Mira que aquí sí hay que comportarse, estarse tranquilito. No tocar nada, ni dejar que te toquen, si vas al baño, demórate lo menos posible, no mires a ningún lado, todo está lleno de cámaras. A mí el que me da tremenda pena es el Uan, aunque, bueno, él se buscó el enredillo este. La vida es así de jodedora.) Pues a mí no me da ninguna pena con él, que aquí la víctima se llama Cuca Martínez. Allá él con su condena. Que cargue con su karma. Mira, ya vinieron a buscarlo. Cuca Martínez debe soltarse del brazo del Uan, dos hombres trajeados de gris brilloso, como la tela de las camisas de caqui de los presidiarios, o las de trabajar que antes vendían por un cupón de la libreta, en la actualidad moda Talla Super Extra, según ciertos diseñadores europeos, exigen al Uan de acompañarles. Desolada, la anciana busca refugio en sus amigas. Colgada del brazo de la Mechu y la Puchu avanza hacia la mesa real que ella cree de ciencia ficción. María Regla se enlaza a la Fotocopiadora y las dos buscan con la vista al Fax. Pero el Fax ya está de primera, con un plato en la mano, tirada de cabeza sobre la olla de tamal en cazuela. Al Uan se lo han llevado a un apartado especial, donde XXL anuncia a los periodistas extranjeros la nueva e increíble cosecha de naranjas que tendremos en el próximo año. Los cítricos tendrán la misma medida circunferencial que la bolita del mundo, y más jugo que todos los mares del planeta juntos. Ya verán, ya verán.

(Ya veremos. A joder la flora y la fauna otra vez. Padeceremos de úlcera en masa, eso sí jamás nos caerá catarro, porque con tanta cantidad de jugo de naranja la acidez será de ampanga, de huye que te coge el guao, pero almacenaremos toneladas de vitamina C en el organismo, no el del trabajo, me refiero al humano. Siempre tengo que aclarar, porque aquí entre el lenguaje oficial, el oficialista y el callejero, existen unos troques del carajo, si cambias de barrio debes llevar intérprete. Una de cal y otra de arena, al menos hay enriquecimientos meta o mata lingüísticos.)

El Viejo es quien recibe al Uan, muy seguro de sí mismo, pero cuando le estrecha la mano tiene la suya congelada. Explica que es culpa del aire acondicionado. Pregunta, excesivamente amistoso, a su subordinado si le agrada el sitio, si se siente a sus anchas, si ha podido reencontrar a su anterior familia, si necesita algún apoyo. El otro niega con la cabeza, sudoroso a pesar de la monumental nevera que vemos por aire acondicionado y que domina una pared completa, con ganas impulsivas de romper la nariz peluda y espinillosa del Viejo. Con tanto dinero que tiene, ¿por qué carajo no va a un instituto de belleza, se hace una limpieza de cutis y una depilación?

(Niño, ¡qué va, ¿tú estás loco?! Si lo que le encanta es desagradar.)

Pepita Grillete, te prohíbo que te dirijas a través de mí directamente a los personajes.

(Ya empezaron a censurarme. Y eso que me dijo que este capítulo sería mío.)

¿Y no lo es? ¿Crees tú que estoy contando todo lo que sé? Si no fuera porque cada vez que se me desatan las manos en el teclado, tú me das un reglazo, o un mochazo, porque a veces me has pegado con una mocha de cortar caña, como buena conciencia revolucionaria que eres, ya yo me habría embarcado y hubiera desembuchado hasta las hemorroides. Este capítulo es tuyo, te pertenece, precisamente por lo bien que has desempeñado tu papel: la autocensura.

El Viejo queda callado. El otro todavía no ha comenzado a hablar. El silencio es tan espeso que se puede cortar con una tijera. El Uan no le quita los ojos de encima a su jefe, con cara de no entiendo nada, con ceja enarcada de qué carajo hace usted aquí, con fosas nasales aleteantes de traicionado, con orejas rojo-intermitente de burlado, con boca congestionada de terror, pero también de pocos amigos.

—Adivino la confusión en tu rostro. He venido personalmente a buscar el dólar. ¿Lo tienes? —pregunta fingiendo indiferencia.

El Uan asiente con desgano, saca una cajetilla Vogue, de cigarrillos finiticos, medio amanerados, y enciende uno. Hace quince años que ha dejado de fumar, pero nunca perdió la costumbre de guardar en el bolsillo una caja de su marca favorita, por superstición, pero también para probarse a sí mismo de que era un duro, que podía dejar el vicio sin medidas rudas que lo hicieran sufrir, o volverse esquizofrénico. El Viejo extiende la mano sin decir ni jota. El otro coloca un sobre pequeño y blanco en ella, de inmediato un edecán retira el sobre, parte ligero a verificar si es el auténtico. A los tres minutos regresa. Y con movimiento afirmativo de la cabeza, logra sacarle al Viejo la sonrisa más apacible de toda su vida, pero también la más hipócrita.

—Buen trabajo, muchacho. Tendrás lo tuyo. Tu misión ha terminado. Admiro tu valor. Sé cuán complicados pueden ser estos enredos. Yo mismo, estoy metido en tremendo lío, ayer salí en el NTV y en CNN, a la misma hora, ocho y cinco de la noche, y en las dos noticias pusieron el cartelito de que era en vivo y en directo. ¿Te imaginas? En el noticiero nacional era la Asamblea del Poder Popular y en CNN era una reunión de Congresistas en Washington, ¡al mismo tiempo! Espero que haya pasado inadvertido, o desapercibido, ¿cómo es que se dice por fin?

—Inadvertido. —Y la boca se le llena de saliva, a punto del escupitajo, pero traga buen buche de amargura.

Están sentados en un sofá de cuero verde olivo. Los oídos del Uan comienzan a sonar enrarecidos por la chillona voz de su interlocutor. Su mirada registra cual si lo hiciera con una cámara de vídeo cuanto le rodea. A lo lejos, sobre un gueridón situado en una esquina, junto a un butacón enrejillado de caoba, la mano de un invitado ha colocado una copa de Blodimery. El Uan enfoca una foto enmarcada en un marco dorado rococó. En ella aparecen, abrazados, llenos de vida y de buen humor, en la Sierra Madrastra, XXL, Luis en el centro, y el Viejo. El rostro del Uan palidece, parece como si las cuencas de sus ojos se vaciaran. De tan secas quedan vibrantes, semejantes a dos trampolines de donde han saltado los huevos oculares.

—¿Qué significa aquella foto? —pregunta en el colmo de los esfuerzos, intentando calmar un fuera de sí, un salpafuera desmesurado, una puñalada trapera que lo convertiría en preso político, o en extraditado a la cárcel de Sing-Sing, la de la canción de José Feliciano, con cadena perpetua.

—¡Ah, la fotico! Sí, es Luis. —Y continúa como si nada palmeando cariñoso el hombro del Uan—. No creyó en nosotros, tú sabes. Dejemos el pasado que no nos reporta nada. Analicemos el presente, o el futuro. Como único podremos llegar a la inmortalidad será con Super Talla Extra Larga. Nos hemos peleado mucho, durante años, nuestras ideologías, si es que las tenemos, son diferentes, pero hemos llegado a la conclusión de que debemos hacer las paces, tenemos intereses comunes. Lo último es que, después de siglos de siglos, por fin consiguió la Fuente de la Eterna Juventud. Se la negoció a Hernando de Soto por Inés de Bobadilla. Está muy orgulloso de ello, creo que dará la primicia a los periodistas esta misma noche. Me ha obsequiado un frasquito de PPG, medicamento descubierto por el Instituto de Biotecnología, como su nombre lo indica es Para Pingas Grandes, soluciona el problema de la erección. Se está investigando la variante femenina Para Perillas Grandes.

Mordiéndose el puño, el Uan se incorpora del sofá, la sangre corre de la herida que abren sus dientes, las lágrimas de impotencia también, y sangre y lágrimas se mezclan en la piel de sus brazos. Se siente absurdamente solo, estúpidamente amarrado, entrampado entre tres familias. La de Nueva York, la del Viejo y la de aquí. Porque si aceptó venir a buscar el billete fue para proteger a su mujer y a su hija americanas, pero una vez en esta ciudad se siente cada vez más ligado sentimentalmente a Cuca y a María Regla, tal vez se siente más deudor con las últimas, que en verdad fueron las primeras, por haberles causado tanto daño.

(No lo dejaré solo. Aunque me hunda. No se debe hacer leña del árbol caído. Te lo dije, hay cosas tan espantosas que es preferible olvidarlas y no escribirlas. Pero una vez escritas, no te puedes echar p'atrás. Debes asumir todo o nada. Las medias tintas son propias de traidores. Es preferible quedarse calladito a meter la pata o a traicionar. Pero una vez que hablaste, pues p'alante el carro que yo te apoyo. Claro que lo único que logras es acabar con un ser humano, destruirlo, aniquilarlo, sacarle sus miserias. No encuentro ningún valor en eso, ¿qué ganas con descojonar así a un pobre hombre esclavo del bandolerismo? ¿Cómo vas, de pronto, de aquí estoy porque aquí llegué, tú comprendes, a mostrarle una foto de su amigo asesinado en compañía de sus socios, o de sus verdugos? Y el otro tan cínico, respondiendo esas necedades, cometiendo el mismo crimen por segunda vez. La política es mala consejera. Te he dicho en más de una ocasión que no te metas en ella. ¿No te da vergüenza enfrentar esas otras dos fotos que has colgado delante de ti, en tu escritorio? ¿No te entristece observarlos, comprobar que están siendo testigos de lo que haces, de lo que escribes? ¿No sientes temor de que esas dos imágenes de tus amados escritores ejemplares dejen de protegerte, te abandonen, se aburran de tus entrometimientos?)

La primera es una foto en blanco y negro firmada por

250

Chantal Triana, tomada en La Habana de los sesenta. En ella, José Lezama Lima, sentado en algo parecido a un portal soleado, apoyada su mano derecha sobre una mesa de formica, vestido con una guayabera hiperbienplanchada, en el bolsillo su jarabe de asmático, con la mano izquierda acaricia un tabaco. La otra es un bellísimo retrato de Marguerite Yourcenar, realizado por Christian Lvowski, amigo de Jean Mattern, quien ha tenido la gentileza de regalarme este rostro limpio de la escritora belga, su media sonrisa bordeada de inteligentes arrugas, sus ojos hundiéndose en el abismo infantil de la boca, algunos cabellos grises semiesconden la oreja, de la cual pende una perla. Es curioso, la perla es el centro del retrato, como queriendo sugerir que en esa cara está la pureza de la perla, que el alma de la escritora es una perla extraída de lo más profundo del océano. Después está el retrato de mi madre. Milagro no lo has mencionado, querida conciencia revolucionaria, en tu lista de fotografiados sublimes. Mi madre, lejana, mi madre inalcanzable. Mi madre, también sonriente, junto a otras madres no menos contentas. ¿Contentas de vivir separadas de sus hijos? ¿Contentas de esperar una mala noticia? Sin embargo, mi madre siempre envía fotos de contenta, quizá para que yo no me preocupe. Está sentada en la esquina del sofá, parece como si fuera a caerse, cada vez que miro la foto quisiera sujetarla. Lleva un suéter verde, que le traje, *traje* no, perdón por la confusión de latitudes, que le llevé de Barcelona, comprado en la Ronda Universitat, y un pantalón de látex carmelita con zíper delantero, evidentemente hace friecito en esa foto de *mi* madre en *mi* apartamentico de *mi* Habana. Detrás aparecen mis libros, con mis adornitos, lo irrecuperable tal vez. Mi madre, el origen de todos mis desvelos. Mi sueño diario. Mi espina clavada. Mi fuente de coraje. Mi madre, que me enseñó a ser madre. Estamos condenados a dejar a nuestras madres de rehenes, cuando no a

251

los hijos. No. Ni siento vergüenza, ni me engorriono. O sí, siento todo a la vez. Pero también delante de estos rostros puedo sentir rabia, dolor, valentía. Ellos aprueban con sus miradas, también me reprochan, que no todo tiene que ser positivo. Pero sus vidas han sido vividas, ellos hicieron lo que les correspondía. Yo debo dedicarme a lo mío, hacer lo mío. Me lo está rogando a gritos esta muerta detrás de mi nuca. No debo callarme. Allá los que amordacen sus destinos. Volvamos al Uan, que yo tampoco pienso olvidarme de su suerte. A su oído, el misterio susurra este bolero:

Tanto lo había soñado,
tanto lo presentía,
que al verte así a mi lado
me olvidé del pasado
que atado me tenía.

Esta melodía lo devuelve a su presente más inmediato, saca una toallita perfumada en Guerlain y frotándose dedo por dedo, se dirige con la marcha entrecortada, como su respiración, hacia el gran recinto, donde espera juntarse con Caruca y con Reglita. El salón es un reverbero de frijoladas y frivolidades. Acaban de hacer honorífica y horrorífica entrega del carné del partido por el eje a Nitiza Villainterpol, en reconocimiento por haber inventado tres millones de recetas culinarias intragables sin la materia prima: los alimentos. Después del consabido discurso de falsa modestia, las fieras hambrientas atacan la mesa. Por supuesto, sobre el mantel no aparece ni la mitad de una de los tres millones de recetas elaboradas por la homenajeada. Comelata parecida hace siglos que Cuquita no veía, esto es como un Teletón de famélicos, y mientras devoran y beben, más bandejas y botellas aparecen. Si organizaran una competencia de tragaldabas, de tragones, quiero decir, el premio sería colectivo. El empuja-empuja que se arma no tiene nombre de Dios, para alcanzar chicharrones, coger un puñado de mariquitas, o de tostones, probar los platanitos maduros, apoderarse de una ración de masita de puerco frita, o de lechón asado, y de picadillo a la habanera, del bueno, de carne de vaca de verdad, una cola de langosta, camarones al ajillo, frijoles negros rendidos, en fin, ¡la madre de los tomates! El tamal en cazuela es la especialidad de la casa, como los quesos franceses, que no son franceses, sino copiados, pero incluso XXL asegura que la copia es mejor que el original. Somos los campeones en quesos franceses. De sólo oler los corchos de los vinos se emborrachan, desordenando más allá de los sinsentidos. El pan es fresco, acabadito de salir del horno. Las cervezas son marca Cristal y Hatuey. El postre es helado Coppelia —fórmula robada por un agente cubano a una firma americana— de fresa y chocolate, como era de esperar.

Cuca ha comido como una bestia salvaje, tiene el estómago tan hinchado que parece un hilo con un nudo en el medio. La Mechu no hace más que comentar que ¡mira que aquí se jama bien, tú!, y la Puchu que le da un tortazo por idiota, ¿pero cómo no se va a jamar bien aquí, tú? El Fax está vendiéndole la idea de su autobiografía a la Dama del Perrazo, quien señala que ella sólo compra cuadros de grandes pintores del patio por quilos. En eso se arma tremendo enredo, porque la Fotocopiadora acaba de descubrir en un notebook chismográfico moderno prestado por Respondedor Automático, a la cual se lo regaló una de las Tres Gracias Francesas, una red de ladrones de cuadros y de obras de arte, es curioso, los agredidos y desfalcados son siempre afectados de sexo, intelectuales y coleccionistas consagrados, sin mencionar los museos y los institutos en donde han hecho estragos, una suerte de banda con *suerte*. Respondedor Automático deja por incorregible a la Fotocopiadora, y queda prendida con los dientes botados de Paul Culón. Junto a ellos, Yocandra inicia un debate filosófico con sus irreconciliables amantes. Muy pendiente de ella, engulle un chicharrón el maceíto Adobo Mayombero, profesión: intrigante, fajado ahora con las nuevas promesas de la cinematografía nacional: Sed Con'Ola, Oreja de Pan e Insomne Profético, quienes en la vida, jamás, se habían empatado con la concreta ni con la croqueta proteínica, es la primera vez que comen carne. María Regla coquetea con Programador Licenciado, como su nombre lo indica es el encargado de la programación de la Tenebración Nacional, siglas TVUUUHHH, explica que están muy satisfechos de cómo quedaron las siglas, porque dan la idea del susto que necesitan los tenebroespectadores. Programador Licenciado es, además, el creador de la útil emisión denominada Distribución de Alimentos. Pero en realidad, Programador Licenciado acaba de incorporarse a la vida, pues había estado retirado durante años de años, castigado por haber dado prueba de su alto coeficiente de inteligencia para hacer más con menos. Al inicio de este proceso social, a Programador Licenciado tocó la difícil tarea de viajar al extranjero como comprador, cuentan que fue quien salvó a la Alfa Romeo de la quiebra total, comprándole en los años setenta un lote inmenso de autos discontinuados, los cuales pasaron a ser nuestros taxis. El truene vino, cuando Programador Licenciado salió con una gran suma de dinero, otra vez a comprar, y de buenas a primeras le muestran unas máquinas de lo más bonitas, las cuales arruinarían otra fábrica si nadie se encargaba de ellas. A Programador Licenciado le dio tanta lástima con el fabricante que las pagó todas sin siquiera preguntar para qué servían. Una vez en la aduana habanera fue que leyó el manual de instrucciones. Ahí se enteró de que eran máquinas barredoras de nieve, y así fue que lo trasladaron como director de un complejo cultural en Pinar del Río. Tampoco dio pie con bola; una mañana recibió un telegrama con el siguiente texto: FAVOR COMA RECIBIR CAMERATA BRINDIS DE SALA. A lo cual respondió ni corto ni perezoso, desconfiando de la buena ortografía de la telegrafista: DESBORDADO DE TRABAJO PARA DEDICARME A LAS CAMINATAS PUNTO SIN CONDICIONES MATERIALES Y SIN SALA PARA HACER BRINDIS. Ése fue su fin por largos años. Ahora resurge airoso, cual ave Fénix, de sus cenizas, convencido de que nunca se equivocó, de que su fallo siempre ha sido su excesiva diligencia y sus buenos sentimientos partidistas. A rajatabla, el tipo propone a María Regla intercambiar, desinteresadamente, una singueta por un programa estelar. La joven, desalentada, frustrada, harta de abortar oportunidades, acepta sin pestañear. Total, si su padre era el enemigo, y mírenlo aquí de invitado de honor.

La primera metida de pata que comete Cuquita es sacar su nailito para llenarlo de comida, porque hay que pensar en la reserva del mañana también. No bien empieza a repletar la bolsita de exquisiteces, dos guardias se paran detrás de ella, escoltándola. Pero Cuca Martínez continúa imperturbable, asegurando el futuro. Y, para ella, el porvenir lo constituyen el desayuno, el almuerzo y la comida del mañana. Al rato, siente un cosquilleo en sus flacos y pellejúos pechos, se concentra en la bolita, pero no, la bolita está dormidita, de tanto que jactó. ¡Ay, Virgencita del Cobre, si son Katrinka y Perfecto Ratón! Ahí comete el segundo error. Sin pensarlo dos veces saca a la cucaracha y al roedor, y los pone a comer en una bandeja de plátanos chatinos. La realizadora Juanete Alrevés es la que da el grito de alarma, y de un salto mortal, cual gimnasta rumana, se cuelga de una cortina. El despelote que se arma es terrible. A lo único que atina Cuquita es a salvar a sus amigos, y con ellos en una mano y el nailito en la otra huye a la salida. El Uan ha tomado a su hija por el antebrazo, y escapan detrás de la anciana. Lógicamente, parapetados en la puerta, se atra-

255

viesan diez escoltas delante de Cuquita. Ella, muy reque-
tebicha, señala al interior:

—¡Corran, una invasión, una invasión de ratones y
cucarachas!

—¡Nos invaden! —alarman los guardias mecánica-
mente, sin profundizar en el significado de la frase.
Los patéticos gorilas, sin vacilar, creen a pie juntillas
a la señora que peina canas, salvan los pasillos en loca
carrera y se introducen en el arrebato, en la histeria co-
lectiva, que aún domina en la estancia principal: el Salón
Rojo, no el del Capri, por supuesto. En el parqueo, la anciana es alcanzada por María Regla y el Uan. Veloces llegan hasta la Mechy Benz, montan en ella, y el hombre
echa a andar el auto despacio, levemente, para no levantar sospecha. Al rato perciben detrás de ellos el Chevrolet de Ivo, cargado con la Mechu y la Puchu, el Fax, la
Fotocopiadora, Hernia y Yocandra con sus dos jebos. El
Uan trastea en la guantera del coche, saca un disco cerelac, digo, compacto, y, después de quitarle la envoltura y
el estuche plástico, lo empuja suavemente con el dedo en
el tocadiscos láser. La voz de Moraima Secada se deja escuchar en medio de la peligrosidad ambiental:

Y me llené de ensueños
y le brindé la gloria
sabiendo que yo mismo
no me pertenecía.

Cuca Martínez suspira sonoramente, como queriendo
interrumpir el bolero. Que sería interrumpir su vida. Pero el Uan, apenado, sintiéndose responsable de los hechos, culpabilizándose hasta lo más hondo por no cesar
de dañar el amor de esta mujer, apaga el tocadiscos. Otra
vez el silencio puede cortarse con una tijera, pareciera
corduroy de lo denso que se vuelve. María Regla decide
romper el hielo:

—Caballero, ¿por qué no nos vamos a bailar al Palacio de la Salsa? Anden, quiten las caras de tranca. ¡Ño, qué olor a velorio! No se dejen aplastar, miren que la vida es una.

El pañuelito de encaje de Cuca no aguanta más moquera, llora de alegría al escuchar las consoladoras palabras de su niña. Katrinka y Perfecto Ratón asomados al balcón del escote del vestido de lamé de la anciana, también están visiblemente emocionados. Orgulloso de su hija, el Uan empina el pecho como un levantador de pesas después de haber recibido el gran título olímpico. Sin reparos, orondos, dispuestos a reiniciar el misterio de la noche habanera, encaminan las michelines de la Mechy Benz al refugio salsero.

(Ay, esta niña, qué bueno que saliste y me sacaste de ese huéleme-el-nabo politiquero. En el Palacio de la Salsa el ambiente es otro, es el de no estar en n'a. Y eso es lo mío, no estar en n'a, menear el nalgatorio y que me suba la bilirrubina. Qué va, mi corazón de melón, en la vida, no hay nada mejor como dejar el tiempo correr, y la leche también. ¿Tú nunca has estado en un cine porno? Claro que no, no tienes edad. Pero, ¿ni fuera de aquí has ido a una tiendecita de los horrores en donde venden tremendas pingas con púas? ¡Ay, hija, pero tú tienes madera de monja! Te recomiendo vayas al Nuevo Continental, uno de los cines chinos de la calle Zanja, es cierto que te tienes que sonar una película china viejísima y sin traducción, después el noticiero, y al final, un film del atrasado cine latinoamericano, pero a ti qué te importa, si tú no vas a ver lo que ocurre en la pantalla, ni a escribir una crítica cinematográfica, a ti lo que te interesa es la singueta que se arma en las butacas. Como han cerrado la mayoría de las posadas, pues la gente va al Nuevo Continental a templar, es barato, y mamas en chino, ¿qué más se puede pedir? Es por eso que le llaman el palacio de la Leche. ¡Riquísimo, mamita! No bien hemos arriba-

257

do, ¡ay, chica, qué francés me quedó eso!, al otro palacio, al de la Salsa, no podemos evitar tirarnos al medio de la pista, a la arena a que nos coman los leones, al ring para que Stevenson nos desfigure, si yo lo que quiero es que me piquen la cara, que me tasajeen una nalga, que me pongan a gozar, y corra el sudor azucarado no la sangre, ¡la sangre nunca! Porque yo lo que tengo es mela'o de caña por plasma, caballero, n'a de n'a. Ven acá, tú, zangaletúo, arrímate, repéllame con la mandarria, instálate, enfíncate, de finca no de afinca. Niña, no seas pajuata y ponte a bailar. Si no te incorporas, te dejo en eso. ¿Tú no eres mi ecobia? ¿Mi cómplice y todo como en el poema de Benedetti? Anda, despéinate safia. Nada que ver con Safo, la poetisa tortillera griega. Ésta se está haciendo la fina, ¡se manda unos anónimos que p'a qué! No come, no baila, no canta, ni come fruta. Bueno, lo de no comer fruta se entiende, si están perdidas en el llano. ¿No te da pena que hasta tus personajes se hayan superpuesto para la concreta, de ahora p'a luego: la Cuca Martínez y el Uan, despergollados con la Charanga Habanera, melancólicos con Isaac, tan delgado él. Y María Regla, bailando el agachaíto con un guaposo de los Sitios. La Mechu y la Puchu, como siempre, revolcándose entre ellas. Menos mal que aparentemente han sobrepasado su crisis esquizofrénica, porque óyeme, mi vida, mira que esas dos mujeres sufrieron en el verano del noventa y cuatro. ¿Cómo no has contado esa historia, eh? ¿Ves cómo tú solita te autocensuras? No me retuerzas los ojos, ni me mandes a callar, que aquí la que dirige soy yo, después de la muerta, ya lo sé. En fin, sigamos, pero no creas que me olvidaré tan facilito de la anécdota de la Mechu y la Puchu... Hernia descoyuntada invierte sus energías en un rap-salsa. El Fax acaba de ligar a un inversionista canadiense, si sigue poniéndole las tetas de buró, de seguro que le publica sus memorias. La Fotocopiadora está puesta para la maldá, y sin dejar de brincar registra todo en el notebook que ha robado a Respondedor Automático, en medio del revuelo y la confusión. Yocandra y sus dos pensadores de Rodin están sentaditos como tres escolares sencillos. ¡Óyeme, es una cosa que yo no soporto a los intelectuales! Se crían en un solar, pasan un hambre del carajo, crecen al ritmo de una rumba de cajón, o de latón, se leen cuatro o cinco libros, permutan de Cayo Hueso p'a Miramar, y en un dos por tres se transforman en Chateaubriand, Lord Byron o Madame de Staël. Pero estoy segura de que eso sucede ahora, porque me corto la yugular de que Gabriel de la Concepción Valdés, Plácido para los ambias, los socitos, vaya, no era tan comemierda y más bien era tronco de bicho, sin embargo mira cómo lo fusilaron, allá por el año 1884, cuando lo de la conspiración de la Escalera. Bueno, ¿qué, te integras o no? ¡*Súmate*, como en la consigna de la Pujo-tacé! Canta con la Charanga:

Búscate un temba que te mantenga,
que pase de los treinta y no llegue a los cincuenta...
P'a que tú tengas lo que tenías que tener.
¡Juaniquiqui!)

Yo no sabía que las Pepitas Grilletes se podían desprestigiar así de esa manera, tan vulgar, dejándome sin alternativas. Pero ella tiene razón, es verdad que entre un ordenador y un tambor, me voy con el último. Pues sí, Cuca Martínez y el Uan están gozando como en sus buenos tiempos, demostrándole a la gente lo que es bailar como se bailaba antes, echando unos pasillazos que ya quisieran muchos pepillos del Vedado. Incluso la muchedumbre le hace rueda, aplauden a coro, los turistas cual fanáticos japoneses tiran fotos a diestra y siniestra. Los flachazos de siniestra ya sabemos cuáles son. A Cuca se le ve de una felicidad que ya quisieran tener muchos europeos de estos pálidos y vitamínicos. Sin demagogia, que no estoy queriendo decir lo que no cesan de manipular los propagandistas del hambre, de que aquí no hay nada pero todo el mundo está feliz. No se equivoquen, Cuca está feliz porque ama. Porque, ¡caballero, ¿no se dan cuenta de que está bailando otra vez con el tipo que la partió por la mitad?! Sin embargo, al rato, a punto del desmayo, con taquicardia ambos, sin aliento, proponen a Reglita marcharse.

Mechy Benz —que hasta humana se ha vuelto esta maquinita— se encamina ahora a una de las calles de La Habana Vieja, allí donde vive María Regla. El Uan está ansioso por conocer el refugio de su hija con el pretexto de que no quiere que regrese a esa hora de la madrugada tan tarde a la casa. El solar está a oscuras. Bañada por un rayo de luna la estatua de la fuente del patio pareciera proveniente de Florencia. La Niña sube delante, sus padres detrás conmocionados por la oscura humedad, la escalera de caracol se bambolea como una telita de cebolla, o simplemente recuerden las películas de Spielberg, en ellas siempre hay escaleras a punto del desplome. Entran en el cuarto, covacha y cobijo, la decoración es superkitsch, afiches de Annia Linares, otra cantante de varietés exiliada, una mesita de remordimiento español (lo siento que se repita la escenografía, pero este mueblaje inundó las salas cubanas) con tapetico plástico y búcaro de barro, flores de papiermaché, la cama es un catre, donde se han ensayado todas, y más, las posiciones del Kamasutra, es el Catresuda. La cubre chillona sobrecama de retazos de chenilla, es por esa razón que una vez dentro María Regla no cesa de estornudar, es alérgica a la chenilla. El armario no es más que un hueco en la pared con una cortinita fabricada de desperdicios de tiras inservibles de filmes cubanos, que le regaló el negro Donatién, editor del Icaic. Los libros están amontonados en un rincón, amarillentos, requeteleídos y requetecarcomidos por la polilla. El Uan suspira horri-

260

blemente impresionado, adolorido por las condiciones en que vive su hija periodista. En cualquier lugar del planeta cualquier periodista vive así, o peor, pero ¿de qué se trata? ¿De mejorar o de empeorar las cosas? ¿De comparar los horrores? ¿De ningunear, empobrecer, envilecer, las condiciones de vida del ser humano? ¿Vivimos para desarrollarnos o para subdesarrollarnos? ¿Las conquistas humanas se miden por el grado de pobreza, o por el grado de desarrollo? ¿Pobreza es sinónimo de dignidad? Acláramelo tú, conciencia. (Es una respuesta demasiado comprometedora. Si respondo una u otra cosa, de cualquier manera me caerán arriba los de uno u otro bando. *Mejor que me calle, que no diga nada...*) ¡Cacho de oportunista, eso es lo que eres! ¡Me desilusionas! No sé cómo he confiado en ti. ¡Folklórica! (No insultes que te puede costar carito. ¿Cuándo aprenderás que la vida es un tren de desilusiones? Los boletos salen gratis. No puedo responderte esa pregunta, no puedo tirarte un cabo, ayudar en eso. No puedo responder algo a lo que el mundo desarrollado todavía no ha dado respuesta. Pon, escribe ahí, que habrá que esperar. Y añade con fe, esperanza y caridad, como en aquella película mexicana.)

María Regla percibe el grado de melancolía en que están sumidos sus padres, y besándolos apretaditamente, más babosa que un quimbombó que resbala p'a la yuca seca, los despide apenada, pero fingiendo indiferencia, con un sencillo:

—Mamá, papá, duerman bien, mañana nos vemos.

Y ahora es cuando me da la gana a mí, o cuando creo yo, Pepita Grillete, que debo contar los sucesos vividos por la Mechu y la Puchu en el verano del noventa y cuatro. Porque es precisamente, cuando Cuca Martínez, de regreso a casa por la avenida del Malecón, observa angustiada el océano hundido en la negra espesura de la noche, y recuerda aquella otra noche de verano del pasado año, cuando misteriosamente la Puchunga y la Mechunga le dieron cita a ella y a Reglita en el Rincón de Guanabo. Todavía no reinaba el crepúsculo del todo, cuando ella y su hija desembarcaron en el lugar; reinaba una atmósfera azul oscura y una brisa marina que invitaba a la aventura, a iniciar expediciones dignas del comandante Cousteau. Eso mismo preparaban la Mechu y la Puchu, una expedición en dirección al norte revuelto y brutal. Hartas de esperar a que pusieran el gas, de apagones maratónicos, de comer frijoles mal fumigados, y enamoradas de un Pepillo Loco, veinte años menor que ellas, huérfano, amargado y renuente a malgastar su vida en esta isla satánica, habían resuelto seguirlo en su pasión por abandonar el país en una balsa artesanal. A la orilla de la playa, Cuca Martínez sollozaba arrodillada rogándoles que recapacitaran, que pensaran un poquito así, y mostraba el filo de una uña, en el peligro tan inmenso que correrían. Entretanto, el Pepillo Loco amarraba bultos, enrollaba sogas, ultimaba pormenores, inmerso en los más mínimos detalles. María Regla ni chistaba, con los brazos cruzados, perdida la mirada en el horizonte, dejaba correr por sus gélidas mejillas lágrimas de rabia, el viento batía su pelo y le afilaba el rostro.

—¡Cállate, mamá! —exclamó por fin—. Allá ellas si quieren arriesgarlo todo y terminar sus días siendo pasto de tiburones. ¡Y yo que creía que ustedes habían cambiado! ¡Yo que las veía como a mi familia! ¡Me engañaron, nunca me quisieron!

La Puchunga se aproximó a ella con los ojos aguados y un nudo en la garganta:

—Niñita querida no digas eso. Sí que te queremos, pero nosotras no podemos seguir aquí, chiquitica mía. En esta sociedad no tenemos cabida, fíjate, hace más de una semana estoy tratando de encontrar unas goticas antiespasmódicas, tú sabes que los frijoles me cayeron mal por culpa de la mala fumigación. Voy a ver si, cruzando el charco, encuentro las benditas gotas y logro aliviarme del estómago. Es verdad que nos hemos enamorado ciegamente de este culicagao, pero no es lo principal... Tú has sido testigo, hemos sufrido mucho, Reglita, nuestras vidas fueron cercenadas, cortadas de un tajo. Nunca nos han admitido sinceramente.

—No des más explicaciones —protestó enérgica la Mechu—. Que ella nunca nos contempló tanto cuando se largaba para sus tareas combativas.

De todas maneras, la Puchu quiso despedirse con un beso. María Regla quitó la cara, de un empujón incrustó a la anciana sobre la arena bordada de diminutos caracoles. Cuca abrazó a su amiga anegada en llanto. Las acompañó hasta que el agua le dio por el cuello. Y aún cuando la balsa se había difuminado en la oscuridad, Cuca seguía diciéndoles adiós semihundida en el mar. A unos metros, María Regla, colérica, enterraba su rostro en la arena.

La Mechu, la Puchu y el Pepillo Loco remaron como unos turulatos. Finalmente fueron salvados casi achicharrados por un barco americano que los depositó en la base naval de Guantánamo. En las carpas de la base aguantaron cuatro meses. Al cabo de ese tiempo, desesperanzadas, muertas de ganas de ver a Cuquita y a Reglita, e imbuidas otra vez por el Pepillo Loco, frustrado por no haber podido realizar con éxito sus planes, y quien además extrañaba a su noviecita, decidieron reemprender el viaje a la inversa, pero atravesando el campo minado que separa el territorio cubano del, hasta ahora americano, ya veremos en el próximo siglo. Las mujeres cruzaron milagrosamente, pero al Pepillo Loco le voló una pierna en pedazos. Ellas regresaron para ayudarlo a salvar el tramo restante. Fueron recibidos como héroes. Devueltos otra vez a la vida normal, o paranormal, el Pepillo Loco, con una pierna de menos, halló refugio en los brazos de su novia veinteañera. Y las mujeres se responsabilizaron del joven, no ya como amantes sino como tías. En la actualidad, los tres sufren en silencio el trauma tremendo de la mutilación. Pero el más afectado, sin duda, es el muchacho. Ahora con menos esperanzas de volver a empezar. Ella no hubiera querido recordar esa vivencia. Tanto Reglita como Cuca no sabían si ponerse contentas o tristes cuando tuvieron de vuelta a sus amigas. Después de todo, ya las hacían en libertad. Cuca cerró los ojos, sacó la cabeza por la ventanilla del auto, la ventisca salitrosa alborotó su pelo, desordenó sus pestañas y ordenó sus ideas. ¡Dios, hubiera podido perder para siempre a sus mejores amigas! ¡¿Cómo permitió que se marcharan, que pusieran sus vidas en peligro?!

Después del último paseo juntos por la avenida del Malecón, cubiertos de salitre, brisa y ensueño, la pareja regresa por fin al edificio de Cuca Martínez. En la puerta, ella lo invita a entrar. Él sonríe, y es la última imagen de su sonrisa que ella conservará de él. La noche presagiaba que, para ellos, todo sería catalogado de *último* a partir de ese momento.

En la acera, el Uan es súbitamente abordado por dos *compañeros*, visiblemente conmocionados a causa de lo que ellos denominan un pequeño detalle de incomprensión de su parte. Pero ¿cómo no se dio cuenta de que no podía referirse en esos términos irrespetuosos al pobre Viejo? Le ha dado un paro cardíaco, está gravísimo. Todo ocurrió minutos después de la conversación con el Uan, se puso verdiamarillo, vomitó un buche negro. Dentro de la ambulancia, boqueaba, apenas podía respirar, el pecho completamente bloqueado. No es posible, tamaña sandez —que no sandía— de su parte. La indelicadeza tiene sus límites. Resumen:

—Está arrestado —que siempre suena más suave que detenido o preso—. Lo invitamos a un interrogatorio en Villamarista. Mañana abandonará el país, estimado Persona Non Grata.

Cuca Martínez se lleva la mano a la boca, reprimiendo el grito. No se desmaya, respira profundo y coloca a Katrinka y a Perfecto Roedor en el umbral de la puerta. Ellos inician la excavación de un túnel. No sé por qué los túneles son símbolos de refugio. Con lo fácil que es tapar la entrada y ahogar a los guarecidos. Decidida se aferra de la mano de su hombre. Si se lo llevan a él tendrán que llevarla a ella, es lo que deja entrever. Mechy Benz es invadida ahora por uno de los del bando contrario, y como en los muñequitos de Walt Disney, la defensa del auto hace una mueca de disgusto, de asco. ¿Que la vieja quiere venir también? Nada más sencillo. Y cargan con los dos. El viaje es largo, denso, tétrico, como debe ser todo viaje a la nulidad, a Cayo Cruz, el cementerio de la basura. Él no tiene miedo. Ella tampoco. Porque van sentados en el asiento de atrás, muy juntos, con las manos apretadas. Esposados. Por fin, esposados. No en legal matrimonio, sino con las esposas de hierro y cadenas. Pero algo es algo.

(¿Que no están apendejados? Niña, si están cagadísimos, lo que saben disimularlo muy bien. Para nadie es un secreto que a esta gentuza lo menos que hay que demostrarle es que uno está amarillea'o. Firme ahí, machito y hembrita a todo y p'alante el carro. El asunto es cuando llegan a su destino, que es una negación de sus destinos, y los separan. Ahí sí que los descojona el ñao, el terror pánico. A ella la encierran en el cuarto frío, a él en el cuarto caliente. A punto de volverse témpano ella, y él sopa de cebolla, en la más prieta de las oscuridades. Aunque a veces encienden las luces a dos milímetros de sus pupilas, durante horas. Al rato, vuelve la negrura, y entonces es cuando entran los animalitos. Para jugar, les aconsejan cariñosísimos. Una caimana a él, un caimán a ella, dos símbolos patrios. Pasan una noche o una semana, no pueden dilucidarlo. Al cabo de ese tiempo, que es el destiempo, son liberados. Pero no así como así, no, qué va. A él lo conducen directo al avión, compulsado al espacio sideral como Persona Non

265

Grata. A ella la sueltan en un pueblecito, el cual reconoce de inmediato. Su pueblo natal, Santa Clara, en la antigua provincia de Las Villas. Agradecida, dedica un dulce pensamiento de adiós a sus amigas la Mechu y la Puchu. Bye, bye, adiosito, queridas tías sulfatadas de sus cabezas. Chaoíto, Katrinka Tres-Escobas y Perfecto Ratón Pérez. Bye, bye, Fax, Fotocopiadora, Hernia, Yocandra. Introducida hasta los mameyes en el ensueño, besa la frente de su bebita, recién nacida. María Regla, no mates a tu mamá. Les quiere, su Cuca Martínez. De la radio de un bohío cercano emana la voz, en una antigua grabación, de la mulata que se murió de amor, la Moraima Secada:

Pues me olvidé de todas
las cosas que en el mundo
hacen la dicha corta
y larga la agonía.

Los labios de Cuca Martínez doblan con amargura, pero sin resentimiento, el resto del bolero:

Perdóname, conciencia,
razón sé que tenías,
pero en aquel momento
todo era sentimiento,
la razón no valía.

La razón no valía. La razón no valía. La razón no valía. La razón no valía. La razón no valía. La razón no valía. La razón no valía. La razón no valía. La razón no valía. La razón no valía. La razón... ¡Crach! Piiiiiiiiiiiiiiiiiiiiiiiiiiiiiiiiiiiiiiiiiiiiiiiiiiiiiiiiiiiiiiiiiiiiii. Isquemia. Arteriosclerosis. Muerte cerebral. Un vegetal. Un buen recurso para la salvación.)

CAPÍTULO ONCE Y ÚLTIMO

NOSTALGIA HABANERA

Siento la nostalgia de volver a ti,
más el destino manda y no puede ser,
mi Habana, mi tierra querida,
cuándo te volveré a ver.

(De B. Collazo. Interpretada por Celia Cruz.)

ES MUY TEMPRANO EN LA MAÑANA. *Nuestro amanecer en el
trópico,* es rojizo, tibio, excesivamente perfumado, chi-
llón. En la escalerilla de la nave, el Uan revisa el paisaje de
Rancho Boyeros, cómico nombre, rancho de boyos, o para bollos, ¡quién sabe! Respira hondo su última bocanada
habanera. Ni las palmas, ni la vegetación rebelde, ni la
multitud descolgada de la terraza del aeropuerto, cada
persona muerta de angustia esperando o despidiendo a un
familiar, ni los patéticos ejecutores de ese mínimo poder
que dan los *walkie-talkies,* ni las alambradas allá a lo lejos,
ni la tristeza de ese feo aeropuerto, gris como un cartón
de huevos, ni el cielo azul, ni el sol inmenso, ni las nubes
semejantes a algodones de azúcar, nada de eso, nada le

dará más nostalgia que ese olor de La Habana, indescriptible, insoportablemente imperecedero. Ese aroma tan cambiante, y al mismo tiempo tan subyugante, con el que podría describir la fragancia del cuerpo de Cuca Martínez, los efluvios de las mejillas de su hija María Regla. Vira la espalda, desaparece por la portezuela del avión, hecho polvo, como si fuera la primera vez.

María Regla baja corriendo la húmeda escalera del solar donde vive en la calle Empedrado, 305, entre Villegas y Aguacate. Está eufórica, el conocer a su padre ha devuelto sentido a su vida, entender que no podemos ser tan rígidos, tan políticamente correctos. Además, Programador Licenciado le ha encomendado por fin un reportaje. Claro, deberá pagar con tajadas de su carne fresca. Se siente tan dichosa que no percibe el edificio donde vive como un solar común. Lo admira como un palacio. Lo que sin duda fue. En el patio central hay una fuente del siglo pasado, es un viejo Tritón sin agua, tambaleándose en medio de los aguaceros y de la ignorancia. Sólo María Regla sabe que ese viejo de mármol desgastado es un dios de la mitología griega, los vecinos lo confunden con san Lázaro, y antes, todos los diecisiete de diciembre le ofrendaban velas. Ahora no hay velas ni para los apagones, perdónalos viejito Babalú Ayé, cada día te rezan más devotos sin velas. María Regla está satisfecha de vivir casi en el límite con Centro Habana y no en el corazón asqueroso de La Habana Vieja, aunque, claro, le encantaría tener un apartamentico en el Vedado, o en Miramar, o para ser más sinceros, en Miami, ¡ay, coño, cállate pensamiento! Pero está orgullosa de haber podido comprar un cuarto en veinte mil pesos cubanos, en la época en que aún esa cifra era dinero para respetar, y cuando la gente vendía las viviendas por quilos y en moneda nacional. Lo había adquirido con el sudor de su frente, con sus ahorros desde su primer salario como periodista (le pagan una miseria). Y ¿para qué engañarse?, con otros ahorros clandestinos vendiendo cualquier cantidad de baratijas en el mercado negro, desde desodorante en pasta envasado en latica, hasta borrosas fotocopias de libros de Alain Kardec, objetos muy codiciados que forman parte del material de estudio de las santeras más progresistas. María Regla sigue bajando a toda velocidad las interminables escaleras de caracol, crujen los peldaños de vieja y podrida madera, incluso, a veces tiene que saltar, pues faltan varios escalones, y cuando vuelve a caer toda la espiral retumba. El edificio temblequea en su conjunto y cae una arenilla del techo que blanquea sus pestañas, el pelo y los hombros. María Regla corre a su futuro reportaje. Vibra hiperfeliz porque al fin, después de mil años, ha conseguido un bendito reportaje, en el único noticiero sobreviviente de la televisión. Programador Licenciado ha decidido darle ese espacio, confiando en sus potencialidades intelectuales, también ella es una de las pocas periodistas que quedan, porque de los viajes ya nadie regresa. Le han encomendado el tema del momento: el Mercado Libre Campesino. ¡De ninguna manera dejará escapar la oportunidad, nadie le tumbará el chance! ¡Es el tercer momento de probarse como periodista! Después de doce años de graduada solamente ha ejercido en tres ocasiones. María Regla pisa fuertemente, llena de palpitaciones, canciones y esperanzas. Casi al llegar a la calle descubre que hoy se han derrumbado otros cinco peldaños. Tendrá que dar un gran salto, uno enorme, un salto mortal. María Regla se impulsa, aprieta debajo del brazo la vieja carpeta de abogado que heredó del abuelo de una amiga. De súbito, en el aire, queda cinco segundos en *stop-motion*, como en las películas de *kung-fu*, piensa que podría ser peligroso caer, volver a tocar el suelo, pero no tiene otra alternativa. ¿Cómo va a tenerla si es sólo una inexperta profesional con título y diploma —se lo debe a Talla Extra, la Revo y todo eso que ya conocemos de memoria— que ha tenido que elegir entre continuar con la cadena de comemierderías a la que ha sido condenada su vida, o quedar trancada en su cuarto? María Regla cae livianamente, con su ínfimo peso de cien libras, los dos pies se posan sobre el umbral del portón del solar. Pero ese salto es la gota que colma la copa, el último trocito de mecha de la dinamita, la granada destapada al azar. Detrás de ella, y en menos tiempo que un pestañear, se derrumban ciento cincuenta años de piedra, cemento, madera y arena. Ciento cincuenta años de historia. Ciento cincuenta años de vida. El solar se desploma y todos duermen. Absolutamente todos mueren. El solar se hace polvo. Ni un ay, únicamente un estruendo como un mazazo, después un silencio trascendental, bellísimo. Misteriosamente, de entre los escombros, una radiocasetera se enciende sola, y la voz prohibida se mezcla con la polvareda:

Habana, yo no sé si volverán aquellos tiempos,
Habana, cuando buscaba tu luna en el Malecón.
Habana, cuánto anhelo regresar y ver tus playas,
Habana, y volver a ver tus calles sonreír.
Habana, a pesar de la distancia no te olvido,
Habana, por ti siento la nostalgia de volver.

El camarógrafo espera fumando un cigarro Popular recostado al guardacantón, apenas tiene tiempo de saltar a la otra acera, desde allí logra distinguir la mano de la muchacha sobresaliendo de entre los escombros. Corre hacia ella, pide ayuda, llegan los bomberos, las ambulancias. El primer cadáver que logran sacar es el de la periodista. Era el que estaba más en la superficie.

(Así sucedieron las cosas. No sabes cuánto me has hecho llorar con esta historia. ¡Dios santo, Yemayá adorada, cómo no pudiste hacer alguito por ella! Esa pobre madre se va a morir de un infarto de miocardio. El padecimiento o fallecimiento nacional. ¡Cuántos golpes! También es verdad que ya desconectó de la realidad. En fin, que hubiera deseado que las cosas ocurrieran de otra manera. Pero si no puede ser, pues sanseacabó, no puede ser. Nadie debe torcer los destinos. Luz y progreso. Yo, la verdad, la verdad, que hubiera querido lo mejor para ella.)

    La muerta también. Ella, como todo el mundo, no quería morirse, y menos ahora, con tantas oportunidades que se le comenzaban a presentar. Acabadita de estrenar con su padre. Pero la vida es así, un novelón tipo La Novela del Aire, un culebrón venezolano. Hablando de culebrón venezolano. ¿Y por qué no la revivimos? En los culebrones venezolanos cuando se quiere se puede. ¿Por qué no la ponemos a funcionar otra vez? Con lo que ella lo ansía.

    (Ay, sí, tú, dale, resucítala, mira que ella no se merece esa muerte, en un derrumbe de un solar, nada poético, ¡aych, qué vulgar! Anda, por tu mamacita querida, dale boca a boca ahí, chica, no seas mala. Respiración artificial con ella.)

    Es lo más que yo quisiera, pero recuerda que debo pedirle permiso. No olvides que es ella quien me dicta este libro. Sí, ¿pero no te habías enterado? Es el mismísimo cadáver de María Regla Pérez Martínez quien está dictándome desde el capítulo uno, coma por coma, punto por punto.

    (¡No me digas, chica, con más razón! No seas malagradecida. Así que la que ha trabajado como una mula ha sido ella y no tú. ¡Anda, tú, pídele permiso! ¡Seguro que ella te lo da! ¡Si está loquita por revivir!)

    Okey, le pediré permiso. Pero que quede claro que las dos hemos doblado el lomo parejo.

    Permiso padre, permiso madre, permiso echu Alagbana, permiso casa echu akuokoyeri, permiso esquina 3 y al árbol jagüey, salud madrina segunda de asiento, salud a la que cuida orula, salud a mi cabeza, salud a todos los orishas, a los ancianos, salud. Salud cabeza privilegiada, orisha profundidades del océano, Rey su hijo, por el camino esté alerta, el venado es de Obatalá, mensajes Obatalá con el derecho.

Dale *rewei* a la secuencia. Toma dos. Exterior. Día. Escena sin muerte de María Regla. ¡Se filma! Digo ¡se escribe! El camarógrafo espera fumando un cigarro Popular recostado al guardacantón, apenas tiene tiempo de tomar entre sus brazos el bulto que cae, por azar, sobre él. El cuerpo de la desmadejada muchacha. Con ella cargada corre hacia donde les espera el Lada. Una vez los tres en el interior, el chofer echa a andar el carro, despavorido, sin saber a ciencia cierta, si había sido testigo de un derrumbe o de un fuego. Tanto polvo se levanta, que la multitud de curiosos desaparece en una humareda gris y apestosa a aguas albañales, ascendente al enlodado y profanado cielo. La sirena de los bomberos y la diana de los patrulleros alarman a la ciudad entera. Cuando María Regla vuelve en sí de su desmayo, el auto ya va por la calle Línea, en el Vedado. En muy poco tiempo estarán en Miramar, y después repartos, pueblecitos... Hasta llegar al sitio escogido para entrevistar a los guajiros.

—¡Virgen de Regla bendita, pero qué coño pasó, lo único que hice fue saltar! ¡Yo sabía que iba a suceder, tuve el presentimiento, en el aire supe que algo malo pasaría! ¡A mí siempre me dicen las cosas al oído antes de que ocurran! ¡Mi madre, todos perecieron, los niños también, Angelito, Patricita, Rebequita, Elenita, Carlitos, ay, ay, ay! ¿Y qué coño hacemos, a dónde vamos ahora?

El chofer la observa extrañado a través del espejo retrovisor, el camarógrafo, sentado junto al chofer se vira hacia ella, no menos asombrado. No pueden emitir sonido, el desconcierto devoró sus voces. Ella comprende en seguida. Deja de llorar. Se alisa los cabellos pegajosos por el polvo y el sudor. La mano apoyada en el cráneo, escondida entre los cabellos, el codo descansando en la ventanilla. María Regla se da cuenta de que lo perdió todo. Lo único que le queda es su reportaje. Y lo hará. Después ya veremos.

El frescor marino y la angustia la envuelven en una somnolencia vaporosa. Le pican las pupilas, las encías, el cerebro. De todas formas no desea cerrar los párpados, está obligándose a contemplar el paisaje: las avenidas, los rostros. Las calles aparecen churrosas, los árboles cortados, los perros sarnosos se restriegan en los contenes queriendo contener la rabia de la picazón, los cuerpos de los gatos recién decapitados aún se estremecen en charcos de sangre, o se bambolean colgados en las tendederas. Los niños andan harapientos, sin zapatos, hambrientos, los más pequeños van desnudos. Las mujeres mascullan agrias e infectadas. Las jóvenes agonizan en las puertas de las panaderías. Los hombres inician una nueva danza para matarse entre ellos, las mujeres están a punto de hacerlo, las detiene la culpa de haber parido. Una pira de viejos arde en cada esquina. No hay casas, ni dinero, ni luz, ni agua. Hay impuestos. A este tipo de personas se les llama los *indigentes* y son la mayoría. Sin embargo, avanzan y cada vez aparecen más casas diferentes, protegidas por verjas, son tiendas en dólares, nuevas, brillantes, recién pintadas, cortinas plásticas, cristales ahumados para que nadie pueda ver al interior, letreros en neón: *Rápidos, Cupets*, gasolina y comida en divisas. Los que salen de estos sitios nunca se les ha visto entrar, ¡son tan distintos de los anteriores! Cargan bolsas de nailons repletas de carne roja, laticas de coca-cola, y están vestidos con jeans, pulovitos con palmeras de Florida y tenis de lunares, ah, tienen un color tirando a rosadito en las mejillas, y aunque se la pasan gusaneando todavía esperan algo del régimen, son hipócritas, y detestan profundamente la libreta de racionamiento, antes eran los seguros y los segurosos —también excepción amplia de los que toda la vida recibieron prebendas, o los afortunados que la familia de USA no los olvidó, las putas y pingueros con suerte, los merolicos del mercado negro de tabaco, ron, marihuana y cocaína, los turistas de todos los países, uníos, etc—. Los que salen de esos, cada vez más abundantes, lugares se les denomina *diplogente.* Detrás de mugrientas cortinas, en barrios vigilados, encerrados en su terror, comiéndose las uñas, presos en su desorden, gritándole a la taza del inodoro, hablando en mímica, clausurando el teléfono, amoratados de golpes, esperanzados en las gestiones de los periodistas extranjeros, y en el más allá, sobreviven en su minoría los *disidentes.* Paranoicos, deprimidos en el fondo, pero eufóricos y vivaces en la superficie, con una confianza invulnerable en ellos mismos, vanidosos, orgullosos de sus ideas diz que inéditas desde que el mundo es mundo, con grandes probabilidades de enriquecerse, fuertes, saludables, invencibles, indestructibles, constituyen los baluartes de la mediocridad con sus actitudes ejemplares, espectaculares, soberbias, y por supuesto, corrompidas, perdón incorruptibles; insustituibles, poderosos, inmortales, hijoeputas... ésos son los *dirigentes.* Creo que los he llevado superbién. María Regla los organiza como ella sabe que van ubicados en la nueva escala social: los dirigentes, la diplogente, los disidentes, los indigentes... ¡Coño, qué memoria tan deficiente la mía, cómo olvidar a los *sobrevivientes!* Léase de pasada, artistas, escritores, filósofos... cuando no claudican, porque de estos últimos hay quienes se pasan a alguno de los bandos anteriores.

Ésa es la ciudad con la que choca María Regla. Avenidas desiertas, de vez en cuando un diploauto arrolla a un diploperro. Una diplobicicleta choca contra un diploposte. De buenas a primeras un diplolada chapa blanca de diploministro parquea en el diplogaraje de un diplorrestorán. Una diploputa camina pavoneándose, la diplobarriga llena de diplopuerco y diplofrijoles. Una recién graduada universitaria siente envidia y comienza a reflexionar si no sería mejor hacer diplocarrera en el Malecón.

Inmediatamente, recuerda el diplodiscurso del diplotallasuperextra, el que le tocó por la libreta, y experimenta una ferviente vocación religiosa: *Nuestras putas son las más instruidas, las más sanas del mundo entero.*

María Regla escucha en la radio del auto la canción de Pablito Milanés:

La vida no vale nada,
si tengo que posponer,
cada minuto de ser,
y morirme en una cama...

Es un fragmento del texto de la carta que escribieron los esposos Rosemberg a sus hijos antes de morir. María Regla no puede evitar llorar a moco tendido, sin autoexplicaciones. Pero tampoco puede impedirse sonreír cuando escucha la versión burlona y desacoplada que, inconsciente de su angustia, entona, más allá del bien y el mal, el chofer:

La vida no vale un Lada,
si no es para merecer,
un Nissan para vender,
cual si no pasara nada...

En un semáforo, aprovecha y piropea a una mujerona, tipo caballo americano, que pasa meneándose atrincada en un Levi.

—Niña, oye, ¿tú eres capitalista? —Como la mujer le revira los ojos, se responde a sí mismo—. No, vaya, porque llevas las masas oprimidas.

El paisaje rural va ganando terreno. El verdor es el mismo de las películas de antes, las palmas como novias que esperan, y toda esa bobería del alma cubana tan importante y redundante: el cielo azul, la fetidez a brea y a yerba podrida, las nubes como motazos de talco, la transparencia del color... Quedan igualito al de otras épocas, en cada porción, en cada kilómetro, retratado en la mirada de la joven. Pero las vallas combativas y agitadoras de *Socialismo o muerte, Comandante en Jefe, ordene, Aquí no se rinde nadie, Somos ciento por ciento cubanos, Señores imperialistas, no le tenemos ningún miedo...* En fin, van transformándose en raros mensajes: Niños rollizos y sonrientes, pintados en afiches años cincuenta declaran que *Con Nestlé se crece mejor,* Manolo Ortega, el viejo locutor de los discursos oficiales, aparece en otra publicidad, joven, delgado y desalmidonado, es decir, para nada ceremonioso, confesando a mandíbula batiente que la cerveza Hatuey es la que es y no otra. Un pichón de cineasta anuncia la Pepsi, una actriz la perfumería Guerlain. *Queremos pan y americanos* en lugar de *Queremos panamericanos*, refiriéndose a los juegos deportivos, y así, así, carretera arriba. Ni un alma, ni un guajiro. Sólo paisajes y vallas de publicidad cada vez más años cincuenta. La joven no entiende cómo ha sucedido. Tal vez como en un sueño programado por ajenos. Sin transición coherente. El chofer silba la melodía de *Only you* de The Platters, va vestido de traje y corbata, el camarógrafo lo mismo. Ella lleva el pelo corto y hecho una permanente, vestida con un modelo amarillo, descotado hacia los hombros, ceñido hasta la cintura, después la falda se amplía, y las zapatillas son cómodas, como para bailar rock and roll. Extenuada, y no por ello menos asombrada, acaricia el vinil de los formidables y acogedores asientos de la Chevrolet del cincuenta y ocho. Han llegado al pueblecito de campo, el camarógrafo abre la portezuela y le tiende la mano para ayudarla a salir.

La muchacha salta al exterior. El pueblo está de fiesta. La televisión filma en vivo. María Regla, inquieta, se encabrona, le han dado otro golpe de Estado con el reportaje, alguien se le adelantó. Pero al instante se percata de que las cámaras son unos armatostes preciosos, que los camarógrafos visten de cuello y corbata. Intuye que no está en su época. En lugar del mercado libre campesino, este programa es un juego de fortuna, una rifa donde las parejas ganan ajuares de boda, casas, batidoras, refrigeradores General Electric (ya no habrá viajes a Miami, aunque sí, pero la tómbola cambiará de nombre y de sitio...).

El público está vestido con lo mejorcito, endomingados, ríen curiosos, aplauden esperanzados en que alguno de ellos será el triunfador... Ahora es el turno de unas cuantas guajiritas embarazadas. Rifarán la canastilla del bebé. Entre las participantes, María Regla advierte a una muchacha muy parecida a ella, achinada, la nariz de mulatica, la boca pulposa, el mentón de manguito. Es su doble, pero bastante más morena. La muchacha cuenta alrededor de unos ocho meses de embarazo, extrae el papelito de la bolsa que le tiende el joven Germán Pinelli ¿no había muerto con cien años? ¡Ha ganado! ¡Ha ganado la canastilla, la última marca norteamericana de mosquitero que queda en la casa Pestana antes de que la nacionalicen! El locutor menciona el glorioso año: mil novecientos cincuenta y nueve, en jocosa propaganda, después pregunta a la joven de qué color escogerá el mosquitero para el bebé. Ella responde, temblando como una hoja, que blanco con cinticas rosadas. Pinelli pregunta de nuevo, insistentemente idiota, que ¿por qué ese color?

—Porque los niños deben vestirse de blanco. —Es toda la respuesta.

—Pero usted vive en La Habana, ¿qué hace aquí en Santa Clara?

—Quise venir al lugar donde nací, antes de parir. —Y recibe un fuerte y cerrado aplauso.

El flaco Germán Pinelli decide pasar a una segunda competencia de detergentes y, muy hipócrita elimina a la joven de cuadro, con un disimulado codazo. María Regla decide ir hacia ella antes de perderla de vista, la toma con dulzura por el brazo. Ella está tan fatigada que no se resiste, no aparta los ojos del billete que alega que ha ganado un juego de canastilla.

—Perdona, quisiera entrevistarte... —María Regla intuye un misterio—. ¿Qué edad tienes?

Ella evade responder, por nada tropieza y casi cae de bruces. María Regla la sostiene, seca con la punta de su falda el sudor de la frente de la embarazada:

—¿Cómo te llamas, en qué barrio de La Habana vives?

La otra sufre un vahído, vomita.

—Discúlpeme usted a mí, ¿podría venir mañana? Me siento tan mal... Me llamo Caridad, y trabajo en la Cafetera Nacional, en La Habana... Pero ahora estoy aquí de visita... ¡Qué raro, usted se parece a mí!... Vivo en la casita azul, en aquella...

—Vendré. Me interesa tu vida, hacer algo contigo en la televisión.

María Regla se sonroja, avergonzada de sus propias palabras. Se siente rara delante de esta desolada muchacha encinta. Promete que vendrá pasado mañana. El viaje es largo, y debe regresar... ¿Adónde? Está confundida, no sabe más si debe retornar a una casa inexistente, o a una era inexistente... Le aterra pensar que a las dos cosas. De todas formas, insiste en que volverá en dos días. Tras besar turbada la frente de Caridad, sube al Chevrolet. El auto se pone en marcha. Y de nuevo paisajes, vallas de publicidad. Vallas y bellos jóvenes de ambos sexos, cielo luminoso, palmas satonas y altaneras, verde vegetación salvaje, nubes maliciosas, tufarada a coquito rallado quemado, pero también miasma, mucha miasma... La ciudad reaparece con sus pros y sus contras.

Con sus lomas y sus hendiduras. La ciudad es como un queso rancio. Herida en su interior por los túneles de la sinrazón. La Habana como mi madre, todavía joven, todavía mi único universo, todavía mi futuro. Habáname tú, mi ciudad prisión. Habáname tú, mi libertad, con tus virtudes y defectos: descolorida y triste, pero gozadora, escandalosa, mortificadora.

María Regla observa sus manos polvorientas, la mezclilla raída de sus jeans, los huecos de los picaportes arrancados en las portezuelas del Lada. Los asientos rajados, descosidos. El camarógrafo duerme, el chofer tararea una canción de Los Van Van:

—*El carnicero es un bárbaro, el carnicero es un cancha.*

Ella zarandea al camarógrafo:

—¿Qué pasó? ¿Adónde fuimos?

—A lo del reportaje. No funcionó. ¿Cómo es posible que no te acuerdes? Nadie quiso hablar ante la cámara... La gente está cagá, hablan mucho entre ellos, pero en cuanto ven una cámara se apendejan... Vamos, quédate esta noche en mi casa...

Vuelve a esta realidad, tan superficial, no tiene casa, ni época. Su familia pudo haber escuchado la noticia en la radio, haber leído en la prensa. El camarógrafo comenta que no se haga ilusiones, que esas noticias ya ni se divulgan, son tan comunes los derrumbes, tan cotidianos. Su madre, de seguro, le da por muerta, enterrada en los escombros. ¡Y su padre, Dios mío! Otra vez llora, jeremiquea miedosa. Accede a irse con el camarógrafo, apenas se atreve a dar un paso de lo cansada y malherida que está.

El camarógrafo vive en un pequeño apartamento del Vedado, claro, con madre, padre, dos tías y varios hermanos y primos. La esposa habita en la casa de los padres de ella. Es por eso que no han tenido hijos. Abre un pimpampún en el balcón, único espacio libre, y allí se acuesta. En la sala, María Regla cae rendida en el sofá-cama donde normalmente duerme su amigo. Ella, con los ojos fijos en las sombras chinescas del techo, no deja de pensar en la muchacha del año cincuenta y nueve.

Por más que cuenta los extraños sucesos al camarógrafo, éste admite que puede que sea cierta su historia, o su pesadilla, pero que en caso de que lo sea él no fue testigo. Se vira del lado contrario y comienza a emitir consistentes ronquidos. Temprano en la mañana, María Regla continúa con la misma cantaleta, hasta olvida que perdió casa y bienes personales, o por lo menos, cuando el camarógrafo se lo recuerda, ella insiste en que eso no tiene la más mínima importancia. Opina que habrá que conseguir un auto y retornar al pueblecito. Tanto va el cántaro a la fuente hasta que... se rompe... o se arregla. El camarógrafo, por pena, y porque es un buenazo de los que ya no se fabrican, consigue que el hermano mayor le preste su Lada. Arrancan de inmediato hacia la campiña cubana.

El mismo paisaje natural, pero esta vez las vallas no cambian. El mensaje es el mismo. O casi. Al rato aparecen en letras modernas, en flúor, o en neón: *Venga a vivir una tentación.* Y en primera plana un culo de negra con tanga de hilo dental. *Fume cigarros Hollywood, Go to Hollywood. Viaje en Cubana.* Y así, y así... hasta llegar a Santa Clara, en la antigua provincia de Villa Clara.

Todo está en plena ruina, no sólo parece desvencijado, sino también abandonado, si no fuera por unas adolescentes descalzas que saltan la suiza con una simple soga de amarrar caballos. María Regla se aproxima a ellas. Nerviosa, sin comprender el espectáculo violado por los caprichos del tiempo. Las niñas, ariscas al principio, interrumpen los juegos, y esperan la pregunta:

—¿Conocen a una muchacha embarazada que se llama Caridad? Ayer estaba aquí, me dijo que vivía en la casita azul de madera...

—¿Caridad, Caridad? —La niña despelusada y bronceada por el sol hace esfuerzo por hallar una pista.

—Mire, la única casita azul despintá es aquélla... —y señala un techo escondido detrás de un matorral—. Y ahí, que yo sepa, la que vive ahora es una vieja medio loca que se acaba de mudar y que se llama... Se llama Cuca.

—¡Mi abuela me contó... —interviene otra adolescente— que Cuca vivió de chiquita ahí, y que regresó para olvidarse de su vida... Y está tostá completa. Se pasa el condena'o día contando que hace años que se dio cita con una periodista, a la cual ha venido a esperar, porque van a contar su vida en la televisión, en una telenovela...!

—¿En qué año estamos? —pregunta la periodista.

—¡Ay, tú, niña, en qué año vamos a estar, en mil novecientos noventa y cinco!

María Regla siente un vuelco en el medio del pecho. Camina hacia el matorral. Las adolescentes la emprenden nuevamente con la suiza. El camarógrafo ronca dentro del auto. Las ropas de ellos esta vez no han sufrido transformación alguna, el carro tampoco. ¿Sería cierto lo de la transición de una época a otra? ¿Y por qué tomar como modelo el pasado? ¿Por qué no pensar en futuro? ¿Por qué no soñar, imaginar el futuro?

(Un momentico, hasta aquí me has hecho llorar, fíjate que no te he interrumpido ni un segundo. Pero todo ese discurso de filosofía trasnochada no te queda bien, no te pega, vaya. Muy simple, mi vida, plántate de nuevo aquí en la realidad. Tú no eres María Regla, tú eres su subordinada. ¿Ella te pidió que la resucitaras? ¿No es verdad? Respóndeme, ¿es o no es? No, porque si es, yo me callo. Pero, que yo sepa, fui yo la que sugirió la brillante idea de que la revivieras un rato, tú le pediste permiso, y ella autorizó con gusto. Pero tampoco es para que la pongas a hablar cáscara, no te da derecho a que la cojas p'al trajín, vaya. Eso de futuro y futuro y futuro, ¿a qué viene? Tú no ves que aquí la caña se ha puesto a tres trozos, y el mambo muy duro, para que te pongas a exigir que la gente, tan sacrificada, reflexione en el futuro. ¡Aquí de lo que se trata es de resolver el presente! ¡Y el futuro ese que tanto te preocupa, hay que dejarlo p'al parque, mi hermana! Ese discursito me lo sé de memoria, m'hija, no vamos a empezar con lo mismo de nuevo. No me canso de repetírtelo, pero, óyeme, esta niña, mira que tú eres durita de tímpano: ¡vive tu vida, mi china! Tú no vas a resolver nada. Esto se jodió, no tiene remedio, es una enfermedad crónica, el muerto es de hoy p'a mañana, pero nadie tiene cabeza p'a velorio ni entierro. Toda esa preocupadera que tú coges con la ciudá, y con el campo, y los edificios cayendo como moscas, y el paisaje pudriéndose. ¿Y tú qué esperabas? ¿Que íbamos a hacer Tokio en el Caribe? No, si cuando yo lo digo, el chícharo ha acabado con la inteligencia de este país. Por eso mismo lo único que venden por la libreta es chícharo. El veneno nacional. La poción mágica de Astérix: ponernos fuertes sin comida. No tenemos ni un glóbulo rojo, pero nos comemos al imperio más potente del mundo. Así que todo estaba muy requetebién hasta lo del futurito. Lo del futurito me lo vas suprimiendo, pero ya. Lo que se dice ya. ¿Oká? ¿Correcto? Adelante, puedes continuar.)

Pero ¿habráse visto tamaña frescura? Mira que tú has cogido ala, Pepita Grillete. Como me vuelvas a interrumpir sin argumentos sólidos, te voy a sonar tronco de gaznatón. Déjame a mí con mi muela filosófica que yo sé lo que hago. Además, tú sabes que ésa es mi debilidad, mi fantasía. Hacer filosofía a partir de una receta de chícharo. Chícharo a la inglesa: pones los chícharos un rato en remojo, se sofríen en mantequilla, lascas de jamón y cebolla picada, se añaden los chícharos, se remueven durante un buen rato a fuego alto, se cubren con un buen caldo y se dejan hervir hasta que se ablanden, se sazonan con sal, pimienta y nuez moscada rallada, se les da color con bijol o azafrán y se cuaja la salsa con yemas duras aplastadas. Sírvalos cubiertos con salchichas.

(¿Tú me quieres decir a mí, aparte de los chícharos, dónde carajo voy a encontrar los otros ingredientes? Mira, mejor dedícate a escribir cartas, o poemas banales, anda. Esta generación tampoco se salva. Si cuando me pongo y veo, cada vez vamos más p'atrás. Sigue, sigue en lo tuyo.)

En el portal, sentada en un sillón maltrecho, chirriante, falto de grasa, se mece una anciana. Levanta la vista de los rosales cuando presiente a María Regla. Ella confirma su sospecha. Aclarado el misterio: tiene delante de sí a Cuca Martínez, su mismísima madre en persona. La sonrisa es idéntica a la de antes, tímida, cansada.

—¡Cuánto esperé para contarte todo! Ahora creo que podré...

Pero Cuca Martínez se dirige a la periodista del año mil novecientos cincuenta y nueve. Ida de la realidad, arteriosclerótica, no reconoce a María Regla. Hasta comenta que la joven tiene un cierto aire que le resulta familiar. Aunque —y gimotea— su pobre hija quedó enterrada en los escombros de un solar habanero. Pero ella no puede creerlo. Una corazonada muy particular le dice que su bebita está viva, en alguna parte, esperándola. Ruega a la periodista que escriba su vida para una telenovela, pero tiene que quedar como las que hacen los brasileños, que son los bárbaros en eso, los bestias, los *number uan*. Una repentina lágrima cruza su rostro. Tras un provocador silencio, vuelve a la andanada, debe ser la mejor emisión de la programación de verano, con bastante intriga, suspense, larguísima, de trescientos capítulos y más también, ¡un escandalito!

María Regla no quiere aceptar que es un espíritu. Aunque los espíritu cuentan mucho mejor las historias que los vivos, porque lo hacen con nostalgia, con dolor, luchando contra la impotencia. María Regla intenta explicar a su madre que es ella, su niña, y que está en lo cierto, tiene razón, está viva. Muy viva en su corazón. Cuca Martínez comienza a narrar desenfrenada a partir de su nacimiento, remontada a los años treinta. María Regla escucha, piensa que lo único que queda es eso: grabar. Más tarde se ocupará de buscar a una persona con vida de verdad que pueda escribirlo por ella. Por supuesto que lo hará. Después ya veremos. Y por entre las palmas y el follaje se cuelan las voces enternecidas de Clara y Mario autentificando el final:

> *Si en un final tuviera que escribir*
> *la historia de mi vida,*
> *si en un final tuviera que expresar*
> *las horas más sentidas,*
> *sería de ti por ley de la razón*
> *de quien más escribiera,*
> *sería de ti porque en mi corazón*
> *eres tú la primera.*

(Cerraste digna y correctamente. Es un lindo e impactante final. Muy arriba. Te felicito. Nada del otro mundo, pero no está mal. ¿Crees que a Cuca Martínez le guste cuando lo lea? ¿Y María Regla, qué piensa, qué dice? ¡Cuéntame! ¿Le ha gustado?)

Ella no puede leer, ni siquiera nadie podrá leérselo. Está muerta. ¿Lo has olvidado? Y los muertos no sienten ni padecen. Ahora quedo reseca, vaciada, sola a pesar de que... Reviso las fotos nuevamente con esmero. El álbum de fotos: mi nudo a la realidad. Mi hija juega con su padre en un parque madrileño. Yo los observo desde un banco. Diera lo que no tengo porque mi madre estuviera ahí, aquí. Pienso que al menos algo hemos hecho bien: esa niña alegre, vestida con su bata roja de lunares blancos, divirtiéndose en el columpio. En cubano nos regala un inocente cuento de monstruos. *Elle nous raconte une naïve histoire des monstres en français.* Sus monstruos nada tienen que ver con los míos, ni con los de Cuca Martínez, ni con los de María Regla. Pero son sus monstruos. Para enfrentar a los míos, y poder defenderla contra los suyos, es que recurro a mi única arma. Abro un libro de historia de Cuba, de Manuel Moreno Fraginals, y leo unos versos de Beatriz de Jústiz y Zayas, marquesa de Jústiz de Santa Ana, escritos en 1762:

> *¿Tú Habana capitulada?,*
> *¿tú en llanto?, ¿tú en exterminio?*
> *¿Tú ya en extraño dominio?*
> *¡Qué dolor! ¡Oh Patria amada!*

ÍNDICE

Esta edición
se terminó de imprimir en
Talleres Gráficos EDIGRAF S.A.,
Delgado 834, Buenos Aires,
en el mes de marzo de 1997.